本书获鲁东大学文学院"省级高水平应用型专业：汉语言文学"建设经费资助。

徐乾学《憺园文集》研究

王爱亭 著

中国社会科学出版社

图书在版编目(CIP)数据

徐乾学《憺园文集》研究/王爱亭著. —北京：中国社会科学出版社，2020.4
ISBN 978 - 7 - 5203 - 5953 - 5

Ⅰ.①徐⋯　Ⅱ.①王⋯　Ⅲ.①徐乾学(1631 - 1694)—文学研究
Ⅳ.①I206.49

中国版本图书馆 CIP 数据核字(2020)第 022781 号

出 版 人	赵剑英
责任编辑	郭　鹏
责任校对	刘　俊
责任印制	李寡寡

出　　版	中国社会科学出版社
社　　址	北京鼓楼西大街甲 158 号
邮　　编	100720
网　　址	http://www.csspw.cn
发 行 部	010 - 84083685
门 市 部	010 - 84029450
经　　销	新华书店及其他书店
印　　刷	北京明恒达印务有限公司
装　　订	廊坊市广阳区广增装订厂
版　　次	2020 年 4 月第 1 版
印　　次	2020 年 4 月第 1 次印刷
开　　本	710×1000　1/16
印　　张	18
插　　页	2
字　　数	272 千字
定　　价	89.00 元

凡购买中国社会科学出版社图书，如有质量问题请与本社营销中心联系调换
电话：010 - 84083683
版权所有　侵权必究

目　　录

绪　论 …………………………………………………………………（1）

第一章　徐乾学述略 ………………………………………………（6）
　一　徐乾学的家世与生平 …………………………………………（6）
　二　徐乾学的著述 …………………………………………………（10）

第二章　《憺园文集》概述 …………………………………………（14）
　一　《憺园文集》的内容 …………………………………………（14）
　二　《憺园文集》的版本与流传 …………………………………（28）
　三　《憺园文集》的相关著录与评价 ……………………………（30）

第三章　《憺园文集》所存徐氏交游线索 ………………………（34）
　一　《诗·虞浦集》部分［卷二至四，顺治十一年（1654）至
　　　康熙八年（1669）］……………………………………………（36）
　二　《诗·词馆集》部分［卷五至六，康熙九年（1670）至
　　　康熙十七年（1678）］…………………………………………（57）
　三　《诗·碧山集》部分［卷七至九，康熙十八年（1679）至
　　　康熙三十三年（1694）］………………………………………（79）
　四　其他各卷 ………………………………………………………（95）

第四章　《憺园文集》徐氏领局修史研究 ………………………（112）
　一　《明史》纂修 …………………………………………………（112）

1

二　《大清一统志》纂修 …………………………………（126）
　　三　其他史书纂修 ………………………………………（135）
　　附一　《御选古文渊鉴》纂修资料 ……………………（137）
　　附二　《御制古文渊鉴序》（《四库全书》本卷首）……（139）

第五章　《憺园文集》徐氏藏书与刻书研究 ………………（141）
　　一　徐氏藏书研究 ………………………………………（141）
　　二　徐氏刻书研究 ………………………………………（147）
　　附　徐乾学家刻本一览表 ………………………………（158）

第六章　《憺园文集》所存传记资料 ………………………（160）
　　一　亲属 …………………………………………………（160）
　　二　同宗 …………………………………………………（165）
　　三　座师 …………………………………………………（166）
　　四　同年 …………………………………………………（168）
　　五　门生 …………………………………………………（173）
　　六　史馆同僚 ……………………………………………（177）
　　七　同朝官宦 ……………………………………………（180）
　　八　妇女 …………………………………………………（192）
　　九　其他 …………………………………………………（197）

第七章　《憺园文集》的目录学价值 ………………………（211）
　　一　经部图籍 ……………………………………………（211）
　　二　史部图籍 ……………………………………………（214）
　　三　子部图籍 ……………………………………………（218）
　　四　集部图籍 ……………………………………………（219）

第八章　《憺园文集》所体现的文学理念 …………………（232）
　　一　以经史为根柢 ………………………………………（233）
　　二　理正气足 ……………………………………………（234）

  三 注重游历 …………………………………………………（235）
  四 强调教化功用 ……………………………………………（236）
  五 尊崇唐诗，推重杜甫 ……………………………………（237）
  六 提倡自然平易，反对崎岖雕琢 …………………………（238）

结　语 ………………………………………………………………（240）

附录一　徐乾学、纳兰成德与《通志堂经解》的关系新探 …………（242）

附录二　《通志堂经解》刊刻过程考 ……………………………（256）

附录三　《通志堂经解》底本考论 ………………………………（265）

参考文献 ……………………………………………………………（278）

绪　　论

明清易代之后的清初是一个特殊的历史时期，从政治层面看，这一时期存在着刚建立的清政权与旧势力、明遗民等多种力量的复杂关系；而从学术史的角度看，这一时期也是一个学术转型期，明季理学的空疏流弊已经发展到极端，开始转向注重实证考据的乾嘉学风。

昆山徐氏，是清王朝建立伊始的一个重要家族，影响巨大，与清政权、明遗民、江南旧势力以及学术界都有着十分复杂的关系。徐开法生子四人，长乾学，次秉义，次元文，次亮采（庶出）。其中徐乾学，康熙九年（1670）一甲第三名进士，官至刑部尚书；徐秉义，康熙十二年（1673）一甲第三名进士，官至吏部侍郎；徐元文，顺治十六年（1659）一甲第一名进士，官至刑部、户部尚书，文华殿大学士。兄弟三人皆鼎甲出身，且同为朝廷院部大臣，门生故吏众多，号为"昆山三徐"。特别是徐乾学与徐元文，在朝期间深受康熙皇帝倚重，与纳兰明珠、高士奇等满汉高官亦颇多纠结。

著名大儒、明遗民顾炎武为徐氏兄弟舅父，二者关系自不一般。另一位大儒黄宗羲也曾到徐乾学的藏书楼传是楼抄检资料，并为作《传是楼藏书记》。徐元文、徐乾学总裁《明史》馆时，都曾举荐黄宗羲参加，黄氏虽未亲至，但其子黄百家、高足万斯同都入馆参编。

徐乾学性喜交游，当时知名学者、藏书家多与之交善，他又着意延揽人才，门客众多，他的幕府成为清代第一个重要幕府。陆元辅、姜宸英、黄虞稷、顾祖禹、冯宗仪、胡渭、徐善、唐孙华、阎若璩、黄仪、朱彝尊、邵长蘅、万斯同、黄百家、裘琏、陶元淳、王原、刘献庭、张云章、查慎行、杨文言、吴翊、何焯、吴暻等等，皆尝客徐乾学家，或参与其所主持的《明史》、《大清一统志》等史局。曹溶、钱曾、王士禛、秦松龄、汪琬、韩菼、纳兰成德等名士也都与徐乾学过从甚密。

在清初学术史上，徐乾学也占有重要地位。他曾总裁《明史》、《大清会典》、《大清一统志》各馆，并奉命纂辑《鉴古辑览》、《古文渊鉴》等大型图书，"凡国家有大编述，乾学为之发凡起例，以总其成"①。特别是他领修《明史》、《大清一统志》两编，统筹布局，起例发凡，并亲自参编，为这两部重要史籍的修纂做出了重大贡献，为后来的续纂与成书打下了坚实的基础。

奉敕编纂之外，徐乾学的个人著述也很丰富，并且达到了很高的水平。他编撰有《读礼通考》、《五礼备考》、《资治通鉴后编》、《传是楼书目》、《憺园文集》、《遂园禊饮集》等著作三十余种，涵盖经史集三部。其中，《读礼通考》一百二十卷、《资治通鉴后编》一百八十四卷影响尤巨，皆为后来《四库全书》所收录。

可见，徐乾学不论是在清初的政治上还是在学术上，都扮演着十分重要的角色。他既是朝廷名臣，也是一位重要学者和文献家。身居显要，交游广泛，学术活动丰富，是研究清初政治与学术都不可避开的重要人物。

历史由人的活动组成，而各个时期的大人物对于所处时代的历史面貌，影响尤为巨大。所以通过对重要人物的个案研究来考察其所属时代的历史，是一个可取而又重要的方法。而这些人物的诗文集，既是作者个人活动与思想的记录，又由于他们所占有的重要地位，也成为保存当时史实的重要资料。故正史之外，这些重要人物的文集成为了解一个时代历史的重要资料来源。它不仅可作为正史的补充，同时对于正史及其他史料由于各种原因所造成的偏颇甚至误记具有纠正作用。徐乾学的诗文集——《憺园文集》亦不例外。兹略举几例以说明：

窦克勤（1653—1708），字敏修，号静庵，又号艮斋、遁斋，柘城人。

---

① 张舜徽：《清人文集别录》卷二，中华书局1963年版，第60页。

绪 论 ◆ ◆ ◆

《清史稿》有传，称："康熙十七年进士，选庶吉士，丁母忧归，服除，授检讨。"① 实《清史稿》所称窦克勤中进士年有误，而其母卒、丁母忧时间亦顺带使人产生误解。此误《憺园文集》卷三十所收徐乾学为窦克勤母李氏所撰《窦太孺人墓志铭》可证。窦克勤母李氏卒，徐乾学为撰《窦太孺人墓志铭》，称："孺人五十有四，康熙二十八年十一月己酉卒于京师。……克勤将扶柩还里，衰麻哭踊，执其父封公之状，介同年生王原以请志墓之文于余。余于昨岁礼闱得克勤……"② 徐乾学主考礼部会试只有一次，即康熙二十七年（1688）。其称"余于昨岁礼闱得克勤"，昨岁即指康熙二十七年，前云"康熙二十八年十一月己酉卒于京师"亦可证。又称"介同年生王原以请志墓之文于余"，王原即为康熙二十七年进士，此又一证。故据此《墓志铭》可知，窦克勤康熙二十七年成进士，康熙二十八年（1689）母李氏卒，克勤丁母忧归，徐乾学为撰《窦太孺人墓志铭》。另考窦氏同年进士汤右曾所撰《征侍郎翰林院检讨静庵窦公墓志铭》，称："予与公同举进士……戊辰成进士，选翰林院庶吉士。"③ 进一步确证了窦克勤中进士年为康熙二十七年。

徐元文（1634—1691），徐乾学三弟，顺治十六年（1659）状元，官至大学士。他于康熙十九年（1680）迁左都御史，康熙二十二年（1683）因事降三级调用。但此二十二年有不同说法，韩菼所撰《徐元文行状》与《清代职官年表》及《清史稿》、《清史列传》的本传均称是康熙二十二年，而《清史稿》与《清史列传》的《徐乾学传》中则均作康熙二十三年（1684）。故二者必有一误。《憺园文集》卷七有《癸亥除夕》一诗，诗中有云："兰台初报萧生黜（立斋初罢柏台任），蓬径深藏仲蔚居（果亭家居）。"立斋为徐元文号，罢柏台任即指徐元文罢左都御史一事，而癸亥年是康熙二十二年，故此事乃在二十二年，《清史稿》与《清史列传》

---

① 赵尔巽等：《清史稿》卷四百八十《窦克勤传》，中华书局1977年版。
② 徐乾学：《憺园文集》卷三十《窦太孺人墓志铭》，《四库全书存目丛书》影印清康熙三十六年（1697）昆山徐氏冠山堂刻本，齐鲁书社1994—1997年版。本书《憺园文集》不作标注者皆指此版本。
③ 周骏富辑：《清代传记丛刊》，明文书局1985年版，第108册，第597—598页。

的《徐乾学传》中的时间是错误的。

又，康熙十一年（1672）徐乾学与德清蔡启僔同主顺天乡试。因副榜遗取汉军卷，徐乾学遭劾致降一级调用。在此期间，他曾有一次回昆山探视母疾的经历。关于这次回家的时间，史料多作康熙十二年（1673），亦有称十一年者。王重民《〈千顷堂书目〉考》中云："乾学是康熙九年的进士，十一年主考顺天乡试，纳兰成德在他门下中了举人。可是有人告他'取副榜不及汉军者'，因此降级归家。在康熙十一年的年尾他回家以后，就计划汇刊这部大经解。"① 称徐乾学是在"康熙十一年的年尾"回的昆山。《憺园文集》卷二至九共八卷所收是徐乾学所作诗，集中各诗的编排基本是以撰写时间的先后为序的。徐乾学南还之前有几首赠别诗，特别是在南归途中撰有《南归途中作》五首（卷六），这些诗皆编排在《喜仲弟彦和及第同三弟作》（卷五）之后。而徐乾学二弟秉义（字彦和）及第是在康熙十二年春，则乾学南归当在此之后。又《憺园文集》卷三十三《先妣顾太夫人行述》有云："癸丑岁，吾母偶得黄肿疾，属家人勿使不孝兄弟知，两月而愈。乾学时方候补，闻之驰归，吾母健饭如常矣。"明言母得疾是在癸丑岁，即康熙十二年，而其驰归必不当在之前的十一年。又考《憺园文集》卷二十《田间全集序》，云："岁壬子冬，（钱澄之）忽来都下，馆于座师龚端毅公家，因与订交，欢甚。明年，余将出京，与叶讱庵、张素存诸公邀之共游西山萧寺。"壬子为康熙十一年，知徐乾学于康熙十一年冬仍在京都，而"明年，余将出京"，可知他离京是在康熙十二年。此外，《南归途中作》中有"十月天犹暖""霜叶未全落"等句，可知乾学南归的准确时间是在康熙十二年十月。

保存史料、考索行踪之外，《憺园文集》对于考察作者的交游、著述、思想及学术活动等各个方面都具有重要价值。徐乾学本人也说："诗虽所以吟咏性情，然亦可以考其人之里居氏族，与其生平遭际之盛衰，君臣交游之离合。"② 如此，由点及面，《憺园文集》可以成为窥探清初社会面

---

① 王重民：《〈千顷堂书目〉考》，见《中国目录学史论丛》，中华书局1984年版。
② 徐乾学：《憺园文集》卷二十一《陈其年湖海楼诗序》。

貌、政治生活以及学风特点的一个重要途径。

　　对于徐乾学的专门研究，学术界尚涉足不多。杨向奎《清儒学案新编》收有《健庵学案》，对于徐乾学之学术思想作了概述。台湾陈惠美所著《徐乾学及其藏书刻书》则主要针对其藏书刻书，论其作为文献家的一面。香港大学崔文翰的论文《官史编修：徐乾学的领导与贡献》则从徐乾学领局修史的角度作了专门探讨。其他所见相关论文多限于徐乾学的传是楼藏书，或其所刻《通志堂经解》，皆非系统研究。而专门针对徐氏诗文集《憺园文集》的研究则尚未见。《徐乾学〈憺园文集〉研究》尝试弥补这一方面研究的不足，试图通过对《憺园文集》的梳理分析，发掘归纳其中所包含的关于徐乾学生平履历、交游往来、藏书刻书、编纂著述等史料，以及其他相关清人传记、著作目录等资料，或可为进一步系统研究徐乾学及清初政治、学术等课题提供一定的线索。

第一章　徐乾学述略

徐乾学（1631—1694），字原一，号健庵，时人又称东海先生、玉峰先生，江南苏州府昆山县（今江苏省昆山市）人。清康熙九年（1670）一甲第三名进士，官至刑部尚书。尝总裁《明史》、《大清一统志》、《大清会典》等史局，个人撰述有《读礼通考》、《资治通鉴后编》、《憺园文集》等三十余种，编刻有大型经部丛书《通志堂经解》。家有传是楼，藏书号称当时海内第一。他是清初名宦，同时也是一位有重要影响的学者和文献家。

一　徐乾学的家世与生平

1. 徐乾学的家世

徐乾学先世原居江苏常熟。

九世祖徐良，字子忠，号朴庵。力农成家，居昆山之墩上，再迁居溢浜村，遂定居。为昆山徐氏始祖。

六世祖徐申，字周翰，号南川。明弘治十七年（1504）举人，嘉靖时曾任蕲水、上饶知县，后授刑部主事。昆山徐氏一族兴盛由申始。

五世祖徐一元，字伯阳，号在川。曾为明武英殿大学士严文靖公讷幕僚，后选交河主簿。

高祖徐汝龙，字言卿，号凤池。以子徐应聘封翰林院检讨。

曾祖徐应聘（1554—1617），字伯衡，号端铭。明万历十年（1582）举人，万历十一年（1583）进士，官至太仆寺少卿。

祖父徐永美（？—1617），字含孺。明万历四十三年（1615）副贡，后以乾学封刑部尚书。

父徐开法（1614—1666），字兹念，号坦斋。少孤，事母至孝。年十五补博士弟子，尽交东南名士。刚直好义，赈穷救急，而家渐落亡。清朝定鼎，绝意进取，杜门课子。后以子徐乾学封翰林院修撰。妻顾氏，出乾学、秉义、元文；妾程氏，出亮采。

母顾氏（1616—1676），昆山顾同应之女，顾炎武第五妹。年四岁能嘱对，诵唐诗。年十五适徐家，事姑潘太夫人孝谨备至，治家肃然有序。逢鼎革战乱，时徐开法游于章豫闽越诸郡，顾氏持家课子，携三子一女避乱。性格坚韧且富学识，对徐氏兄弟幼年时的读书学习督导颇多，《国朝贤媛类征初编》称其"课健庵兄弟尤谨严"[1]。至乾学兄弟次第为官后仍自奉节俭，馈问资助宗党姻亲贫老。

徐乾学兄弟四人，乾学最长，次秉义，次元文，次亮采；另有妹二人。秉义字彦和，号果亭，清康熙十二年（1673）一甲第三名进士，官至吏部侍郎、内阁学士。元文字公肃，号立斋，清顺治十六年（1659）状元，官至刑部、户部尚书、文华殿大学士。徐氏兄弟三人皆鼎甲出身，"同胞三及第，前明三百年所未有也"[2]，且皆致位高显，被视为数百年来未有之盛事。

徐乾学有五子四女。五子依次为树毂、炯、树敏、树屏、骏。

2. 徐乾学的生平

明崇祯四年（1631），一岁。十一月初四日，徐乾学生于江南苏州府昆山县，"生而颖异"[3]。

清顺治二年（1645），十五岁。补郡诸生，入苏州府学。

---

[1] 李桓辑：《国朝贤媛类征初编》卷四，清光绪十七年（1891）自刻本。
[2] 王士禛：《池北偶谈》卷一《谈故一》，中华书局1982年版。
[3] 韩菼：《资政大夫经筵讲官刑部尚书徐公乾学行状》，见《碑传集》卷二十，《清代传记丛刊》第107册，第447页。

顺治四年（1647），十七岁。与江南名士宋实颖、宋德宜、彭珑、缪彤等订交，在苏州发起沧浪会。

顺治五年（1648），十八岁。赴金陵参加乡试，未中。

顺治七年（1650），二十岁。赴嘉兴南湖十郡大社，结交吴伟业、陆圻、曹尔堪、计东、毛奇龄、朱彝尊等名士。

顺治十一年（1654），二十四岁。应江南岁试，拔贡，选入京师国子监。江苏府学选拔年贡，以贡生选入太学。

顺治十七年（1660），三十岁。举顺天乡试。

顺治十八年（1661），三十一岁。江南奏销案起，乾学在案中，致乡试除名。

康熙五年（1666），三十六岁。奏销案事白，复选举人。同年三月二十一日，父徐开法卒，服丧。

康熙九年（1670），四十岁。二月，会试中式。三月殿试，以一甲第三名①及第，授内宏文院编修。

康熙十一年（1672），四十二岁。与德清蔡启僔同主顺天乡试。取纳兰成德，并拔韩菼于遗卷中，后菼会试、殿试皆得第一。因副榜遗取汉军卷，遭劾，降一级调用。

康熙十二年（1673），四十三岁。归昆山视母疾。着手编刻《通志堂经解》。

康熙十四年（1675），四十五岁。援例捐复原级，仍任编修。

康熙十五年（1676），四十六岁。升右赞善。十一月母顾氏卒，未即奔丧。

康熙十六年（1677），四十七岁。正月，携弟回昆山守制。搜罗古今丧礼因革，始纂《读礼通考》。

康熙十八年（1679），四十九岁。服除，补故官。《明史》馆开，元文

---

① 按，《四库全书总目》卷二十《读礼通考》条称乾学"康熙庚戌（康熙九年）进士第二"，误。

任监修，乾学亦与修，负责地理志。

康熙二十年（1681），五十一岁。任日讲起居注官。

康熙二十一年（1682），五十二岁。七月，充《明史》总裁官。

康熙二十二年（1683），五十三岁。迁翰林院侍讲。

康熙二十三年（1684），五十四岁。迁侍讲学士、詹事府詹事。

康熙二十四年（1685），五十五岁。正月，康熙皇帝于保和殿召试翰林、詹事诸官，乾学列为第一。二月，奉敕编纂《御选古文渊鉴》。奉命入直南书房，擢内阁学士，充《大清会典》副总裁，教习庶吉士。

康熙二十五年（1686），五十六岁。授礼部右侍郎，充经筵讲官，复充《大《一统志》副总裁。

康熙二十六年（1687），五十七岁。六月，改任礼部左侍郎，厘定礼制科条。九月，擢左都御史，疏劾江西巡抚安世鼎、河臣靳辅。

康熙二十七年（1688），五十八岁。二月，充会试正考官，迁刑部尚书。五月以疾乞休，解刑部尚书任，仍领诸书馆总裁。十二月，改任户部尚书。

康熙二十八年（1689），五十九岁。遭许三礼弹劾，乞归。获准《一统志》、《宋元通鉴》书局自随，回乡修书。

康熙二十九年（1690），六十岁。二月陛辞，三月回籍，于太湖洞庭东山开《一统志》局，延阎若璩、黄虞稷、姜宸英、顾祖禹、胡渭等与修。

康熙三十年（1691），六十一岁。因朱敦厚事，撤《一统志》书局，仍奉旨续进所纂书。避居嘉善，又居郡西华山之凤村。

康熙三十三年（1694），六十四岁。七月十七日卒，遗疏以所纂《一统志》进。诏复刑部尚书衔。[①]

[①] 家世与生平一节，主要参考了金吴澜等纂：《光绪昆新两县续修合志》（清光绪七年（1881）刻本影印本，江苏古籍出版社1991年版），王逸明：《昆山徐乾学年谱稿》（见《新编清人年谱稿三种》，学苑出版社2000年版）以及徐乾学所撰《皇清敕封儒林郎翰林院修撰先考坦斋府君行述》、《先妣顾太夫人行述》。（见《憺园文集》卷三十三）

二　徐乾学的著述

徐乾学虽身居高位，却不废学问，一生勤于读书，富于著述。同时人宋荦称他"少壮迨老无一日释卷，自六艺子史百家之书，靡不贯穿"[1]，梁启超也说他"有相当的学问，礼学尤其好"[2]。张舜徽《清人文集别录》则云："（徐乾学）与弟秉义、元文并跻通显，家富藏书，一时学者若阎若璩、万斯同之流，咸集其庐，相与讨论。顾炎武则其舅氏也，耳目濡染，闻见日广，故为学具有端绪。于义理则宗程朱，而黜陆王；于训诂则宗古注，而亦不废宋元经说；于词章则主变化日新，而不可以格调拘，以时代限。皆与炎武为近。"[3]

徐乾学曾总裁《明史》、《大清会典》、《大清一统志》各馆，并奉命纂集《鉴古辑览》、《古文渊鉴》等，"凡国家有大编述，乾学为之发凡起例，以总其成"[4]。其个人撰述亦多，涵盖经史集三部。《四库全书》著录其撰述三种：《读礼通考》一百二十卷、《资治通鉴后编》一百八十四卷、《御选古文渊鉴》六十四卷，存目三种：《教习堂条约》一卷、《憺园集》三十八卷、《传是楼宋人小集》无卷数。《四库全书总目》称其《读礼通考》"博而有要，独过诸儒"，"古今言丧礼者，盖莫备于是焉"[5]。其《资治通鉴后编》一百八十四卷，所记起于宋太祖建隆元年（960），迄于元顺帝至正二十七年（1367），考订讹谬，补正遗缺，为后来毕沅等人编撰《续资治通鉴》所借鉴。

今广泛查考各家书目及相关文集之著录情况，详加勘核，得徐乾学著述三十五种，并其版本情况，汇为一表，以备参考。

---

[1] 徐乾学：《憺园文集》卷首宋荦序。
[2] 梁启超：《中国近三百年学术史》，东方出版社2004年版，第212页。
[3] 张舜徽：《清人文集别录》卷二，第60页。
[4] 张舜徽：《清人文集别录》卷二，第60页。
[5] 纪昀等：《四库全书总目》卷二十一《读礼通考》条，中华书局影印清乾隆六十年（1795）浙江刻本1965年版。

第一章 徐乾学述略

徐乾学著述情况一览表

序号	书名卷数	撰述类型	主要版本
1	《读礼通考》一百二十卷	撰	清稿本
			清康熙三十五年（1696）昆山徐氏冠山堂刻本
			《四库全书》本
			清光绪七年（1881）苏州江苏书局刻本
2	《五礼备考》一百八十卷	撰	清钞本（存一百七十三卷）
3	《古今庙制考》（原作《历代宗庙考讹》）无卷数	撰	
4	《通志堂经解》一千八百六十卷	编	清康熙年间昆山徐氏刻本
			清同治十二年（1873）粤东书局翻刻本
5	《明史列传》九十三卷	题徐乾学辑	旧钞本
			台湾学生书局《明代史籍汇刊》影印本
6	《资治通鉴后编》一百八十四卷	编撰	徐氏手稿本
			《四库全书》本
			清光绪二十四年（1898）富阳夏氏刻本
7	《鉴古辑览》无卷数	编	
8	《石埭学博张汉章传》一卷	撰	清钞本
9	《宋文恪公传状》一卷	徐乾学等撰	民国十一年（1922）罗振玉内阁档案钞本
10	《进士东亭王公墓志》一卷	撰	清初刻蓝印本
11	《叶赫国贝勒家乘》一卷	纂辑	清同治四年（1865）钞本
			清同治八年（1869）叶赫那拉全庆钞本
12	《大清一统志稿》无卷数	纂	
13	《舆地志余》无卷数	撰	
14	《舆地备考》无卷数	撰	
15	《舆地纪要》无卷数	撰	
16	《游普陀峰记》一卷	撰	《小方壶斋舆地丛钞》稿本
			清光绪十七年（1891）上海著易堂排印《小方壶斋舆地丛钞》本
17	《传是楼书目》不分卷	编	稿本（清吴骞跋，存二册）
			清初钞本
			清道光七年（1827）刘氏味经书屋钞本（四卷，清刘喜海跋）
			民国四年（1915）仁和王存善排印《二徐书目合刻》本（附马氏玉堂钞藏传是楼足本书目残卷）

11

续表

序号	书名卷数	撰述类型	主要版本
18	《传是楼宋元板书目》一卷	编	清道光六年（1826）刘氏味经书屋钞本
			清光绪十一年（1885）仪征吴氏刻《传砚斋丛书》本
			清宣统二年（1910）上虞罗氏刻《玉简斋丛书》本（作《传是楼宋元本书目》）
19	《传是楼汉印谱》无卷数	辑	
20	《教习堂条约》一卷	撰	清道光十一年（1831）六安晁氏木活字排印《学海类编》本
			民国九年（1920）上海涵芬楼影印《学海类编》本
			民国年间上海商务印书馆排印《丛书集成初编》本
21	《憺园文集》（又名《憺园全集》、《憺园集》）三十六卷	撰	清康熙三十六年（1697）昆山徐氏冠山堂刻本
			清光绪九年（1883）嘉兴金吴澜锄月吟馆刻本
22	《徐尚书健庵手札》无卷数	撰	稿本
23	《徐原一制义》无卷数	撰	
24	《代言集》无卷数	撰	
25	《徐健庵太史诗集》无卷数	撰	
26	《徐健庵先生诗集》无卷数	撰	
27	《憺园文录》一卷	撰	清道光二十九年（1849）瑞州府凤仪书院刻《国朝文录续编》本
			清咸丰元年（1851）终南山馆刻《国朝文录续编》本
			清光绪二十六年（1900）上海扫叶山房石印《国朝文录续编》本
28	《健庵集》一卷	撰	清康熙年间刻《百名家诗钞》本
29	《徐原一文钞》一卷	撰	清道光九年（1829）独学庐自刻《国家十家文钞》本
30	《御选古文渊鉴》六十四卷	清圣祖玄烨选，徐乾学等辑并注	清康熙年间内府刻四色套印本
			清康熙年间内府钞本
			清乾隆年间内府刻《古香斋袖珍十种》本

续表

序号	书名卷数	撰述类型	主要版本
31	《古文关键选》无卷数	编	
32	《唐人中晚续诗选》无卷数	辑	
33	《传是楼宋人小集》无卷数	辑	
34	《遂园禊饮集》三卷	辑	清康熙三十三年（1694）徐氏自刻本
35	《碧山词》一卷	撰	清钞《名家词钞》本

第二章 《憺园文集》概述

《憺园文集》又名《憺园全集》、《憺园集》，是徐乾学的诗文集，《四库全书》存目。该集有清康熙三十三年（1694）、康熙三十六年（1697）、乾隆五十四年（1789）、光绪九年（1883）等多个刻本，其中康熙三十六年、光绪九年本今仍存于世，《四库全书存目丛书》、《续修四库全书》均据康熙三十六年刻本影印本收入。

一 《憺园文集》的内容

关于《憺园文集》的卷数，据韩菼《徐公乾学行状》，"文集二十四卷，外集四卷，诗有《虞浦集》、《词馆集》、《碧山集》共十卷"[1]，则徐乾学诗文集当合为三十八卷。今所见清康熙三十六年（1697）昆山徐氏冠山堂刻本为三十六卷，无外集。盖该本付刻时分卷较原本有所调整，抑或是由于各种原因有所删削。

张舜徽则以为现存之本多有散佚，其《清人文集别录》云："集中文字以书札为最少，以彼位秩之隆，交游之广，友朋通问，不为不多，而所存者仅寥寥数简，盖散佚不少矣。"[2]《四库全书总目》集部别集类存目著录该集作《憺园集》三十八卷，不知所据为何，提要云："是集刻于康熙丁丑，据宋荦原序称尚有外集，今未之见，或此本偶佚欤？"[3]

---

[1] 韩菼：《资政大夫经筵讲官刑部尚书徐公乾学行状》，见《清代传记丛刊》第107册。
[2] 张舜徽：《清人文集别录》卷二，第60页。
[3] 纪昀等：《四库全书总目》卷一百八十三《憺园集》条。

第二章 《儋园文集》概述

本书所据该集版本为清康熙三十六年（1697）昆山徐氏冠山堂刻三十六卷本。

该本卷首为宋荦序。正文首为赋、颂、乐章一卷。次诗八卷：卷二至卷四为《虞浦集》，收诗三百五十首；卷五、卷六为《词馆集》，收诗二百二十七首；卷七至卷九为《碧山集》，收诗二百八十首。诗的编排基本是按撰写的时间先后为序。第十卷以下为疏、奏、表、议、辨、说、或问、论、考、序、记、墓志铭、神道碑、墓表、塔铭、祭文、哀辞、行状、传、书、杂著等各体杂文，共二百八十篇；其中卷十至卷十二为奏、表，卷十三、卷十四为议，卷十五为辨，卷十六为说，卷十七为或问、论，卷十八为考，卷十九至卷二十四为序，卷二十五至卷二十六为记，卷二十七至卷三十为墓志铭，卷三十一为神道碑文，卷三十二为墓表、塔铭，卷

三十三为祭文、哀辞、行状，卷三十四为传、书，卷三十五至卷三十六为杂著。详细目录如下：

宋荦序
卷一　赋　颂　乐章
赋
1 温泉赋
2 圣驾时巡赋
3 经史赋
4 西山赋
5 南苑赋
颂
1 万寿颂
2 元会颂
3 平蜀颂
4 平滇颂

乐章

1 令节乐章四首

2 皇上御殿朝乐章四首

3 朝会乐章六首

4 元旦朝会乐章四首

5 上寿乐章四首

6 平滇鼓吹乐章七首

7 祖德诗十章

卷二　诗　虞浦集上

卷三　诗　虞浦集中

卷四　诗　虞浦集下

卷五　诗　词馆集上

卷六　诗　词馆集下

卷七　诗　碧山集上

卷八　诗　碧山集中

卷九　诗　碧山集下

卷十　奏疏上

1 条陈明史事宜疏

2 恭进经籍疏

3 乞归第一疏

4 乞归第二疏

5 遵旨回奏疏

6 乞归第三疏

7 备陈修书事宜疏

8 臣工修省宜勤疏

9 严察军政疏

10 纠朝鲜陪臣疏

卷十一　奏疏下

1 恭请圣躬稍节劳悴疏

2 恭请节哀进膳疏

3 再恳节哀回宫珍摄疏

4 恭请丧制以日易月疏

5 以日易月第二疏

6 以日易月第三疏

7 恭请回宫摄养疏

8 山陵大礼告成恭慰圣怀疏

9 恭谢天恩疏

卷十二　奏　表

奏

1 赐览御制文集奏

2 赐览皇太子书法奏

3 史记应选礼书乐书奏

表

1 进呈御选古文渊鉴表

2 恭进大清会典表

3 恭进鉴古辑览表

卷十三　议上

1 拟大行太皇太后谥议

2 皇太子出阁典礼议

3 皇太子视学议

4 本朝七庙配位议

5 用古钱议

6 祖父母在妻丧用杖议

7 庶子不得为长子三年议

8 立孙议

9 孔庙两庑位次议

10 驳曾子固公族议

卷十四　议下

1 北郊配位议

2 祀地无配位议

3 郊祀分合议

4 郊祀斋戒会议

5 请禁科场陋弊议

6 修史条议（六十一条）

卷十五　辨

1 班马异同辨

2 纳于大麓当依古注辨

3 郑夹漈尊信周礼辨

4 图书辨

5 祀天地皆服大裘辨

6 陈风辨

7 鱼丽诗序辨

8 反哭不于庙辨

卷十六　说

1 神主谒庙庭说

2 岂弟说

3 绛侯南极老人碑说

4 布总箭笄髽衰三年说

5 九三君子终日乾乾说上

6 九三君子终日乾乾说下

7 禹贡山水说

8 周礼详于治内说

9 夏商周三祝说

10 勤政说

11 治河说

12 陶氏子名字说

卷十七　或问　论

1 地坛配位或问

2 地祇配位或问（其二）

3 北海祀典或问

4 北岳祀典或问

5 乾清宫御试昊天与圣人皆有四府其道何如

6 洪范五行论

7 通鉴讲义九则

卷十八　考

1 历代社稷坛考

2 郊祀考

汉代郊祀

三国郊祀

晋代郊祀

南北朝郊祀

隋代郊祀

唐代郊祀

后五代郊祀

宋代郊祀

金代郊祀

元代郊祀

明代郊祀

3 祀地方位考

4 历代纂修书史例考

5 河源考

6 古不合葬考

7 古文尚书考

8 明宗藩岁禄考

卷十九　序一

1 御选古文渊鉴后序

2 重刻归太仆文集序

3 梁葵石先生诗集序

4 古今释疑序

5 江左兴革事宜略序

6 太子太傅益都冯公年谱序

7 高侍讲扈从东巡日记序

8 少傅高阳公心远堂文集序

9 宋金元诗选序

10 顺天乡试录后序

11 大学士孙公史亿序（代）

12 家兄孚若诗集序

13 修史条议序

14 桐城张西渠诗集序

15 焦林二集序

16 补刻编珠序

卷二十　序二

1 扶风忠节录序

2 卓氏传经堂集序

3 南芝堂诗集序

4 梅耦长诗序

5 七颂斋诗集序

6 伤寒意珠篇序

7 陆云士北墅绪言序

8 宋荔裳观察得三代诰命序

9 黄庭表文集序

10 随辇集序

11 陕西乡试录序（代）

12 戊辰会试录序

13 田间全集序

14 日下旧闻序

卷二十一　序三

1 古今通韵序

2 计甫草文集序

3 田漪亭诗集序

4 渔洋山人续集序

5 姚黄陂疏草序

6 三抚封事序

7 金鳌退食笔记序

8 香草居诗集小序

9 四书易经纂义序

10 中庸切己录序

11 毛大可古今定韵序

12 春秋地名考略序

13 曹峨眉文集序

14 叶苍岩诗序

15 诚求堂赠言序

16 陈其年湖海楼诗序

17 虎丘山志序

18 张君判武定送行诗序

19 新刊经解序

20 汪环谷先生集序

卷二十二　序四

1 颜光敏书义序

2 韩元少制义序（代）

3 翁宝林稿序

4 礼部颁行房书序

5 陆予载翁林一合稿序

6 宋嵩南制义序

7 王令诒制义序

8 山东行卷序

9 戊辰会墨录真序

10 叶元礼制义序

卷二十三　序五

1 送姚佥宪抚蜀序

2 送睢州汤先生巡抚江南序

3 送杨少司马序

4 送大司寇魏先生致政还蔚州序

5 送王阮亭奉使南海序

6 送张敦复学士请假还桐城序

7 送孙古喤之官南靖序

8 送施少参尚白还宣城序

9 贺张南溟擢左副都御史序

10 送中书舍人汪君序

11 送熊逊修侍读归养序

12 贺汉阳吴公入内阁序

卷二十四　序六

1 汪太公观澜九十寿序

2 熊太夫人七十寿序

3 张太公寿序

4 孙封翁寿序

5 王农山先生寿序

6 陈太翁寿序

7 翁铁庵寿序

8 朱去非先生八十寿序

9 沈蛰渊寿序

10 杨雪臣七十寿序

11 封太孺人田母寿序

12 申母茅太夫人八十寿序

13 舅母朱太孺人寿序

卷二十五　记上

1 乾清宫读书记

2 瀛台恩宴记

3 御赐书记

4 赠太仆寺卿黄忠端公祠堂记

5 沈文恪公祠堂记

6 嵩阳书院碑记

7 思砚斋记

8 七柿草庐记

9 张敦复学士四轩图记

10 午园记

11 赐金园记

12 游南塔寺记

13 游普陀峰记

14 真定龙兴寺重修大悲阁记

卷二十六　记下

1 赐游西苑记

2 乾清门亲选知府记

3 康节先生祠堂记

4 陈太公蠲逋惠民记

5 苏松常道新署记

6 肃州重建义学记

7 翰林院题名碑记

8 翰林院教习堂题名碑记

9 刑部题名记

10 刑部题名碑记

11 礼部题名碑记

12 詹事题名记

13 佚圖记

卷二十七　墓志铭一

1 光禄大夫太子太傅礼部尚书保和殿大学士加一级柏乡魏公墓志铭

2 诰授中大夫兵部督捕左理事官加一级徐公存庵墓志铭

3 诰授中宪大夫直隶河间府知府升山东提督学政按察使司副使加七级梅溪徐府君墓志铭

4 通议大夫一等侍卫进士纳兰君墓志铭

5 资政大夫经筵讲官内阁学士兼礼部侍郎牛公墓志铭

6 额驸将军勤僖耿公墓志铭

卷二十八　墓志铭二

1 奉直大夫左春坊左中允兼翰林院编修晋封中宪大夫景之赵公墓志铭

2 巡抚四川等处地方兼理粮饷都察院右佥都御史岱麓姚公墓志铭

3 湖广按察司提学佥事候补布政使司参议元仗李公墓志铭

4 待赠都察院左副都御史张公墓志铭

5 通奉大夫经筵讲官兵部右侍郎加一级眉山项公墓志铭

6 封征仕郎翰林院庶吉士陈君墓志铭

7 敕封内阁中书舍人王清有先生墓志铭

8 进士东亭王君墓志铭

卷二十九　墓志铭三

1 光禄大夫工部尚书幼庵朱公墓志铭

2 颜参原墓志铭

3 通议大夫吏部左侍郎张公墓志铭

4 清故文学元遴王君墓志铭

5 荆南道参议祖仁渊墓志铭

6 吏部验封司员外郎卜君墓志铭

7 刑部主事季甪汪君墓志铭

8 陈检讨志铭

9 翁元直暨配席孺人合葬墓志铭

卷三十　墓志铭四

1 皇清诰赠一品夫人王母徐氏墓志铭

2 翁铁庵元配钱夫人墓志铭

3 孙孺人墓志铭

4 王子和元配李氏墓志铭

5 王母邵氏墓志铭

6 陈母冯安人墓志铭

7 窦太孺人墓志铭

卷三十一　神道碑铭

1 资政大夫兵部郎中加二级卜公神道碑铭

2 诰封通奉大夫前侍卫兼管参领事石公神道碑

3 通议大夫一等侍卫进士纳剌君神道碑文

4 资政大夫刑部尚书谥敏果魏公神道碑

5 工部尚书汤公神道碑

6 诰封奉直大夫翰林院侍读学士待赠礼部右侍郎顾先生神道碑铭

7 太常寺少卿高君神道碑

8 内阁学士兼礼部侍郎孙公神道碑铭

卷三十二　墓表　塔铭

墓表

1 李映碧先生墓表

2 光禄大夫太子太保礼部尚书诰赠太子太傅保和殿大学士谥文贞王公合葬墓表

3 顾庸庵先生墓表

塔铭

1 丹霞澹归释禅师塔铭

卷三十三　祭文　哀辞　行状
祭文
1 祭都城隍文
2 祭陈夫子文
3 祭宋文恪公文
4 再祭宋文恪公文
5 祭季南宫文
6 祭汪蛟门文
7 祭李文勤公文
8 祭孙学士文
9 祭姚岱麓先生文
10 祭纳兰君文
11 祭范忠贞公文
12 祭施研山文
13 教习张公祭文
14 祭马鸣銮文
哀辞
1 内阁中书舍人黄君哀辞
行状
1 光禄大夫太子太傅吏部尚书文华殿大学士加一级宋文恪公行状
2 河南提学佥事封通议大夫内阁学士兼礼部侍郎张公行状
3 皇清敕封儒林郎翰林院修撰先考坦斋府君行述
4 先妣顾太夫人行述
卷三十四　传　书
传
1 姜太常传
2 李葆甫传
3 叶石君传
4 内阁中书席君传

书

1 与曹彝士编修书

2 再与曹彝士书

3 与总宪魏环溪先生书

4 与舅氏亭林先生论姓氏书

5 与友论社仓书

卷三十五　杂著上

1 御制庭训后恭纪

2 起居注书后

3 御选古文渊鉴凡例

4 纪事

5 购书故事

6 大清一统志凡例

7 太子太傅大学士觉罗公世恩碑铭

8 觉罗氏世恩碑文

9 大悲寺大悲菩萨殿碑

卷三十六　杂著下

1 题舅氏亭林先生钱粮论后

2 书苏秦列传后

3 书儒林传

4 马文毅公广西殉难始末

5 书王君诏事

6 绥德马君乡兵御寇战守纪略

7 题吴梅邨先生爱山台上巳宴序卷

8 书江左兴革事宜略卷后

9 题雷州守徐公墓表后

10 题陆探微画卷后

11 戊辰会试策问五道

12 顺天乡试策问四道

13 主考盟誓文
14 改过
15 好古
16 教习堂条约

二 《憺园文集》的版本与流传

1. 清康熙三十三年（1694）初刻本

清光绪九年（1883）嘉兴金吴澜锄月吟馆重刻本《憺园全集》，目录后附有徐楫及金吴澜识语二则。徐楫识语云："是集刻于康熙甲戌之秋，先大司寇丧中用以呈谢大人先生者。造次集镌，其中编次抬头未尽稳妥，且有讹错、脱落及应删字句用过之。先侍御昆仲亟欲重刻。"① 金吴澜识语亦云："是集始刻于康熙甲戌，续刻于乾隆己酉。"② 金氏序中又云："集初刻成，乾学即殁，丧中以数十部赠人，或有言其非者，秘不肯出，故流传不广。"③ 据此知《憺园文集》于康熙甲戌，即康熙三十三年（1694）即有刻本，且于乾学殁前即已刻成。

此康熙三十三年（1694）刻本今未见，当已不传，故其具体情况不得而知，或即前文所称三十八卷者欤？然据上引各识语与序文，可以推测此本应当刷印不多，又因畏于人言而"秘不肯出"，仅有少量赠予乾学殁后部分前来吊唁者，故罕有流传，以至亡佚。而其编次也未尽精善。故三年之后徐乾学子树榖即修订重刊。柯愈春《清人诗文集总目提要·憺园集》谓："康熙三十三年初刻，有宋荦三十六年后补序。"④ 康熙三十三年与康熙三十六年（1697）当有两刻，三十三年本或并无宋荦序。

2. 清康熙三十六年（1697）昆山徐氏冠山堂刻本

此为徐乾学子徐树榖整理刊刻，计三十六卷。封面页题"憺园文集"，

---

① 徐乾学：《憺园全集》卷首，清光绪九年（1883）嘉兴金吴澜锄月吟馆刻本。
② 徐乾学：《憺园全集》卷首。
③ 徐乾学：《憺园全集》卷首。
④ 柯愈春：《清人诗文集总目提要》（上册），北京古籍出版社2002年版，第223页。

并记"冠山堂藏板"。左右双边，白口，单鱼尾，鱼尾下记"憺园文集"、卷次与页数，版心上方记字数，下记刻工名。半页十行，行十九字。卷首有宋荦清康熙三十六年（1697）序，首卷首行题"憺园文集卷第一"。软体字写刻，精美大方，版式字体与徐乾学所刻《通志堂经解》同。此为现今所能见到的《憺园文集》的最早版本，故后世多以之为《憺园文集》的初刻本，如《清人诗集叙录》卷九《憺园诗文集》条即称："自著《憺园诗文集》，宋荦序，初刊于康熙三十六年。"① 此本原本传世不多，国家图书馆、上海图书馆、天津图书馆等有藏，后《四库全书存目丛书》与《续修四库全书》皆影印收入，流传遂广。

3. 清乾隆五十四年（1789）徐楫刻本

徐楫为徐乾学五世孙。清光绪九年（1883）嘉兴金吴澜锄月吟馆重刻本《憺园全集》目录后所附徐楫识语云："是集刻于康熙甲戌之秋，先大司寇丧中用以呈谢大人先生者。……迄今将百年矣，事历三朝，中多讳字，读之者有失敬避之意。谨将原本逐细校雠，所有讳字、讹字、脱字悉行改补，并列目以便查阅。"② 该识语时间署乾隆己酉夏六月，乾隆己酉即乾隆五十四年（1789）。又，金吴澜识语亦云："是集始刻于康熙甲戌，续刻于乾隆己酉。"③

据二则识语，知《憺园文集》曾于乾隆五十四年（1789）由徐楫重刻。该本对原本进行了细致校勘，改补讳字讹脱，并增补了目录。此本今未见传世，亦当散佚不传。

4. 清光绪九年（1883）嘉兴金吴澜锄月吟馆刻本

清光绪九年（1883）昆山县令金吴澜访得徐乾学《憺园集》，勘校梓行。卷首有金氏光绪九年六月《重刊憺园集序》，对刊刻之来龙去脉有详细交代："光绪二年，澜莅昆山县任，既求得归震川、顾亭林、朱柏庐三

---

① 袁行云：《清人诗集叙录》卷九，文化艺术出版社1994年版，第312页。
② 徐乾学：《憺园全集》卷首。
③ 徐乾学：《憺园全集》卷首。

先生年谱，合付手民。中丞吴公见而善之，因属访求先生《憺园全集》。兵燹之余，益以难得。久之，始于其族假得钞本，然缺轶不具。嗣又得黄孝廉文炳、李大令祖荣所藏本，互相校勘，删复补阙，于是《憺园集》三十六卷复为完书。"①

此本书名页篆书题"徐大司寇憺园全集"，次页隶书题"光绪癸未冬月锄月吟馆珍藏"。次清康熙三十六年（1697）宋荦序，次光绪九年（1883）俞樾《重刻憺园集序》，次光绪九年金吴澜《重刊憺园集序》，次目录，次徐楒、金吴澜识语。首卷首行题"憺园全集卷一　嘉兴金吴澜胪青甫重刊"。左右双边，黑口，双鱼尾，鱼尾间记"憺园集"、卷次与页数。半页九行，行二十一字。页眉偶有小字批注，多记勾去××多少字等删订情况，金吴澜识语云："其眉端批注悉照原本录刊，但不知出自何人手笔，姑存之。"②

此本内容上与冠山堂本无甚差别，但刻工远逊后者。流传稍广，国家图书馆、上海图书馆、天津图书馆、山东大学图书馆等馆均有收藏。

三　《憺园文集》的相关著录与评价

《四库全书总目》卷一百八十三《憺园集》三十八卷：

> 集中考辨议说之类，亦多与传注相阐发。盖乾学为顾炎武之甥，而阎若璩诸人亦多客其家，师友渊源，具有所自，故学问颇有根据。然文章则功候未深，大抵随题衍说，不甚讲求古格，赋颂用韵，尤多失考，尚未能掉鞚词坛，与诸作者争雄长也。是集刻于康熙丁丑，据宋荦原序称尚有外集，今未之见，或此本偶佚欤？③

周中孚《郑堂读书记》卷七十《憺园集》三十六卷（康熙丁丑刊本）：

---

① 徐乾学：《憺园全集》卷首。
② 徐乾学：《憺园全集》卷首。
③ 《四库全书总目》卷一百八十三。

第二章 《憺园文集》概述

健庵与其弟果亭（秉义）、立斋（元文）同为顾亭林之甥，学问虽有渊源，而文章功力颇浅。健庵稍胜于其两弟，且著述亦极繁富。但以文章而论，恐未能副序所云也。①

邓之诚《清诗纪事初编》卷三十徐乾学（《憺园文集》三十六卷）：

《憺园集》三十六卷，凡赋一卷，诗八卷，文二十七卷。乾学文辞渊雅，学有本原，其才不下潘耒，使不为达宦，或更足取重于人。光绪中，昆山知县金吴澜喜刻书，得改本《憺园集》为之重刻，云："集初刻成，乾学即没，丧中以数十部赠人，或有言其非者，秘不肯出，故流传不广。"观改本皆措辞不得体，或用事有误，他无忌讳，然即此足知当日徐氏危疑之状矣。②

张舜徽《清人文集别录》卷二《憺园集》三十六卷：

大氐乾学之学，长于议礼，观是集卷十三《庶子不得为长子三年议》、《立孙议》、《孔庙两庑位次议》……皆准古酌今，考证详悉，而确有发明。乾学在康熙时，一门鼎贵，位极人臣，凡国家有大编述，乾学为之发凡起例，以总其成。若是集卷十四《修明史条议》、卷三十五《古文渊鉴凡例》、《大清一统志凡例》诸篇，条分缕析，辨析精审，非深明乎著述体要而有别择去取之识者，难与语乎此也。集中文字，亦有但事比辑，犹未成篇者，如卷十八《历代纂修书史例考》、卷三十五《购书故事》之属，则皆当日随手掇录，未加润色之作，乃亦采以入集，颇嫌其滥。③

---

① 周中孚：《郑堂读书记》卷七十，《国家图书馆藏古籍题跋丛刊》本，国家图书馆出版社2002年版，第14册，第621页。
② 邓之诚：《清诗纪事初编》卷三十，上海古籍出版社1984年版，第364页。
③ 张舜徽：《清人文集别录》卷二，第60页。

31

◆ ◆ ◆ 徐乾学《憺园文集》研究

袁行云《清人诗集叙录》卷九《憺园诗集》八卷（光绪九年刻《全集》本）：

> 自著《憺园诗文集》，宋荦序，初刊于康熙三十六年。光绪九年，昆山知县金吴澜据改本刻《全集》三十六卷，并为之序。《诗集》八卷，首卷为赋，曰《虞浦集》者三卷，曰《词馆集》者二卷，曰《碧山集》者三卷。以其经历交游，所为或不止于此，盖晚年罢官，有所删避也。其中《公子行》、《淇事四首》、《旧都督某言边事》、《北行口号二十四首》、《怀友人远戍》、《闻官军收复成都保宁》，犹可证事。《滁阳览古》、《滕王阁》、《楚中咏怀古迹十二首》、《广州杂兴二十首》、《嘉兴竹枝词》、《潮州杂兴》，俱有丽采。乾学为顾炎武甥，于遗民文士时予维护。有赠杜茶村、方尔止、钱饮光诗，怀吴汉槎诗。《题张力臣小像》云："五岳曾探岣嵝书，年来双鬓转萧疏。从谁辨得识春字，好为遗经正鲁鱼。"……（自注：力臣方为舅氏亭林校刻《音学五书》）至与龚鼎孳、高珩、王士禛、熊赐履、宋荦、程可则、吴绮、孙屺瞻、汪懋麟、纳兰性德、魏象枢、计东、徐倬之作，漫兴酬应，见交游而已。①

黄裳《清代版刻一隅》之《憺园文集》条：

> 康熙冠山堂刻，清徐乾学撰，三十六卷，前有宋荦序。写刻精绝，与《通志堂经解》风格如一，版心上记字数，下有刻工姓名，传本颇稀。光绪中金吴澜刻此书改本，云："集初刻成，乾学即殁，丧中以数十部赠人，或有言其非者，秘不肯出，故流传不广。"②

以上诸书多记《憺园文集》的内容及版刻情况，亦论及其文字的高

---

① 袁行云：《清人诗集叙录》卷九，第312页。
② 黄裳：《清代版刻一隅》，齐鲁书社1992年版，第90页。

下。各书均一致肯定其经史之文的水平，称学有本原，考证详悉。而对于词章之作则见仁见智，有褒有贬，甚至出现了完全相反的论调。如《四库全书总目》称："然文章则功候未深，大抵随题衍说，不甚讲求古格，赋颂用韵，尤多失考，尚未能掉鞅词坛，与诸作者争雄长也。"周中孚《郑堂读书记》亦称"文章功力颇浅"，"恐未能副序所云也"。而沈德潜在《国朝诗别裁集》则称徐乾学"熟朝章国故之大，盈廷议礼必折衷焉。及发言为诗，亦复诸体惬当"[①]。邓之诚《清诗纪事初编》亦称"乾学文辞渊雅，学有本原，其才不下潘耒"。评价又甚高。

  本书主要内容，是从历史文献价值的角度，梳理《憺园文集》的历史文献线索与资料，发掘探讨其史料价值，而于其学术及文学价值则从略。

[①] 转引自钱仲联主编《清诗纪事》（五），江苏古籍出版社1987年版，第2572页。

第三章 《憺园文集》所存徐氏交游线索

徐乾学一生交游甚广，门客众多，黄宗羲于《传是楼藏书记》中称"先生之门生故吏遍于天下"①，并非夸张之辞。徐乾学能够做到这一点，具有多重原因。

首先是他热衷结交的性格。徐乾学性喜交游，早在清顺治三年（1646），时徐乾学年方十六岁，即与太仓黄与坚订交；顺治四年（1647），与江南名士宋实颖、宋德宜、彭珑、缪彤等相交，在苏州发起沧浪会；顺治七年（1650），赴嘉兴南湖十郡大社，结识吴伟业、毛奇龄、朱彝尊等名士。

生性喜好之外，徐乾学还把交游作为治学为文的一个重要途径，故而会有意而为之。他在为同乡计东的文集所撰的《计甫草文集序》中云：

> 夫文章之道，非浸淫于六经、诸史、百家，不足以大其源流。非养其气，使内足於己，而后载其言以出，则病。学醇而气足，犹必广之以名山大川，览古人之陈迹，又益以交游议论之助，使尽天下之变，而后求之前人所以裁制陶熔之法，以归于简洁，乃始为文之成。②

将"益以交游议论"作为文章之道的一重要方面。

随着徐乾学于康熙九年（1670）通籍后，官位愈显，影响愈大，又尝

---

① 徐乾学：《传是楼书目》卷首，民国四年（1915）仁和王存善排印《二徐书目》本。
② 徐乾学：《憺园文集》卷二十一《计甫草文集序》。

第三章 《憺园文集》所存徐氏交游线索

主考乡试会试,有善得士之名,一时大量才隽之士奔赴门下。郑方坤《国朝名家诗钞小传》即云:"门地之隆,宾客之盛,一时无两。而先生尤知人,能得士,有人伦水镜之目。凡蒙其赏识者,率飞黄腾达以去。"①

而另一个更为重要的契机,则是他多次总领书局进行修书的活动。徐氏尝任《明史》、《大清一统志》、《大清会典》等馆总裁,这使他聚结了一大批专家学者在身边。而他与顾炎武的甥舅关系,又使得许多具有明遗民思想而不愿与清廷合作的名士也得以罗致。

此外,徐乾学丰富的藏书是他吸引人才的另一个有利因素。徐氏传是楼藏书当时号称海内第一,藏有大量经史要籍以及明朝实录、奏议、文集等。这吸引了大量学者入其幕中,甚至于黄宗羲亦曾慕名往传是楼观书,于其中所藏多所取资,并为作《传是楼藏书记》以为表彰。

以上种种因素,使得徐乾学成为当时大量人才聚结的中心人物,韩菼《徐公乾学行状》有云:

> 公故负海内望,而勤于造进,笃于人物。一时庶几之流,奔走辐辏如不及。山林遗逸之老,亦不惜几两,展远千里乐从公。公迎致馆,餐而厚资之,俾至如归。访问故实,商榷僻书,以广见闻。后生之才隽者,延誉荐引无虚日,即片言细行之善,亦叹赏不去口。荜门寒畯或穷困来投,愀然同其忧,辄竭所有资助,不足更继之,即质贷亦不倦。以故京师邸第客至恒满不能容,多僦别院以居之。登公之门者甚众。②

而徐乾学幕府也成为"清代最早出现的以学者型官员为幕主,以著名学者为幕宾的主要从事学术活动的重要幕府"③。

徐乾学《憺园文集》中收录了大量可见其交游的诗作、书序、送序、寿序、碑传、游记等,而以卷二至九共八卷的诗作部分最为集中,是考察

---

① 转引自钱仲联主编《清诗纪事》(五),第2572页。
② 韩菼:《资政大夫经筵讲官刑部尚书徐公乾学行状》。
③ 尚小明:《徐乾学幕府研究》,《史学月刊》1998年第3期。

徐氏交游情况的重要线索。集中的诗作基本是以创作时间为顺序编排的，卷二至四的诗作定名为《虞浦集》，所收大致是顺治十一年（1654）至康熙八年（1669）的诗作；卷五至六定名为《词馆集》，所收为康熙九年（1670）至十七年（1678）的诗作；卷七至九定名为《碧山集》，所收为康熙十八年（1679）至三十三年（1694）的诗作。今即基本以原诗及其他各文的先后为序，以存其交游的大致时间，逐一梳理各篇诗文，筛查其中所涉及的相关人物。

原诗文中人物多称字号或官职，今经多方查考，大多确定了其本名，对其生卒、字号、籍贯、科第、经历、官职、著作等情况亦略作查补，并尽量确定相关诗文的写作时间。而对于一时难以考定其姓名者，暂依原文存其字号或官职，以保留线索。如此共得徐乾学交游相关人物三百二十九人，基本可见其交游范围与大概。

一 《诗·虞浦集》部分〔卷二至四，顺治十一年（1654）至康熙八年（1669）〕

1. 彭珑

顺治十二年（1655），《都下赠彭云客》，《憺园文集》卷二。

彭珑（1613—1689），字云客，号一庵，门人私谥仁简先生，长洲人。顺治十六年（1659）进士。有《志矩斋集》等。

2. 尤侗

顺治十二年（1655），《永平推官尤展成有事河间道，经都门喜晤》，卷二；康熙三十三年（1694），《甲戌三月三日招同钱湘灵、盛诚斋、尤悔庵、黄忍庵、王却非、何涵斋、孙赤崖、许鹤沙、周砺岩、秦对岩诸公、舍弟果亭禊饮遂园用兰亭二字为韵》，卷九。

尤侗（1618—1704），字展成，一字同人，号悔庵、艮斋、西堂等，长洲人。明末诸生，清顺治拔贡，曾任永平县推官。康熙十八年（1679）举博学宏词，授翰林院检讨，与修《明史》。有《西堂全集》等。

3. 陆圻

顺治十三年（1656），《望远曲和陆丽京》，卷二；康熙二十七年（1688），《孙孺人墓志铭》，卷三十。

陆圻（1614—?），字丽京、景宣，号讲山，钱塘人。善医。因庄廷鑨明史案牵连，以道士遁居山林，不知所终。与陈子龙等合称"西泠十子"，与弟陆培、陆堦号"陆氏三龙门"。有《从同集》《威凤堂集》等。

徐乾学《先妣顾太夫人行述》中称，顺治十六年（1659），"是冬，吾母得血症，几殆……值武林陆丽京善医，乾学自吴趋迎之至舍，用药即效，不一月平善"①。康熙二十七年（1688），徐乾学主会试，取陆圻子陆寅为进士。逾月寅请徐乾学为其母孙孺人作《孙孺人墓志铭》。

4. 计东

顺治十三年（1656），《有感和计甫草》，卷二；《得计甫草书》，卷二；《计甫草文集序》，卷二十一。

计东（1625—1676），字甫草，号改亭，吴江人。顺治十四年（1657）举顺天乡试，以江南奏销案被黜。与顾茂伦、潘稼堂、吴汉槎合称为"吴中四才子"。

5. 姜君献

《赠姜轶简》，卷二。

姜君献，字轶简，嵊县人。官剿御山海都督同知。工书。

6. 吴百朋

《寄吴锦雯》，卷二。

吴百朋（1614—1670），字锦雯，号朴庵，仁和人。以举人官南和知县。"西泠十子"之一，有《朴庵集》等。

---

① 徐乾学：《憺园文集》卷三十三《先妣顾太夫人行述》。

7. 陈济生

《寄陈皇士太仆》，卷二。

陈济生（1603？—1660），字皇士，号定叔、定斋，门人私谥节孝先生，长洲人。陈仁锡子，顾炎武姐丈。编有《天启崇祯两朝遗诗》、《启祯两朝遗诗考》等。

8. 薛耳

《薛仔铉、安期招同孙嘉客、陈晓江、龚在田、韩公年、杨丰玉饮读书堂即席赋呈诸子》，卷二。

薛耳，字仔铉、仔园，号固翁，武进人。顺治四年（1647）进士。善书。

9. 安期

《薛仔铉、安期招同孙嘉客、陈晓江、龚在田、韩公年、杨丰玉饮读书堂即席赋呈诸子》，卷二。

10. 孙嘉客

《薛仔铉、安期招同孙嘉客、陈晓江、龚在田、韩公年、杨丰玉饮读书堂即席赋呈诸子》，卷二。

11. 陈晓江

《薛仔铉、安期招同孙嘉客、陈晓江、龚在田、韩公年、杨丰玉饮读书堂即席赋呈诸子》，卷二。

12. 龚在田

《薛仔铉、安期招同孙嘉客、陈晓江、龚在田、韩公年、杨丰玉饮读书堂即席赋呈诸子》，卷二。

13. 韩公年

《薛仔铉、安期招同孙嘉客、陈晓江、龚在田、韩公年、杨丰玉饮读书堂即席赋呈诸子》，卷二。

14. 杨丰玉

《薛仔铉、安期招同孙嘉客、陈晓江、龚在田、韩公年、杨丰玉饮读书堂即席赋呈诸子》，卷二。

15. 缪彤

顺治十五年（1658），《发潞河留别缪歌起》，卷二。

缪彤（1627—1697），字歌起，号念斋，吴县人。康熙六年（1667）进士第一人，授侍讲学士。有《胪传纪事》一卷、《双泉堂文集》四十一卷。

16. 马鸣銮

《次宿迁示马殿闻、张云亭》，《怀殿闻作》，卷二；康熙十二年（1673），《殿闻偕诸公饯饮李将军园三叠前韵》，卷五。

马鸣銮，字殿闻，昆山人。康熙十二年（1673）进士。

17. 张云亭

《次宿迁示马殿闻、张云亭》，卷二。

18. 宋德宜

顺治十五年（1658），《留别宋右之》，卷二；《宋蓼天先生招诸公集黑龙潭分得龙字》，卷五；康熙二十六年（1687），《祭宋文恪公文》、《光禄大夫太子太傅吏部尚书文华殿大学士加一级宋文恪公行状》，卷三十三。

宋德宜（1626—1687），字右之，号蓼天，谥文恪，长洲人。顺治十二年（1655）进士，官至文华殿大学士。

19. 吴兆骞

顺治十五年（1658），《怀友人远戍》，卷二；《怀汉槎在狱》，卷二。

吴兆骞（1631—1684），字汉槎，号季子，吴江人。与华亭彭师度、宜兴陈维崧有"江左三凤凰"之号。顺治十四年（1657）科场案，遣戍宁古塔。康熙二十年（1681），经明珠、纳兰成德、徐乾学等营救得还。有《秋笳集》。

20. 宋之绳

《呈宋其武先生》，卷二。

宋之绳（1612—1669），字其武，号柴雪，晚号熟稼，溧阳人。明崇祯十六年（1643）一甲第二名进士。清顺治十一年（1654）补翰林国史院编修，顺治十八年（1661）转江西布政使司参议。工书。有《载石堂诗稿》等。

21. 严临

《赠严览民》，卷二。

严临，字览民，号醒斋，秀水人，严勋弟。康熙三年（1664）考授中书舍人。有《醒斋集》等。

22. 沈廷劢

《赠沈子相》，卷二。

沈廷劢，字子相，号克斋，秀水人。康熙中由副贡授新宁知县，历栾城知县，官至商州知州。有《身易实义》、《克斋遗稿》等。

23. 陈瑚

《公子行》（陈确庵孝廉称家兄孚若公子行一篇造怀指事滚滚可听，余未得读也，馆舍闲暇聊作此拟之，足征哲兄之益美尔），卷二。

陈瑚（1613—1675），字言夏，号确庵，别号无闷道人、七十二潭渔父,太仓人。明崇祯十六年(1643)举人,清康熙八年(1669)诏举隐逸,力辞不就。卒后门人私谥安道先生,巡抚汤斌将陈瑚故居改建成安道书院。著有《条教》、《条议》、《开江书》等。

24. 徐履忱

《公子行》(陈确庵孝廉称家兄孚若公子行一篇造怀指事滚滚可听,余未得读也,馆舍闲暇聊作此拟之,足征哲兄之益美尔),卷二;《送家兄孚若北上》,卷四;《家兄孚若诗集序》,卷十九。

徐履忱(1629—1700),字孚若,号匏叟,昆山人,徐乾学从兄。

《家兄孚若诗集序》:"予与家兄孚若为再从昆弟,伯母顾夫人即吾母之姊。予童时每与兄同过外王母家,比群从游处更密。"

25. 史晓瞻

《清明后一日逢上巳在史晓瞻署中作》,卷二;康熙三年(1664),《德州怀史晓瞻大参》,卷三。

26. 金耳中

《送别金耳中》,卷二。

27. 姚亦章

《苦雨答姚亦章、史在晋》,《闰三月二日宋聿新招同陆昌生、姚亦章、史纶掌、在晋暨穉弘、叔邃、子迈诸小子饮》,卷二。

28. 史在晋

《苦雨答姚亦章、史在晋》,《闰三月二日宋聿新招同陆昌生、姚亦章、史纶掌、在晋暨穉弘、叔邃、子迈诸小子饮》,卷二。

29. 史子唐

《史子唐废园》,卷二。

30. 宋聿新

《闰三月二日宋聿新招同陆昌生、姚亦章、史纶掌、在晋暨穉弘、叔邃、子迈诸小子饮》，卷二。

31. 陆昌生

《闰三月二日宋聿新招同陆昌生、姚亦章、史纶掌、在晋暨穉弘、叔邃、子迈诸小子饮》，卷二。

32. 史纶掌

《闰三月二日宋聿新招同陆昌生、姚亦章、史纶掌、在晋暨穉弘、叔邃、子迈诸小子饮》，卷二。

33. 穉弘

《闰三月二日宋聿新招同陆昌生、姚亦章、史纶掌、在晋暨穉弘、叔邃、子迈诸小子饮》，卷二。

34. 宋涵

《闰三月二日宋聿新招同陆昌生、姚亦章、史纶掌、在晋暨穉弘、叔邃、子迈诸小子饮》，卷二。

宋涵，字叔邃，溧阳人，诸生。康熙十八年（1679）举博学宏词，不遇。

35. 子迈

《闰三月二日宋聿新招同陆昌生、姚亦章、史纶掌、在晋暨穉弘、叔邃、子迈诸小子饮》，卷二。

36. 瞿嵩锡

《赠瞿昙谷》，卷二。

瞿嵩锡（1611—1672），原名玄锡，一作铉锡，字伯申，号昙谷，常熟人，瞿式耜子。明崇祯十五年（1642）举人。

37. 颜知天
《颜餐园招饮即事次韵》，卷二；《颜餐园席上咏朝鲜牡丹》，卷三；康熙五年（1666），《赠亳州诸故人，用颜餐园六年前酬唱元韵》，《再赠餐园》，《餐园招饮次韵》，卷四；《颜参原墓志铭》，卷二十九。

颜知天（1600—1669），字参原，亳县人。

38. 朱世熙
《喜晤朱瑶岑用前韵》，卷二。

朱世熙，字克咸，号瑶岑，宛平人。顺治十八年（1661）进士，散馆授编修，历官至右谕德。工书。

39. 支维甫
《亳州支园牡丹歌》（秀才支维甫），卷二。

40. 陈希稷
《赠黍丘陈简庵》，卷二。

陈希稷，字莲生，号简庵，夏邑人。

41. 史大成
康熙元年（1662），《和史立庵太史韵送洪晖吉之官程乡》，卷三。

史大成（1621—1682），字及超，号立庵，鄞县人。顺治十二年（1655）状元，授翰林院修撰，官至礼部左侍郎。有《八行堂诗文》。

42. 洪图光
康熙元年（1662），《和史立庵太史韵送洪晖吉之官程乡》，卷三；《兴宁道中怀晖吉》，卷三；康熙二年（1663），《癸卯除夕和佩公、晖吉》，卷三；康熙三年（1664），《甲辰元旦即事示晖吉》，《初夏同洪晖吉明府、张居玉孝廉、李其拔祠部饮侯定一园亭》、《赠晖吉》、《梅州竹寄晖吉》，卷三。

洪图光（1628—1722），字晖吉，鄞县人。精书画。

43. 顾璞传人

康熙元年（1662），《送别筑公传人北上因寄家书》，卷三。

顾璞，字筑公，又字琢公、竺公、山臣，钱塘人。工治印，有《顾筑公印谱》。

44. 曹同统

康熙元年（1662），《容庵招往镇平途次口占》，卷三。

曹同统，字能绍，号容庵，巢县人。顺治九年（1652）进士，授怀庆府推官，历官东昌府同知。有《容庵诗集》。

45. 秦章民

康熙元年（1662），《秦君章民部出守惠州》，卷三。

46. 李梓

康熙元年（1662），《李其拔园亭》，卷三。

李梓，字其拔，程乡人，李士淳子。明崇祯十六年（1643）贡生。

47. 胡冲之

康熙元年（1662），《寄胡冲之》，卷三。

48. 丘象升

康熙元年（1662），《赠丘曙戒》，卷三。

丘象升，字曙戒，号南斋，山阳人。顺治十二年（1655）进士，官至大理寺左寺副。有《南斋诗集》、《白云草堂集》等。

49. 邵正庵

康熙元年（1662），《潮阳岁暮即事酬邵正庵并寄张青雷王毓东》，卷三。

50. 张青雷

康熙元年（1662），《潮阳岁暮即事酬邵正庵并寄张青雷王毓东》，卷三。

51. 王毓东

康熙元年（1662），《潮阳岁暮即事酬邵正庵并寄张青雷王毓东》，卷三。

52. 宋征璧

康熙元年（1662），《赠宋潮州尚木》，卷三。

宋征璧（1602？—1672），原名存楠，字让文，后更名征璧，字尚木，华亭人，陈子龙弟子。明崇祯十六年（1643）进士，入清官潮州知府。复社、几社成员。云间派重要成员之一。有《抱真堂诗稿》、《三秋词》等。

53. 梁佩兰

康熙元年（1662），《秋夜集梁芝五宅，同魏和公、王震生、高望公、湛用嘈、何不偕、陈元孝、程周量、陶苦子、梁器圃分韵》，《芝五席上赠震生诸子三叠前韵》，《周量坐上口占赠六子·梁芝五》，卷三。

梁佩兰（1629—1705），字芝五，号药亭、柴翁等，南海人。"岭南三大家"与"岭南七子"之一。康熙二十七年（1688），年近六十中进士。有《六莹堂前后集》等。

54. 魏礼

康熙元年（1662），《秋夜集梁芝五宅，同魏和公、王震生、高望公、湛用喈、何不偕、陈元孝、程周量、陶苦子、梁器圃分韵》,《周量坐上口占赠六子·魏和公》,卷三。

魏礼（1628—1693），字和公，号季子，宁都人，魏禧弟。"易堂九子"之一。有《魏季子诗文集》十六卷。

55. 王鸣雷

康熙元年（1662），《秋夜集梁芝五宅，同魏和公、王震生、高望公、湛用喈、何不偕、陈元孝、程周量、陶苦子、梁器圃分韵》,《芝五席上赠震生诸子三叠前韵》,《周量坐上口占赠六子·王震生》，卷三。

王鸣雷，字震生，号东村，番禺人。顺治二年（1645）举人。康熙初与修《广东通志》。有《空雪楼诗集》。

56. 高俨

康熙元年（1662），《秋夜集梁芝五宅，同魏和公、王震生、高望公、湛用喈、何不偕、陈元孝、程周量、陶苦子、梁器圃分韵》,《周量坐上口占赠六子·高望公》，卷三。

高俨（1616—1689），字望公，新会人。工诗，能书，擅画，时人称为"三绝"。

57. 湛凤光

康熙元年（1662），《秋夜集梁芝五宅，同魏和公、王震生、高望公、湛用喈、何不偕、陈元孝、程周量、陶苦子、梁器圃分韵》，卷三。

湛凤光，字用喈，增城人。康熙二年（1663）乡试解元，授深泽知县。有《双峄诗集》。

58. 何绛

康熙元年（1662），《秋夜集梁芝五宅，同魏和公、王震生、高望公、湛用喈、何不偕、陈元孝、程周量、陶苦子、梁器圃分韵》，卷三。

何绛，字不偕，号孟门，顺德人。有《不去庐稿》。

59. 陈恭尹

康熙元年（1662），《秋夜集梁芝五宅，同魏和公、王震生、高望公、湛用嘒、何不偕、陈元孝、程周量、陶苦子、梁器圃分韵》，《周量坐上口占赠六子·陈元孝》，卷三。

陈恭尹（1631—1700），字元孝，号半峰，晚号独漉子，又号罗浮布衣，顺德人，陈邦彦子。诗与屈大均、梁佩兰同称"岭南三大家"，又工书法。有《独漉堂全集》，诗文各十五卷词一卷。

60. 程可则

康熙元年（1662），《秋夜集梁芝五宅，同魏和公、王震生、高望公、湛用嘒、何不偕、陈元孝、程周量、陶苦子、梁器圃分韵》，《赠程周量》，《叠前韵赠周量》，《芝五席上赠震生诸子三叠前韵》，《赠周量四叠前韵》、《周量坐上口占赠六子》，卷三；康熙三年（1664），《周量中翰入都，重阳前一日遇于广陵》，卷三；《送程周量出守桂林》，卷五。

程可则（1624—1673），字周量，号石臞，南海人。顺治九年（1652）会试第一，十七年（1660）授内阁中书，康熙八年（1669）晋户部主事员外，康熙十年（1671）累迁兵部郎中，康熙十二（1673）年出任桂林知府，卒于全州。"岭南七子"之一，又与施润章、沈荃、王士禄、王士禛、陈廷敬等并称为八大家。有《海日楼诗文集》、《遥集楼诗草》等。

61. 陶璜

康熙元年（1662），《秋夜集梁芝五宅，同魏和公、王震生、高望公、湛用嘒、何不偕、陈元孝、程周量、陶苦子、梁器圃分韵》，《周量坐上口占赠六子·陶苦子》，卷三。

陶璜（1637—1680），字黼子，号甄夫，又号握山，后更名窳，字苦子，番禺人。有《慨独斋遗稿》、《握山堂集》等。

62. 梁槤

康熙元年（1662），《秋夜集梁芝五宅，同魏和公、王震生、高望公、湛用喈、何不偕、陈元孝、程周量、陶苦子、梁器圃分韵》，卷三。

梁槤（1628—1673），字器甫，一作器圃，别号寒塘居士、铁船道人，人称寒塘先生，顺德人。诗书画俱工，与同邑何衡、何绛、陈恭尹及番禺陶璜隐于北田，有北田五子之称。

63. 周鹤田

《答周鹤田》，卷三。

64. 董剑锷

康熙二年（1663），《癸卯除夕和佩公、晖吉》，卷三；康熙三年（1664），《赠董佩公》，卷三。

董剑锷（1622—1703），字佩公，号晓山，鄞县人。

65. 张琚

康熙三年（1664），《初夏同洪晖吉明府、张居玉孝廉、李其拔祠部饮侯定一园亭》，卷三。

张琚（1608—?），字居玉，学者称旋溪先生，程乡人。崇祯十二年（1639）举人，明亡隐居。著有《旋溪集》。

66. 侯定一

康熙三年（1664），《初夏同洪晖吉明府、张居玉孝廉、李其拔祠部饮侯定一园亭》，卷三。

67. 姚子蓉

康熙三年（1664），《姚媒长送别江干却赠》，《媒长茅亭》，卷三。

姚子蓉，字梅长，一作媒长，号晓白，惠州人。尝官南明兵部司务，明亡后隐于姚坑清醒泉畔。与澹归和尚善。修《惠州西湖志》，著有《醒泉诗集》等。

68. 吴绮

康熙三年（1664），《齐河送许吴二同年南归至禹城二兄复来》，卷三；康熙八年（1669），《赠吴薗次》（四首），《走笔招薗次》（三首），《岘山示薗次》（三首），卷四；康熙十三年（1674），《题吴梅邨先生〈爱山台上巳宴序〉卷》，卷三十六；康熙十七年（1678），《同吴薗次、志伊、石叶、陈其年、姜西铭、李武曾过隐湖访毛黼季，和园次韵》，《叠前韵赠吴薗次》，卷六；《宋金元诗选序》，卷十九。

吴绮（1619—1694），字薗次、丰南，号绮园、听翁，江都人。顺治十一年（1654）贡生，历官兵部主事、武选司员外郎、湖州知府。

《题吴梅邨先生〈爱山台上巳宴序〉卷》：康熙七年（1664），"薗次使君守湖州日，以上巳禊集郡署之爱山台，而梅邨先生所为之序也。是日会者十有二人，而余其一"。

69. 黄爱九

康熙三年（1664），《献县商家林哭同年黄爱九》，《憺园文集》卷三。

70. 李可汧

康熙四年（1665），《同李元仗、汪苕文、叶子吉、舍弟公肃饯送董玉虬侍御即事》，卷三；《闻元仗学使校士德安、安陆、襄阳，辄有此寄》，《至武昌值元仗往湖南》，卷四；康熙十四年（1675），《湖广按察司提学金事候补布政使司参议元仗李公墓志铭》，卷二十四。

李可汧（1616—1675），原名开邺，字宾侯、元仗，号处厚，昆山人。顺治十二年（1655）进士，候补布政使司参议。

徐乾学次女嫁李可汧长孙李邦靖。又，李可汧次孙邦直，娶金氏，金氏为徐乾学妻弟之女，为徐妻所抚者。

71. 汪琬

康熙四年（1665），《同李元杖、汪苕文、叶子吉、舍弟公肃饯送董玉虬侍御即事》，卷三；康熙九年（1670），《苕文假归次宗伯王先生韵送之》，卷五；康熙二十二年（1683），《寄汪钝翁》，卷七。

汪琬（1624—1691），字苕文，号钝庵、尧峰、玉遮山樵，长洲人。与侯方域、魏禧合称清初散文三大家。顺治十二年（1655）进士，康熙十八年（1679）举博学宏词。历官户部主事、刑部郎中、编修。有《尧峰诗文钞》、《钝翁前后类稿续稿》等。

72. 叶方蔼

康熙四年（1665），《同李元杖、汪苕文、叶子吉、舍弟公肃饯送董玉虬侍御即事》，卷三；康熙二十九年（1690），《请告得旨留别诸公》，卷九。

叶方蔼（1629—1682），字子吉，号讱庵，昆山人，叶重华子。顺治十六年（1659）一甲三名进士，授编修。江南奏销案起，夺官，寻授上林苑蕃育署丞。

康熙十二年（1673），徐乾学与叶方蔼、张玉书、钱澄之"共游西山萧寺"。（《田间全集序》，《憺园文集》卷二十）

73. 董文骥

康熙四年（1665），《同李元杖、汪苕文、叶子吉、舍弟公肃饯送董玉虬侍御即事》，卷三。

董文骥（1623—1685），字玉虬，武进人。顺治六年（1649）进士。有《微泉阁集》。

74. 王显祚

康熙七年（1668），《题梅花书屋为王襄璞方伯》，《醉歌行酬襄璞方伯》，《饮王方伯署中次赵秋水韵》，《发太原途中述怀寄襄璞五十韵》，卷四；《座主宗伯龚先生招同司农石先生、王襄璞、陈阶六、严就思、孙屺瞻、徐方虎饮黑龙潭限韵》，卷五。

王显祚，字襄璞，又字湛求，曲周人。明崇祯十二年（1639）举人。清顺治初授山东兖州府知府，历山西布政使。与申涵光、傅山善。

75. 赵湛

康熙七年（1668），《饮王方伯署中次赵秋水韵》，《赠赵秋水》，卷四。

赵湛，字秋水，号石鸥，邯郸人。有《玉晖堂诗集》五卷。

76. 邓廷罗

康熙七年（1668），《送别邓偶樵》，卷四。

邓廷罗，字叔奇，号偶樵，江宁人。顺治中拔贡生，官至湖广荆南道。辑有《兵镜备考》十三卷。

77. 金鋐

康熙七年（1668），《寒宵竹酬金冶公》，卷四。

金鋐，字冶公，号赤庵，宛平人。顺治九年（1652）进士。历任左赞善、内弘文院检讨、翰林院侍讲、国子监祭酒、广东布政使司参政、四川按察使、山西右布政使、江南左布政使、河南布政使、太常寺卿、左副都御史、兵部督捕右侍郎、福建巡抚、浙江巡抚等。

78. 龚伯通

康熙七年（1668），《与歌者胡生兼示龚公子伯通》，卷四。

79. 胡生

康熙七年（1668），《与歌者胡生兼示龚公子伯通》，卷四。

80. 犀公

《送犀公入庐山西村》，卷四。

81. 江闿

《答越辰六见赠作》，卷四。

江闿，榜姓越，字辰六，歙县（一作江都）人，贵筑籍。康熙二年（1663）顺天乡试举人，康熙十八年（1679）荐举博学宏词，不第。官至山西解州知州。王士禛弟子，吴绮婿。有《江辰六文集》、《春芜词》等。

82. 陈祺芳

《赠陈子寿》，卷四。

陈祺芳，字子寿，常熟人。

83. 吴参成

《赠吴石叶》，卷四；康熙十七年（1678），《同吴蕳次、志伊、石叶、陈其年、姜西铭、李武曾过隐湖访毛黼季，和园次韵》，卷六；

吴参成，字石叶，江都人，吴绮子。

84. 茆再馨

《赠茆再馨》，卷四。

85. 张芳

《湖州送张菊人》，卷四。

张芳，字菊人，号鹿床、澹翁，句容人。顺治九年（1652）进士。有《祴庵黛史》等。

86. 吴兆宽

《吴江旅舍示弘人、孝威》，《赠弘人》，卷四。

吴兆宽（1614—1680），字弘人，诸生，吴江人，吴兆骞兄。慎交社成员。

87. 邓汉仪

《吴江旅舍示弘人、孝威》，卷四。

邓汉仪（1617—1689），字孝威，号旧山，别号旧山梅农、钵叟，吴县人。明末复社成员。康熙十八年（1679）召试博学宏词，不第，以年老授中书舍人。著有《淮阴集》、《官梅集》、《过岭集》等，编有《天下名家诗观》。

88. 李壮

《赠李蠪庵》，卷四。

李壮（1623—？），号蠪庵，济宁人。顺治十五年（1658）进士，授苏州府推官，改京山知县。有《蠪庵集》。

89. 吴兴祚

康熙八年（1669），《清明日吴伯成明府招饮》，《别伯成》（三首），《伯成坐中即事口占》（二首），《口号示伯成》（六首），卷四；《赠吴伯成明府四十韵》，卷六。

吴兴祚（1632—1698），字伯成，号留邨，山阴人，后入汉军正红旗。有《宋元诗声律选》、《史迁句解》、《粤东舆图》等。

90. 秦松龄

康熙八年（1669），《秦对岩斋中小集限韵口占》，卷四；康熙十九年（1680），《新刊经解序》，卷二十一；康熙三十三年（1694），《甲戌三月三日招同钱湘灵、盛诚斋、尤悔庵、黄忍庵、王却非、何涵斋、孙赤崖、许鹤沙、周砺岩、秦对岩诸公、舍弟果亭禊饮遂园用兰亭二字为韵》，《忆昔行赠秦对岩宫谕》，卷九。

秦松龄（1637—1714），字汉石、次椒，号对岩、留仙、苍岘山人，

53

无锡人。顺治十二年（1655）进士，授国史馆检讨，康熙十八年（1679）举博学宏词，授检讨。有《苍岘山人文集》六卷等。

康熙八年（1669）徐乾学回昆山，与秦松龄等唱酬。康熙十二年（1673）秋徐乾学复归昆山视母疾，始刻《通志堂经解》，"因悉余兄弟家所藏本，覆加校勘。更假秀水曹秋岳、无锡秦对岩、常熟钱遵王、毛斧季、温陵黄俞邠及竹垞家藏旧版书若钞本，厘择是正。"①康熙三十三年（1694）三月三日，徐乾学所建遂园竣工，举办耆年会，邀请钱陆灿、盛符升、尤侗、黄与坚、王日藻、何秉、孙阳、许缵曾、周金然、秦松龄、禹之鼎等集会，并作诗记之。

91. 王翚

《送王石谷之秣陵谒周栎园使君》，卷四。

王翚（1632—1717），字石谷，号臞樵、耕烟散人，又号乌目山人、清晖老人、剑门樵客等，常熟人。清初杰出画家。

92. 盛符升

《佳人篇赠盛珍示》，卷四；康熙二十一年（1682），《江左兴革事宜略序》，卷十九；《南芝堂诗集序》，《憺园文集》卷二十；康熙三十二年（1693），《十二日抵云间，盛诚斋先生至，共饮鹤沙斋》，《俨斋招饮横云同却非、鹤沙、诚斋、令兄子武即事》，卷九；康熙三十三年（1694），《甲戌三月三日招同钱湘灵、盛诚斋、尤悔庵、黄忍庵、王却非、何涵斋、孙赤崖、许鹤沙、周砺岩、秦对岩诸公、舍弟果亭禊饮遂园用兰亭二字为韵》，《同诸公过诚斋宅留饮用亭字》，卷九。

盛符升（1615—1700），字珍示，号诚斋，又号赣石，昆山人。顺治十七年（1660）举人，康熙三年（1664）进士，授内阁中书，擢广西道御史，尝纂修《会典》。少从夏彝仲游，继出王士禛之门，佐编《渔洋山人精华录》。有《诚斋集》等。

---

① 《憺园文集》卷二十一《新刊经解序》。

93. 丘象随

《李阳驿回澜阁次丘季贞壁间韵》,《三叠季贞韵》,卷四。

丘象随（1631—1701），字季贞，号西轩，山阳人，丘象升弟。康熙十八年（1679）举博学宏词，试列一等，授检讨，官至洗马。著有《西轩诗集》六卷、《西轩纪年集》五十卷、《淮安诗城》八卷等。

94. 汪继昌

《赠汪征五》,卷四。

汪继昌，字征五，号悔岸，歙县人。顺治六年（1649）进士，官湖广按察司副使。有《白苎堂集》。

95. 黎士宏

《黎愧曾九日招饮赋赠》,卷四。

黎士宏（1618—1697），字愧曾，一作媿曾，长汀人。顺治举人，官至布政司参议。有《论素斋诗文集》十卷，《仁恕堂笔记》三卷，《理信存稿》三卷等。

96. 施闰章

《愚山招饮李维饶园和韵》,卷四;《分韵赠施愚山》,卷六;康熙六年（1667）,《送施少参尚白还宣城序》,卷二十三。

施闰章（1619—1683），字尚白、屺云，号愚山、蠖斋、矩斋等，宣城人。顺治六年（1649）进士，授刑部主事，康熙十八年（1679）举博学宏词，授侍讲，与修《明史》,进侍读。与宋琬有"南施北宋"之名，又与严沆、宋琬、丁澎等合称为"燕台七子"。有《学余堂文集》、《试院冰渊》等。

97. 丘钟仁

《武昌值丘近夫将归作四绝句送之》,卷四。

丘钟仁，字近夫，昆山人。康熙十八年（1679）荐举鸿博，老不与试，赐中书舍人。有《春秋遵经集说》等。

98. 余天溥

《衡阳赠余西崖》，卷四。

余天溥，字博也，号西崖，上元人。贡生，顺治十五年（1658）任清泉知县，修复衡阳石鼓书院。

99. 宋荦

《寄宋牧仲时为黄州别驾》，卷四；《为宋牧仲题画》，卷七。

宋荦（1634—1713），字牧仲，号漫堂、西陂、绵津山人，晚号西陂老人、西陂放鸭翁，商丘人。诗人、书画家，富收藏，精鉴赏，商丘"雪苑六子"之一。顺治四年（1647），应诏以大臣子列侍卫。历官黄州通判、江苏巡抚、吏部尚书。有《西陂类稿》五十卷、《漫堂说诗》、《江左十五子诗选》等。

100. 顾炎武

《怀舅氏》，卷四；康熙十八年（1679），《与舅氏亭林先生论姓氏书》，卷三十四。

顾炎武（1613—1682），本名继坤，改名绛，字忠清，后改炎武，字宁人，号亭林，自署蒋山俑，昆山人，徐乾学舅父。

101. 吴国对

《同吴玉随观妓剧饮山园和玉随韵》，卷四。

吴国对（1616—1680），字玉随，号默岩，全椒人。清顺治十五年（1658）一甲第三名进士。有《赐书楼集》二十四卷、《诗乘》多卷。

102. 方文

《答方尔止》，卷四。

方文（1612—1669），字尔识，更名文，字尔止，明亡后更名一耒，号嵞山、明农、忍冬、淮西山人等，桐城人，方以智叔父。天启诸生，明亡隐居金陵，后归桐城。有《嵞山诗文集》、《说文条贯》等。

二 《诗·词馆集》部分〔卷五至六，康熙九年（1670）至康熙十七年（1678）〕

103. 蔡启僔

康熙九年（1670），《及第纪恩，示同年蔡石公、孙屺瞻》、《康熙九年十二月十九日，上召对弘德殿。学士臣哈占引、臣启僔、臣在丰、臣乾学、臣牛钮、臣博济、臣德格勒、臣沈独立以次奏事毕，命臣启僔、臣在丰、臣乾学进殿内，分立御座旁。上曰：今日无事，汝三人可各赋一诗，满庶吉士讲书可也。中涓传旨：赐坐。诗成，并蒙睿奖，赐茶而出》，卷五；《孙屺瞻招同吴长庚、严就思、蔡石公、徐方虎饮李将军园亭》，《蔡石公招集天宁寺兼游白云观》，卷五；康熙十一年（1672），《赴京兆宴入荆闱，口占示蔡石公同年》，卷五。

蔡启僔（1619—1683），字石公，号昆旸，德清人。康熙九年（1670）状元，历任右春坊右赞善、翰林院检讨。

康熙九年（1670），徐乾学一甲第三名及第，蔡启僔为本科状元，孙在丰为榜眼。

104. 孙在丰

康熙九年（1670），《及第纪恩，示同年蔡石公、孙屺瞻》、《康熙九年十二月十九日，上召对弘德殿。学士臣哈占引、臣启僔、臣在丰、臣乾学、臣牛钮、臣博济、臣德格勒、臣沈独立以次奏事毕，命臣启僔、臣在丰、臣乾学进殿内，分立御座旁。上曰：今日无事，汝三人可各赋一诗，满庶吉士讲书可也。中涓传旨：赐坐。诗成，并蒙睿奖，赐茶而出》，卷五；《孙屺瞻招同吴长庚、严就思、蔡石公、徐方虎饮李将军园亭》、《座主宗伯龚先生招同司农石先生、王襄璞、陈阶六、严就思、孙屺瞻、徐方虎饮黑龙潭限韵》，卷五；《送孙屺瞻假归省觐》，卷六；康熙二十一年（1682），《舟次、蛟门、东川移酒屺瞻书斋邀同严存庵、舍弟果亭小饮用亭字》，卷七；康熙二十三年（1684），《严存庵以病请告，有旨慰留，诗以赠之，次屺瞻韵》，卷七；康熙二十四年（1685），《同年孙屺瞻学士扈跸》，卷八；《题同年孙屺瞻小像》，卷八；《孙封翁寿序》（孙在丰父），卷二十六；康熙二十八年（1689），《内阁学士兼礼部侍郎孙公神道碑铭》，卷三十一；《祭孙学士文》，卷三十三。

孙在丰（1644—1689），字屺瞻，德清人。康熙九年（1670）一甲第二名进士，官至内阁学士兼礼部侍郎。有《扈从笔记》、《东巡日记》、《尊道堂诗文》等。

105. 汪懋麟

康熙九年（1670），《喜汪蛟门至，和沈康臣韵》，《憺园文集》卷五；《宋荔裳、王西樵、阮亭、严修人、米紫来、汪蛟门、乔石林集寓斋分韵》，卷五；《题汪蛟门小像》，卷六；《题汪蛟门舍人百尺梧桐阁图》，卷七；康熙十四年（1675），《汪太公观澜九十寿序》，卷二十四；康熙十八年（1679），《送中书舍人汪君序》，卷二十三；康熙十九年（1680），《正月十七日曹颂嘉招同吴志伊、严荪友、朱锡鬯、汪蛟门、舟次、乔石林、潘次耕、家胜力、电发饮作歌》，卷七；康熙二十一年（1682），《舟次、蛟门、东川移酒屺瞻书斋邀同严存庵、舍弟果亭小饮用亭字》，卷七；康熙二十七年（1688），《祭汪蛟门文》，卷三十三，《刑部主事季角汪君墓志铭》，卷二十九。

汪懋麟（1640—1688），字季角，号蛟门，江都人。康熙六年（1667）进士，授内阁中书，官至刑部主事。徐乾学荐入《明史》馆。有《百尺梧桐阁集》等。

106. 王崇简

康熙九年（1670），《上王敬斋宗伯》，《苕文假归次宗伯王先生韵送之》，卷五；《光禄大夫太子太保礼部尚书诰赠太子太傅保和殿大学士谥文贞王公合葬墓表》，卷三十二。

王崇简（1602—1678），字敬哉，一作敬斋，谥文贞，宛平人，王熙父。明崇祯十六年（1643）进士。官至礼部尚书。有《青箱堂集》等。

107. 阎华亭

康熙九年（1670），《送阎华亭》，卷五。

108. 清丰令

康熙九年（1670），《送清丰令》，卷五。

109. 金某

康熙九年（1670），《送金君之任云南》，卷五。

110. 宗观

康熙九年（1670），《送宗鹤问之吴兴》，卷五。
宗观，字鹤问，兴化人，居江都。以江宁籍中副榜。

111. 宋琬

康熙九年（1670），《送宋荔裳观察两川》，《宋荔裳、王西樵、阮亭、严修人、米紫来、汪蛟门、乔石林集寓斋分韵》，卷五。

宋琬（1614—1674），字玉叔，号荔裳，莱阳人。顺治四年（1647）进士，授户部主事，官至四川按察使。工诗，清八大诗家之一，与施闰章齐名，有"南施北宋"之目，又与严沆、施闰章、丁澎等合称"燕台七子"。有《安雅堂集》十六卷。

112. 魏裔介

康熙九年（1670），《座主柏乡相公斋中小坐》，卷五；康熙十年（1671），《座主相国魏公五十寿》，《柏乡公致政》，卷五；《光禄大夫太子太傅礼部尚书保和殿大学士加一级柏乡魏公墓志铭》，卷二十七。

59

魏裔介（1616—1686），字石生，号贞庵、昆林，谥文毅，柏乡人。顺治三年（1646）进士，选庶吉士，历任工、吏、兵三科都给事中、太常寺少卿、左都御史、太子太保、吏部尚书、保和殿大学士、太子太傅等。有《兼济堂集》等。

康熙九年（1670），徐乾学会试及第，魏裔介为主考官之一。

113. 龚鼎孳

康熙九年（1670），《上座主合肥先生》，《座主合肥先生寿诗三十韵》，卷五；《座主宗伯龚先生招同司农石先生、王襄璞、陈阶六、严就思、孙屺瞻、徐方虎饮黑龙潭限韵》，卷五；康熙十二年（1673），《值合肥座主家童有感》，卷五。

龚鼎孳（1615—1673），字孝升，号芝麓，谥端毅，合肥人。明崇祯七年（1634）进士，官给事中。明亡，先降李自成，后降清。清康熙间历任刑、兵、礼三部尚书。诗文并工，与吴伟业、钱谦益并称为"江左三大家"。有《定山堂诗集》等。

114. 牛钮

康熙九年（1670），《康熙九年十二月十九日，上召对弘德殿。学士臣哈占引、臣启傅、臣在丰、臣乾学、臣牛钮、臣博济、臣德格勒、臣沈独立以次奏事毕，命臣启傅、臣在丰、臣乾学进殿内，分立御座旁。上曰：今日无事，汝三人可各赋一诗，满庶吉士讲书可也。中涓传旨：赐坐。诗成，并蒙睿奖，赐茶而出》，卷五；《请告得旨留别诸公》，卷九；《资政大夫经筵讲官内阁学士兼礼部侍郎牛公墓志铭》，卷二十七。

牛钮（1648—1686），姓赫舍里氏，字枢臣，正蓝旗满洲人。康熙八年（1669）举顺天乡试，康熙九年（1670）赐同进士出身，"满洲之有汉文进士自兹始"[1]。官至内阁学士，兼礼部侍郎。

---

[1]《憺园文集》卷二十七《资政大夫经筵讲官内阁学士兼礼部侍郎牛公墓志铭》。

115. 陈宗石

《次陈子万卜居韵》，卷五；《送陈子万还商丘》，卷七；康熙二十九年（1690），《陈子万见访阜城》，卷九。

陈宗石（1644—1720），字子万，号寓园，宜兴人，商丘籍，陈贞慧第四子，陈维崧弟，侯方域婿。由知县历官户部主事。有《疆善堂臆说》、《二峰山人诗集》等。

116. 彭之凤

《述病示彭横山给事》，卷五。

彭之凤，字宜生，号横山，别号北海，龙阳人。顺治十五年（1658）进士，累官光禄寺少卿。

117. 张玉裁

《送张礼存编修南还寄询尊人湘晓先生》，卷五。

张玉裁（1639—1674），字礼存，号退密，丹徒人，张九征长子，张玉书兄。康熙五年（1666）举人，康熙六年（1667）进士第二人，授翰林院编修。有《礼存文集》。

118. 张九征

《送张礼存编修南还寄询尊人湘晓先生》，卷五；《河南提学佥事封通议大夫内阁学士兼礼部侍郎张公行状》，卷三十三。

张九征（1618—1684），字公选，号湘晓，丹徒人，张玉书父。顺治四年（1647）进士，官至内阁学士兼礼部侍郎。

119. 曾灿

《送曾青藜归上母夫人寿》，卷五。

曾灿（1622—1688），原名传灿，字青藜，号止山，别号六松老人，宁都人。明亡隐居，"易堂九子"之一。有《六松草堂文集》、《止山集》、

《西崦草堂集》等。

120. 潘高
《寓斋小饮同潘孟升舍弟立斋》，卷五。

潘高（1624—1678?），字孟升，号鹤江，金坛人。诸生，受业于钱谦益。有《南村诗稿》二十四卷。

121. 熊赐履
《送座主孝感熊公省觐》，卷五；康熙二十三年（1684），《熊太夫人七十寿序》，卷二十四。

熊赐履（1635—1709），字敬修，一字青岳，号愚斋，谥文端，孝感人。顺治十五年（1658）进士，选庶吉士，授检讨，官至任东阁大学士兼吏部尚书，任《平定朔漠方略》、《明史》总裁官。有《经义斋集》十八卷、《闲道录》三卷等。

122. 吴光
《孙屺瞻招同吴长庚、严就思、蔡石公、徐方虎饮李将军园亭》，卷五。

吴光，字迪前，号长庚，归安人，吴景旭子。顺治十八年（1661）进士第三人。著有《南山草堂集》、《使交集》等。

123. 严我斯
《孙屺瞻招同吴长庚、严就思、蔡石公、徐方虎饮李将军园亭》，《存庵招集玉皇阁得高字》，《座主宗伯龚先生招同司农石先生、王襄璞、陈阶六、严就思、孙屺瞻、徐方虎饮黑龙潭限韵》，卷五；康熙二十一年（1682），《舟次、蛟门、东川移酒屺瞻书斋邀同严存庵、舍弟果亭小饮用亭字》，卷七；康熙二十三年（1684），《严存庵以病请告，有旨慰留，诗以赠之，次屺瞻韵》，卷七；《祈雨毕奏事西苑叠韵上会清、存庵两先生》，《叠韵奉柬存庵先生》，卷八；康熙二十六年（1687），《送同官严存庵假还》，卷八。

严我斯（1629—?），字就斯，号存庵，归安人。康熙三年（1664）进士第一，官至礼部左侍郎。有《尺五堂诗删》六卷。

124. 徐倬

《孙屺瞻招同吴长庚、严就思、蔡石公、徐方虎饮李将军园亭》、《座主宗伯龚先生招同司农石先生、王襄璞、陈阶六、严就思、孙屺瞻、徐方虎饮黑龙潭限韵》，卷五；《送徐方虎编修》，卷六；康熙十八年（1679），《除夕前一日同方虎、次耕饮》，卷七；康熙二十五年（1686），《八月十一澹人招同西溟、方虎饮花下赋》，卷八。

徐倬（1624—1713），字方虎，号苹村，德清人。康熙十二年（1673）进士。有《读易偶钞》、《古今文统》、《苹村类稿》等。

125. 章贞

《桑乾歌送章含可左迁荥阳》，卷五。

章贞，字含可，会稽人。顺治十二年（1655）进士，授山东寿光县知县。尝官河南荥阳县县丞、湖广枣阳县知县。康熙十八年（1679）举博学宏词，因病未果。著有《东铭解》。

126. 许珌

《陇山歌送许天玉之官安定》，卷五。

许珌（1614—1672），字天玉，号星亭（又作星庭）、星斋、铁堂，别号天海山人，侯官人。明崇祯举人，清顺治中任安定知县。有《铁堂诗草》二卷。

127. 李召霖

《次韵送李侍御召霖》，卷五。

128. 钱芳标

《送钱葆酚舍人南还》，卷五。

钱芳标，原名鼎瑞，字宝汾、葆酚，华亭人。康熙五年（1666）举人，官中书舍人。云间词派后期代表人物之一，有《金门稿》、《湘瑟词》等。

129. 周在浚

《送周雪客次韵》，卷五；《雪客别予扬州归为太夫人寿》，卷六；《赠周雪客之任山西藩幕》，卷八。

周在浚（1640—?），字雪客，号梨庄，祥符人，周亮工子。以贡监生考充国子监官学教习。有《南唐书注》十九卷、《天发神谶碑考》二卷等。

130. 石某

《座主宗伯龚先生招同司农石先生、王襄璞、陈阶六、严就思、孙屺瞻、徐方虎饮黑龙潭限韵》，卷五。

131. 陈台孙

《座主宗伯龚先生招同司农石先生、王襄璞、陈阶六、严就思、孙屺瞻、徐方虎饮黑龙潭限韵》，卷五。

陈台孙，字阶六，号越庵，又号楚州酒人，山阳人。崇祯十三年（1640）进士，授富阳县知县，入清后授户部给事中，官至陕西陇右道参议。有《鹨笑斋诗集》、《辰舫集》、《陇古唱和诗》等。

132. 王士禄

《宋荔裳、王西樵、阮亭、严修人、米紫来、汪蛟门、乔石林集寓斋分韵》，卷五；《进士东亭王君墓志铭》，卷二十八。

王士禄（1626—1673），字子底、伯受，号西樵，新城人。顺治九年（1652）进士，初授莱阳教谕，后迁吏部考功司员外郎。工诗，与弟士祜、士祯并称"三王"。有《读史蒙拾》、《然脂集》、《表余堂诗存》。

133. 王士祯

《宋荔裳、王西樵、阮亭、严修人、米紫来、汪蛟门、乔石林集寓斋分韵》，卷五；《渔洋山人续集序》，卷二十一；《进士东亭王君墓志铭》，卷二十八；康熙二十三年（1684），《送王阮亭奉使南海序》，卷二十三。

王士祯（1634—1711），字子真、贻上，号阮亭、渔洋山人，新城人。顺治十四年（1657）进士，官至刑部尚书。有《带经堂集》、《渔洋诗话》、《池北偶谈》等。

134. 严允肇

《宋荔裳、王西樵、阮亭、严修人、米紫来、汪蛟门、乔石林集寓斋分韵》，卷五。

严允肇，字修人，号石樵，归安人。顺治十八年（1661）进士，官寿光知县。著有《石樵诗稿》十二卷、《宜雅堂集》等。

135. 米汉雯

《宋荔裳、王西樵、阮亭、严修人、米紫来、汪蛟门、乔石林集寓斋分韵》，卷五。

米汉雯，字紫来，一作子来，号秀岩、秀峰、漫园，宛平人。顺治十八年（1661）进士。康熙十八年（1679）举博学宏词，授翰林院编修，官至侍讲。金石篆刻书画，靡不精妙。著有《漫园诗集》一卷、《始存集》一卷。

136. 乔莱

《宋荔裳、王西樵、阮亭、严修人、米紫来、汪蛟门、乔石林集寓斋分韵》、《送乔石林中翰》、《再送石林南还》，卷五；《戏题石林小像》，卷六；康熙十九年（1680），《正月十七日曹颂嘉招同吴志伊、严荪友、朱锡鬯、汪蛟门、舟次、乔石林、潘次耕、家胜力、电发饮作歌》、《乔石林编修邀诸公饮醉后题云湖巷》，卷七；《送乔石林使粤西》，卷八。

乔莱（1642—1694），字子静、石林，宝应人。康熙六年（1667）进士，授内阁中书。康熙十八年（1679）举博学宏词，授翰林院编修，与修《明史》，充日讲起居注官。有《应制集》、《归田集》等。

137. 周弘

《送周缄斋》，卷五。

周弘（1637—1705），字子重，号缄斋，榜名秦弘，无锡人。康熙二年（1663）江南乡试第九名举人，康熙三年（1664）一甲第三名进士，授内翰林国史院编修，官至翰林院侍讲学士。

138. 吴之振

《送吴孟举》，卷五。

吴之振（1640—1717），字孟举，号橙斋，别号黄叶村农，石门人。贡生，官内阁中书。合编有《宋诗钞》，选有《八家诗钞》，著有《黄叶村庄诗集》十二卷等。与吕留良、黄宗羲有交。

139. 王撰

《送王异公》，《题异公诗卷》，卷五。

王撰（1623—1709），字异公，号随庵，太仓人，王时敏第三子，王揆弟。工诗，善书画。与黄与坚及兄揆、弟抃、撼等称"娄东十子"。著有《三馀集》、《揖山集》等。

140. 何元英

《七夕蕤音招饮未赴走笔代柬兼示顾放亭》，卷五。

何元英，字蕤音，秀水人，顺治十二年（1655）进士，官通政史参议。工书。

141. 顾放亭

《七夕蕤音招饮未赴走笔代束兼示顾放亭》，卷五。

142. 叶舒崇

康熙十一年（1672），《撤棘后赠叶元礼》，《再送元礼二绝句》，卷五；康熙十七年（1678），《叶元礼制义序》，卷二十二。

叶舒崇，字元礼，号宗山，吴江人。康熙十五年（1676）进士，官内阁中书。有《宗山集》。

143. 陈元龙

《子房歌赠陈广陵》，卷五。

陈元龙（1652—1736），字广陵，号乾斋，谥文简，海宁人。康熙二十四年（1685）一甲第二名进士，授翰林院编修，入直南书房。历官至翰林院掌院学士、广西巡抚、文渊阁大学士兼礼部尚书加太子太傅。

144. 朱尔迈

《昭君词送朱人远》，卷五。

朱尔迈（1632—1693），字人远，别号日观子，海宁人。著有《平山堂集》。

145. 徐敬庵

《伯母昌太夫人寿诗兼示兄敬庵吏部》，卷五。

146. 张惟赤

《寄赠张螺浮都谏》，卷五。

张惟赤（？—1676），原名恒，字侗孩，号螺浮，又号小白，海盐人。顺治三年（1646）中副车，援例应任知县，不就。顺治十二年（1655）成进士，授户曹郎，历官礼科、刑科给事中。著有《入告编》三卷《遗编》一卷，《退思轩集》一卷。

147. 钱中谐

《赠钱宫声》，卷五。

钱中谐，字宫声，吴县人。顺治十四年（1657）举人，顺治十五年（1658）进士，康熙十八年（1679）召试博学宏词，取为一等十四名，授翰林院编修，纂修《明史》。著有《三吴水利条议》。

148. 魏象枢

康熙十二年（1673），《赠魏环溪侍御》，《赠侍御魏环溪先生》，《环溪先生招饮饯别次韵奉谢》，卷五；康熙十八年（1679），《与总宪魏环溪先生书》，卷三十四；康熙二十三年（1684），《送大司寇魏先生致政还蔚州序》，卷二十三；康熙二十八年（1689），《资政大夫刑部尚书谥敏果魏公神道碑》，卷三十一。

魏象枢（1617—1687），字环溪，号庸斋、寒松老人，谥敏果，蔚州人。顺治三年（1646）进士，选翰林院庶吉士，官至刑部尚书。有《寒松堂集》等。

149. 陈祚明

康熙十二年（1673），《赠陈胤倩》，卷五。

陈祚明，字胤倩，号稽留山人，室名采菽堂，钱塘人。不仕清朝，以布衣终一生。有诗集《稽留山人集》（本名《敝帚集》）二十一卷，辑有《采菽堂古诗选》三十八卷。

150. 杜镇

康熙十二年（1673），《送杜子静编修》，卷五。

杜镇，字子静，南宫人。顺治十五年（1658）进士，康熙初年任阳信县知县，改任中书舍人，与修《大清律》、《世祖实录》，书成后授翰林院编修。康熙十五年（1676）任侍讲，又晋侍读。卒年六十八岁。有《宝田斋草》。

151. 陆恂若
康熙十二年（1673），《送陆恂若随梁大司农之广州》，卷五。

152. 孙承泽
康熙十二年（1673），《退谷孙先生招同王敷五、陆翼王小饮，因出李文正吴文定诸公赏菊联诗手卷随命各赋绝句追和昔人骑字韵》，《用西涯诸公韵呈退谷先生》，卷五。

孙承泽（1592—1676），字耳伯，号北海，又号退谷、退翁、退道人，祖籍益都，世隶上林苑籍。崇祯四年（1631）进士，历官陈留知县、刑部给事中。入清，历任太常寺少卿，兵部、吏部侍郎，加太子太保、都察院右都御史衔。精鉴赏，富收藏。著述有《尚书集解》二十卷、《山书》十八卷、《九州山水考》三卷等二十余种。

153. 汤右曾
康熙十二年（1673），《用西涯诸公韵呈退谷先生》，《用西涯诸公韵送顾见山赴洮岷》，卷五。

汤右曾（1656—1722），字西崖，一作西涯，仁和人。康熙二十七年（1688）进士，选庶吉士，授编修，官至吏部右侍郎，兼掌院学士。少即工诗，为王士禛入室弟子，后与朱彝尊相继主持浙中诗教。著有《怀清堂集》二十卷。

154. 顾大申
康熙十二年（1673），《用西涯诸公韵送顾见山赴洮岷》，卷五。

顾大申，本名镛，字震雄，号见山，又号堪斋，华亭人。顺治九年（1652）进士，授工部主事。精于诗文，善画山水。著有《堪斋诗存》八卷、《诗原》、《鹤巢乐府》等。

155. 王宽

康熙十二年（1673），《退谷孙先生招同王敷五、陆翼王小饮，因出李文正吴文定诸公赏菊联诗手卷随命各赋绝句追和昔人骑字韵》，卷五。

王宽，字敷五，安邑人。康熙九年（1670）进士，选翰林院庶吉士，散馆授编修。

156. 陆元辅

康熙十二年（1673），《退谷孙先生招同王敷五、陆翼王小饮，因出李文正吴文定诸公赏菊联诗手卷随命各赋绝句追和昔人骑字韵》，卷五；康熙二十八年（1689），《赠陆翼王》、《送翼王口占三绝句》，卷九。

陆元辅（1617—1691），字翼王、一字默庵，号菊隐，嘉定人。与赵俞、张云章等人称"嘉定六君子"。康熙十八年（1679）举博学宏词。有《十三经注疏类抄》、《续经籍考》、《菊隐集》等。

157. 沈荃

康熙十二年（1673），《赠别沈绎堂先生再叠前韵》，卷五；康熙二十九年（1690），《请告得旨留别诸公》，卷九。

沈荃（1624—1684），字贞蕤，号绎堂，别号充斋，谥文恪，华亭人。顺治九年（1652）一甲第三名进士，授编修，官至詹事府詹事，礼部右侍郎。有《一研斋诗集》十六卷。

158. 韩菼

康熙十二年（1673），《韩元少、王季友二子送至柳巷口占赋赠五叠前韵》，卷五；同年，《韩元少制艺序》（代），卷二十二；康熙二十九年（1690），《请告得旨留别诸公》，卷九。

韩菼（1637—1704），字元少，号慕庐，卒谥文懿，长洲人。康熙十一年（1672）顺天乡试，徐乾学取之遗卷中，康熙十二年（1673）得中状元，授翰林院修撰，官至礼部尚书兼翰林院掌院学士。尝主持纂修《孝经衍义》，充《一统志》总裁。有《有怀堂文稿》二十八卷等。

159. 王鸿绪

康熙十二年（1673），《韩元少、王季友二子送至柳巷口占赋赠五叠前韵》，卷五；康熙二十九年（1690），《王农山先生寿序》（农山，王鸿绪父王广心字），卷二十四；康熙三十二年（1693），《俨斋招饮贤兄瑁湖宜园，时瑁湖在江上》，《俨斋招饮横云同却非、鹤沙、诚斋、令兄子武即事》，卷九。

王鸿绪（1645—1723），初名度心，后改鸿绪，字季友，号俨斋，别号横云山人，娄县人，王广心子，王顼龄弟。康熙十二年（1673）一甲第二名进士，历官日讲起居注官、翰林院侍讲、侍读学士、《明史》总裁官、左都御史、工部尚书、户部尚书等。有《明史稿》、《横云山人集》等。

160. 严绳孙

康熙十二年（1673），《严荪友、姜西溟策蹇相送时各赴馆幕六叠前韵》，卷五；康熙十九年（1680），《正月十七日曹颂嘉招同吴志伊、严荪友、朱锡鬯、汪蛟门、舟次、乔石林、潘次耕、家胜力、电发饮作歌》，卷七。

严绳孙（1623—1702），字荪友，一字冬荪，号秋水、禺荡渔人，无锡人。康熙十八年（1679）以布衣举宏博，授检讨。有《秋水集》。

161. 姜宸英

康熙十二年（1673），《严荪友、姜西溟策蹇相送时各赴馆幕六叠前韵》，卷五；康熙十七年（1678），《同吴蘭次、志伊、石叶、陈其年、姜西铭、李武曾过隐湖访毛黼季，和园次韵》，卷六；康熙二十五年（1686），《八月十一澹人招同西溟、方虎饮花下赋》，卷八；康熙二十七年（1688），《奉邀太常悦岩先生虎坊桥南别墅宴集同姜朱二翰林》，《说岩先生招同竹垞西溟黑窑厂最高处讌集赋谢》，卷八。

姜宸英（1628—1699），字西溟，号湛园、苇间，慈溪人。与朱彝尊、严绳孙并称"江南三布衣"。康熙十八年（1679）入明史馆纂修《明史》，康熙二十九年（1690）从徐乾学至洞庭东山纂修《大清一统志》。康熙三十六年（1697）七十岁始成进士，越两年为顺天乡试副考官，因事下狱死。有《湛园集》。

162. 高咏

康熙十二年（1673），《留别高阮怀七叠前韵》，卷五。

高咏（1622—？），字阮怀，宣城人，高维岳孙。康熙十八年（1679）举博学宏词，授翰林院检讨。以诗闻名，与施闰章创"宣城体"，兼工书画。有《遗山堂集》、《若岩堂集》。

163. 耿愿鲁

康熙十二年（1673），《赠耿又朴编修》，《济南逢又朴即招予同即山饮》，卷六。

耿愿鲁（1646—1682），字公望，号又朴，馆陶人。康熙五年（1666）乡试第一，康熙九年（1670）成进士，改庶吉士，授编修。康熙十二年（1673）充会试同考官。有《韦斋集》七卷。

164. 朱阜

康熙十二年（1673），《赠朱即山检讨》，《济南逢又朴即招予同即山饮》，卷六。

朱阜，榜姓李，字即山，山阴人。康熙九年（1670）进士，官少詹事，侍讲学士。

165. 叶方恒

康熙十二年（1673），《赠叶学亭姑夫》，卷六。

叶方恒，字嵋初，号学亭，昆山人。顺治十五年（1658）进士，授贵阳府推官，改山东莱芜知县。

166. 张四教

康熙十二年（1673），《赠张芹沚参议》，卷六。

张四教（1602—1694），字道一，号芹沚，莱芜人。顺治三年（1646）进士，授山西平阳府推官，升兵部主事，迁员外郎。复出任山西按察使司提学佥事，晋陕西榆林兵备道副使。著有《独宜斋稿》、《榆山讲义》、《大榆山房遗诗》等。

167. 吴本立

康熙十二年（1673），《广陵值吴意辅南还》，卷六。

吴本立，字菽原，号意辅，武进人。康熙九年（1670）进士，授兵部主事，官至浙江台州知府，康熙二十一年（1682）会试同考官。

168. 张玉书

《送张素存先生北上》，卷六；康熙二十三年（1684），《河南提督佥事封通议大夫内阁学士兼礼部侍郎张公行状》（张玉书父张九征），卷二十三；康熙二十四年（1685），《赠张素存学士扈跸盛京祭告山陵》，卷八。

张玉书（1642—1711），字素存，号润甫，谥文贞，丹徒人。张九征次子，张玉裁弟。顺治十八年（1661）进士，历任翰林院编修、国子监司业、侍讲学士、刑部尚书、兵部尚书。康熙十八年（1679）任《明史》总裁官，后出任《佩文韵府》、《康熙字典》总裁官，康熙二十九年（1690）拜文华殿大学士兼户部尚书。有《文贞集》十二卷。

又，康熙二十九年（1690）徐乾学所撰《田间全集序》云："岁壬子冬，忽来都下，馆余座师龚端毅公家。因与订交，欢甚。明年，余将出京，与叶讱庵、张素存诸公邀之共游西山萧寺。"壬子为康熙十一年（1672）。

169. 汪耀麟

康熙十三年（1674），《题汪叔定小像》，卷六。

汪耀麟，字叔定，江都人，汪懋麟兄。邑诸生，有文笔。有《抱来堂集》二十六卷。

170. 吴殳

康熙十三年（1674），《海盐同吴修龄、彭骏孙用前韵作》，卷六。

吴殳（1611—1695），又名吴乔，字修龄，昆山人。有《围炉诗话》、《手臂录》等。

171. 彭孙遹

康熙十三年（1674），《海盐同吴修龄、彭骏孙用前韵作》，卷六。

彭孙遹（1631—1700），字骏孙，号羡门，又号金粟山人，海盐人。顺治十六年（1659）进士，康熙十八年（1679）举博学宏词第一。历官吏部侍郎、经筵讲官、《明史》总裁等。工词章，与王士禛齐名，号"彭王"，又与王士禛、曹贞吉、纳兰成德、陈维崧等并称"清初七家"。有《松桂堂全集》等传世。

172. 顾湄

康熙十三年（1674），《同顾伊人赴云栖，出尊甫织帘先生倡和诗册，次原韵》，《题云栖寺次韵同伊人作》，卷六。康熙十五年（1676），《虎丘山志序》，卷二十一。

顾湄，字伊人，太仓人，顾梦麟子。慎交社、同声社成员，与黄与坚等称"娄东十子"。有《水乡集》。

徐乾学刊刻《通志堂经解》，顾湄是专职校勘者之一。

173. 静居上人

康熙十三年（1674），《赠云栖静居上人用前韵》，卷六。

174. 舜瞿禅师

康熙十三年（1674），《访舜瞿禅师留宿赋赠》，卷六。

舜瞿禅师（1625—1700），净慈寺方丈。俗姓王，讳方孝，字舜瞿，江都人。初习儒，明亡后剃度为僧。

175. 宁尔讲

《寄宁元著侍御》，卷六。

宁尔讲，字元著（一作元箸），永年人。顺治十六年（1659）进士，散馆改御史。

176. 陈廷敬

《送陈说岩詹事祭告北镇》，卷六；《咏史示说岩》，卷八；康熙二十七年（1688），《奉邀太常悦岩先生虎坊桥南别墅宴集同姜朱二翰林》，《说岩先生招同竹垞西溟黑窑厂最高处讌集赋谢》，卷八；康熙二十八年（1689），《同太宰悦岩公出昭德门见蹴鞠者赋之》，《和陈尚书晚春下直之作》，《送同年李厚庵学士和院长说岩先生韵》，《和尚书说岩先生马上口占韵》，卷九；康熙二十九年（1690），《双燕十六韵寄太宰泽州先生》，卷九；康熙三十三年（1694），《题盛子昭辋川图寄陈说岩先生》，卷九；《陈太公寿序》（陈廷敬从父陈昌言），卷二十四；《午园记》，《七柿草庐记》，卷二十五。

陈廷敬（1639—1712），字子端，号悦岩、午亭，泽州人。顺治十五年（1658）进士，改庶吉士，官至吏部尚书、文渊阁大学士。《康熙字典》总修官。

177. 潘耒

《送潘次耕应召入都》，卷六；康熙十八年，《除夕前一日同方虎、次耕饮》，卷七；康熙十九年（1680），《正月十七日曹颂嘉招同吴志伊、严荪友、朱锡鬯、汪蛟门、舟次、乔石林、潘次耕、家胜力、电发饮作歌》，卷七。

潘耒（1646—1708），字次耕，号稼堂，晚号止止居士，吴江人，潘柽章弟。康熙十八年（1679）举博学宏词，授翰林院检讨，与修《明史》。有《类音》、《遂初堂集》等。

178. 马翀

《送马云翎》,卷六。

马翀（1649—1678），字云翎，号蝶园，无锡人。康熙十一年（1672）举人。

179. 季振宜

《季沧苇举子》,卷六。

季振宜（1630—？），字诜兮，号沧苇，泰兴人。顺治三年（1646）举人，顺治四年（1647）进士。授兰溪令，历刑户两曹，官至御史。家豪富，多藏书。著有《季沧苇藏书目》、《静思堂诗稿》。

180. 顾汧

《送顾伊在》，卷六；《诰封奉直大夫翰林院侍读学士待赠礼部右侍郎顾先生神道碑铭》（顾汧父顾天朗），卷三十一。

顾汧（1646—1712），字伊在，号芝岩，长洲籍，大兴人，顾天朗子。康熙十二年（1673）进士，历官左中允、内阁学士、礼部右侍郎、河南巡抚、太常少卿、宗人府丞等。有《凤池园集》等。

《诰封奉直大夫翰林院侍读学士待赠礼部右侍郎顾先生神道碑铭》："吾乡封学士雪嵋顾先生之卒也，与其母太夫人同日。……先生与余少同学，相知为深，其后侍郎贵，与余同朝，又相善也。"

181. 方国栋

《赠方少参干霄四十韵》，卷六。

方国栋（？—1677），字干霄，宛平人。顺治三年举（1646）人，授教谕，入为国子监助教，累擢至刑部郎中。顺治十六年（1659），出为广东海北道佥事，迁山西宁武道参议。康熙六年（1667），改江南苏松常道参议。

182. 董黄

《送董得仲、诸乾一过访》,卷六。

董黄(1616—?),字律始,号得仲,华亭人,董其昌从子。隐居不仕。有《白谷山人集》九卷。

183. 诸嗣郢

《送董得仲、诸乾一过访》,《将之九峰寄诸乾一》,卷六。

诸嗣郢,字乾一,号松槎,一号勿庵,青浦人。顺治十八年(1661)进士。有《九峰山人集》、《溪上吟》。

184. 吴任臣

康熙十七年(1678),《同吴蔺次、志伊、石叶、陈其年、姜西铭、李武曾过隐湖访毛黼季,和园次韵》,卷六;康熙十九年(1680),《正月十七日曹颂嘉招同吴志伊、严荪友、朱锡鬯、汪蛟门、舟次、乔石林、潘次耕、家胜力、电发饮作歌》,卷七。

吴任臣(1627—1689,一说1639—1701),字志伊,一字尔器,号托园,仁和人。康熙十八年(1679)举博学宏词,授检讨。为顾炎武所重,其《广师篇》云:"博闻强记,群书之府,吾不如吴任臣。"有《周礼大义》、《春秋正朔考辨》、《十国春秋》、《山海经广注》、《字汇补》、《托园诗文集》等。

185. 陈维崧

康熙十七年(1678),《同吴蔺次、志伊、石叶、陈其年、姜西铭、李武曾过隐湖访毛黼季,和园次韵》,卷六;《陈其年湖海楼诗序》,卷二十一;康熙二十年(1681),《陈检讨墓志铭》,卷二十九。

陈维崧(1625—1682),字其年,号迦陵,宜兴人。康熙十八年(1679)举博学宏词,授翰林院检讨,与修《明史》。著名词人,与朱彝尊、纳兰成德并称"清初三大家"。有《湖海楼词》、《迦陵集》等。

186. 李良年

康熙十七年（1678），《同吴薗次、志伊、石叶、陈其年、姜西铭、李武曾过隐湖访毛黼季，和园次韵》，卷六。

李良年（1635—1694），原名法远，又名兆潢，字武曾，号秋锦，秀水人。与兄绳远、弟符称"三李"。徐乾学开志局于洞庭东山，李与其事。有《秋锦山房集》二十二卷。

187. 毛扆

康熙十七年（1678），《同吴薗次、志伊、石叶、陈其年、姜西铭、李武曾过隐湖访毛黼季，和园次韵》，卷六；《新刊经解序》，卷二十一。

毛扆（1640—？），字斧季，常熟人，毛晋子。藏书家，编有《汲古阁秘本书目》。

徐乾学刊刻《通志堂经解》尝借用毛扆藏书为底本。

188. 金镇

《百花洲歌赠金长真观察》，《走笔题长真小照》，卷六。

金镇，字又镳，号长真，山阴人，宛平籍。明崇祯十五年（1642）举人，入清历官江南按察使。有《清美堂诗集》。

189. 金在五

《题金在五小像》，卷六。

190. 祝石

《赠祝子坚》，卷六。

祝石（1612—？），字子坚，兰溪人。善医术。与陈维崧善。有《希燕说》。

191. 钱澄之

《送钱饮光归桐城》，卷六；康熙二十九年（1690），《赠钱饮光》，

《请告得旨留别诸公》，卷九；同年，《田间全集序》，卷二十。

钱澄之（1612—1693），原名秉镫，字饮光，一字幼光，号田间，别号西顽，桐城人。南明隆武朝黄道周荐为延平府推官，南明永历朝授礼部仪制司主事，考授翰林院庶吉士，知制诰。入清隐逸不出。有《田间易学》、《田间诗学》、《庄屈合诂》、《所知录》、《藏山阁集》、《田间诗集》、《田间文集》等。

192. 俞森

《赠俞汇嘉别驾》，卷六。

俞森，字汇嘉，号存斋，仁和人。由贡生官至湖广布政司参议。编有《荒政丛书》十卷等。

三 《诗·碧山集》部分［卷七至九，康熙十八年（1679）至康熙三十三年（1694）］

193. 金世德

《赠金孟求中丞》，卷七。

金世德（？—1680），字孟求，谥清惠，正黄旗汉军人，兵部侍郎金维城子。以荫生授内院博士，累擢左副都御史。康熙七年（1668），授直隶巡抚。

194. 沈独立

《保阳赠同年沈国望》，卷七。

沈独立，字国望，号殿公，正黄旗满洲人。康熙九年（1670）进士，散馆改主事，官至宗人府理事官。

195. 黄斐

《送黄菉园视咸河东》，卷七。

黄斐，字菉园，鄞县人。顺治十七年（1660）顺天乡试举人，康熙十八年（1679）进士。

196. 曹禾

康熙十七年（1678），《曹峨嵋文集序》，卷二十一；康熙十九年（1680），《正月十七日曹颂嘉招同吴志伊、严荪友、朱锡鬯、汪蛟门、舟次、乔石林、潘次耕、家胜力、电发饮作歌》，卷七。

曹禾（1637—1699），字颂嘉，号未庵、峨嵋，江阴人。康熙三年（1664）进士，官内阁中书。康熙十八年（1679）举博学宏词，授翰林院编修，官至国子祭酒。与颜光敏、田雯、宋荦等称"诗中十子"。有《未庵初集》、《峨嵋集》等。

197. 冯溥

康熙十八年（1679），《万柳堂陪益都公宴饮》，卷七；康熙二十年（1681），《陈检讨墓志铭》（陈维崧），卷二十九；康熙二十二年（1683），《太子太傅益都冯公年谱序》，卷十九。

冯溥（1609—1691），字孔博，号易斋，谥文毅，益都人。明崇祯十二年（1639）举人，清顺治四年（1647）进士，选翰林院庶吉士，迁翰林院编修，历官秘书院侍读学士、吏部右侍郎、左都御史、刑部尚书、文华殿大学士。有《佳山堂集》十八卷。

康熙二十年（1681），陈维崧去世，徐乾学和冯溥等出资助丧，"偕旧象益都公及诸士大夫出资，助含殓治丧"。（《陈检讨墓志铭》）

198. 张弨

《题张力臣小像》，卷七。

张弨（1625—?），字力臣，号亟斋，山阳人。不登仕途，潜心学问，喜集金石文字，精通六书，顾炎武《广师篇》云："精心六书，信而好古，吾不如张力臣。"尝为顾氏校刻《音学五书》。有《张亟斋遗集》。

199. 张英

《送张敦复学士》，卷七；《喜张敦复学士至》，《张南邨先生为敦复仲兄读其书赋此遥赠》，《敦复先生饷枣赋谢》，卷八；康熙二十一年（1682），《送张敦复学士请假还桐城序》，卷二十三；《张敦复学士四轩图记》，卷二十五。

张英（1637—1708），字敦复，号乐圃，谥文端，桐城人。康熙六年（1667）进士，授编修，充日讲起居注官，入直南书房，官至文华殿大学士兼礼部尚书。有《易经衷论》、《书经衷论》、《聪训斋语》、《恒产琐言》、《笃素堂集》等。

200. 梁清标

康熙十八年（1679），《奉和大司农棠村先生韵赠歌者邢郎》，卷七；康熙二十六年（1687），《焦林二集序》，卷十九；康熙二十八年（1689），《棠村先生斋中与诸公坐》，卷九。

梁清标（1620—1691），字玉立，号棠村、苍岩、蕉林，真定人。明崇祯十六年（1643）进士，清顺治元年（1644）补翰林院庶吉士，授编修，历官国史院侍讲学士、詹事府詹事、礼部左侍郎、吏部右侍郎、吏部左侍郎、兵部尚书、礼部尚书、刑部尚书、户部尚书、保和殿大学士。有《蕉林诗集》、《棠村词》等。

201. 朱彝尊

康熙十九年（1680），《正月十七日曹颂嘉招同吴志伊、严荪友、朱锡鬯、汪蛟门、舟次、乔石林、潘次耕、家胜力、电发饮作歌》，卷七；同年，《新刊经解序》，卷二十一；康熙二十六年（1687），《日下旧闻序》，卷二十；康熙二十七年（1688），《奉邀太常悦岩先生虎坊桥南别墅宴集同姜朱二翰林》，《说岩先生招同竹垞西溟黑窑厂最高处禊集赋谢》，卷八。

朱彝尊（1629—1709），字锡鬯，号竹垞，晚号小长芦钓鱼师、金凤亭长，秀水人。康熙十八年（1679）举博学宏词，授翰林院检讨，与修

《明史》。著名学者,诗与王士禛有"南朱北王"之称。有《经义考》三百卷、《明诗综》一百卷、《词综》三十六卷、《曝书亭集》八十卷、《日下旧闻》四十二卷等。

202. 汪楫

康熙十九年（1680）,《正月十七日曹颂嘉招同吴志伊、严荪友、朱锡鬯、汪蛟门、舟次、乔石林、潘次耕、家胜力、电发饮作歌》,卷七；康熙二十一年（1682）,《舟次、蛟门、东川移酒屺瞻书斋邀同严存庵、舍弟果亭小饮用亭字》,卷七；康熙二十八年（1689）,《送汪舟次出守河南》,卷九。

汪楫（1626—1689）,字舟次,号悔斋,休宁人,寄籍江都。康熙十八年（1679）举博学宏词,授翰林院检讨,与修《明史》。有《崇祯长编》、《悔庵集》等。

203. 徐嘉炎

康熙十九年（1680）,《正月十七日曹颂嘉招同吴志伊、严荪友、朱锡鬯、汪蛟门、舟次、乔石林、潘次耕、家胜力、电发饮作歌》,卷七。

徐嘉炎（1631—1703）,字胜力,号华隐,秀水人。康熙十八年（1679）举博学宏词,授翰林院检讨,累官至内阁学士兼礼部侍郎。充三朝国史及《会典》、《一统志》副总裁。有《抱经斋集》二十卷。

204. 徐釚

康熙十九年（1680）,《正月十七日曹颂嘉招同吴志伊、严荪友、朱锡鬯、汪蛟门、舟次、乔石林、潘次耕、家胜力、电发饮作歌》,卷七；《题禹生画水苗三顷图送检讨电发侄归吴江》,卷八。

徐釚（1636—1708）,字电发,号虹亭、鞠庄、拙存,晚号枫江渔父,吴江人。康熙十八年（1679）举博学宏词,授翰林院检讨,与修《明史》。有《词苑丛谈》、《南州草堂稿》等。

205. 高珩

《送侍御念东先生》，卷七。

高珩（1612—1697），字葱佩，号念东，晚号紫霞道人，淄川人。明崇祯十六年（1659）进士，授翰林院庶吉士。入清后任秘书院检讨，历官国子监祭酒、詹事府少詹事、吏部侍郎，以事改太常寺少卿，升迁都察院左副都御史，终刑部侍郎。与蒲松龄有交往。有《荒政考略》、《四勉堂笺刻》、《栖云阁诗文集》等。

206. 侯开国

《赠侯大年》，卷七；《赠侯大年》，卷八。

侯开国，字大年，嘉定人，陆元辅弟子。

207. 孙蕙

康熙二十年（1681），《送孙树百给谏典试闽中》，卷七。

孙蕙（1631？—？），字树百，号心谷、泰岩，别号笠山，淄川人。顺治十四年（1657）举人，顺治十八年（1661）进士。康熙八年授宝应知县，康熙二十年（1681）充福建乡试正考官。有《笠山诗选》五卷，《历代循良录》一卷等。

208. 曹溶

康熙二十一年（1682），《寄曹秋岳先生》，卷七；康熙十九年（1680），《新刊经解序》，卷二十一。

曹溶（1613—1685），字秋岳、洁躬、鉴躬，号倦圃、钼菜翁，秀水人。明崇祯十年（1637）进士，官御史。后仕清，屡遭贬谪，康熙三年（1664）裁缺归里。有《静惕堂诗词集》、《古林金石表》等。

209. 汪霦

康熙二十一年（1682），《舟次、蛟门、东川移酒屺瞻书斋邀同严存、庵舍弟果亭小饮用亭字》，卷七。

汪霦，字东川，钱塘人。康熙十五年（1676）进士，授行人，康熙十八年（1679）举博学宏词，改检讨，官至户部右侍郎。

210. 蒋伊

《送蒋莘田之官粤东和舍弟韵》，卷七。

蒋伊（1631—1687），字渭公，号莘田，常熟人。康熙十二年（1673）进士，官至河南提学副使。有《莘田诗文集》。

211. 赵士麟

康熙二十三年（1684），《送赵玉峰中丞出抚两浙》，卷七。

赵士麟（1629—1699），字麟伯，号玉峰，澄江人。顺治十七年（1660）举人，康熙三年（1664）进士。历任河北省容城县令、文选司主事、稽勋司员外郎、考功司郎中、光禄寺少卿、鸿胪通政、都察院左副都御史、浙江巡抚等。有《金碧园记》、《读书堂石刻》等。

212. 潘进也

《送潘进也之官西宁》，卷七。

213. 王掞

康熙二十三年（1684），《雨中碧山堂招同馆诸公饮，时颛庵自中州至，生州将视学秦中》，《喜王颛庵宫赞至，即席作歌赠之》，卷七。

王掞（1644—1728），字藻儒，号颛庵，别号西田主人，太仓人。康熙九年（1670）进士，官至文渊阁大学士。有《西田集》等。

214. 许孙荃

康熙二十三年（1684），《雨中碧山堂招同馆诸公饮，时颛庵自中州至，生州将视学秦中》，卷七；《思砚斋记》，卷二十五。

许孙荃（1640—1688），字生州，号四山，合肥人。康熙九年（1670）

进士，官至陕西提学道。有《慎墨堂诗集》等。

215. 高士奇

康熙二十四年（1685），《赠高澹人侍讲扈跸》，卷八；康熙二十五年（1686），《八月十一澹人招同西溟、方虎饮花下赋》，卷八；康熙二十六年（1687），《立秋后一日高学士梦中得伏雨炎风正夏阑之句，醒后足成之，明日以告予，口占奉和》，卷八；同年，《陈母冯安人墓志铭》（高士奇婿陈季方母），卷三十；康熙二十七年（1688），《题江邨图卷》，《朱碧山槎杯歌为江邨学士赋》，卷八；康熙二十八年（1689），《奉怀江邨宫端扈从》，《赠高澹人学士》，《奉和江邨题壁二绝》，卷九；康熙二十九年（1690），《赐金园记》（赐金园，高士奇杭州别业），卷二十五。又，《高侍讲扈从东巡日记序》，《补刻编珠序》，卷十九；《随辇集序》，卷二十；《春秋地名考略序》，《金鳌退食笔记序》，卷二十一。

高士奇（1645—1740），字澹人，号江村，谥文恪，余姚人。官詹事府少詹事，兼翰林院侍读学士，特授詹事府詹事、礼部侍郎。有《左传纪事本末》五十三卷，《清吟堂集》等。

216. 纳兰成德

康熙二十四年（1685），《赠成容若扈跸》，《走笔与容若》，《送容若赴梭龙》，卷八；《通议大夫一等侍卫进士纳兰君墓志铭》，卷二十七；《通议大夫一等侍卫进士纳刺君神道碑文》，卷三十一；《祭纳兰君文》，卷三十三；康熙十九年（1680），《新刊经解序》，卷二十一。

纳兰成德（1655—1685），又名性德，字容若，号楞伽山人，堂号通志堂，满洲正黄旗人，明珠长子。康熙十一年（1672）举人，康熙十五年（1676）进士。授三等侍卫，后升一等。著名词人，与朱彝尊、陈维崧并称"清初三大家"，有《通志堂集》二十卷。

成德乡试出徐乾学之门，故二人有师生之谊。成德英年早逝，徐乾学将其诗词文赋合编为《通志堂集》二十卷，并为刊行；而徐乾学所刻《通志堂经解》亦以成德之堂号名编，并题成德校订，体现出二人非同一般的复杂关系。

217. 王功成

《雨坛即事示王省斋郎中》《再示王郎中》，卷八。

王功成，字允大，号省斋，博平人。顺治五年（1648）举人，顺治六年（1649）进士，授山西潞安府长治县知县，后官兵部郎中。顺治十八年（1661），任陕甘学政、按察司佥事。康熙年间改任江南盐道。康熙十三年（1674），任安徽按察使。

218. 沙澄

《祈雨毕奏事西苑叠韵上会清、存庵两先生》《叠韵上尚书会清先生》，卷八。

沙澄（？—1696），字会清，莱阳人。顺治三年（1646）进士，选庶吉士，散馆授检讨，官至礼部尚书。

219. 许圣朝

《和许虞廷祠部作》，卷八。

许圣朝（1643—？），字虞廷，一字慎余，聊城人。康熙二年（1663）举人，康熙十二年（1673）进士。历任内阁中书、礼部主事、户部郎中、陕西临洮知府等职。

220. 吴震方

《送吴青坛侍御作》，卷八。

吴震方，字青坛，浙江石门人。康熙十八年（1679）进士。官至监察御史。有《晚树楼诗稿》四卷、《读书正音》、《岭南杂记》等。

221. 孙封公

《题授经图为孙封公作》，卷八。

222. 王熙

康熙二十七年（1688），《闱中即事呈太傅宛平公、成少司马、郑副宪暨分校诸君》，卷八；《光禄大夫太子太保礼部尚书诰赠太子太傅保和殿大学士谥文贞王公合葬墓表》，卷三十二。

王熙（1628—1703），谥文靖，宛平人，王崇简子。顺治四年（1647）进士，选庶吉士，授检讨，累擢弘文院学士、礼部侍郎、翰林院掌院学士、左都御史、工部尚书、保和殿大学士兼礼部尚书。

《光禄大夫太子太保礼部尚书诰赠太子太傅保和殿大学士谥文贞王公合葬墓表》："某惟乙未岁以贡入京师，拜公阶下。公一见待以国士，指授为文要旨，使稍有所闻，以至今日者，皆公力也。"乙未岁为顺治十二年（1655）。

223. 成其范

康熙二十七年（1688），《闱中即事呈太傅宛平公、成少司马、郑副宪暨分校诸君》，卷八。

成其范，字洪叙，乐安人。顺治八年（1651）举人，顺治十八年（1661）进士。初任顺天府保定知县，历官监察御史、通政司参议、太常寺正卿、兵部右侍郎、少司马，封通议大夫。

224. 郑重

康熙二十七年（1688），《闱中即事呈太傅宛平公、成少司马、郑副宪暨分校诸君》，卷八；康熙二十八年（1689），《郑少司寇生日》，卷九。

郑重，字威如，号山公，建安人。顺治十五年（1658）进士。初任靖江令，擢行人，康熙十七年（1678）典试陕西，选吏部主事，终刑部左侍郎。有《霞园诗集》三卷、《京华草》等。

225. 彦通

康熙二十七年（1688），《赠彦通侄》，卷八。

226. 张南邨

《张南邨先生为敦复仲兄读其书赋此遥赠》，卷八。

227. 孟亮揆

《送孟端士》，卷八。

孟亮揆，字绎来，号端士，长洲人。康熙九年（1670）进士，官侍讲学士。著有《江岭纪游集》。

228. 禹之鼎

《题禹生画水苗三顷图送检讨电发侄归吴江》，卷八；康熙三十三年（1694），《赠禹鸿胪乞画遂园修禊图卷》，卷九。

禹之鼎（1647—1716），字尚吉（又作尚基、尚稽），号慎斋，兴化人，寄籍江都。著名画家，有《放鹇图》、《骑牛南还图》、《王原祁艺菊图》等。

229. 黄宗羲

康熙二十八年（1689），《送黄主一归为梨州先生寿》，卷九。

黄宗羲（1610—1695），字太冲、德冰，号南雷，学者称梨洲先生，余姚人。

230. 黄百家

康熙二十八年（1689），《送黄主一归为梨州先生寿》，卷九。

黄百家（1643—1709），原名百学，字主一，号不失，又号耒史，别号黄竹农家，余姚人，黄宗羲第三子。精天文、历法、数学、拳术。

231. 万斯同

康熙二十八年（1689），《送万季野南还》，卷九。

万斯同（1638—1702），字季野，号石园，门生私谥贞文先生，鄞县人。康熙十八年（1679）荐举博学宏词，不就，以布衣参修《明史》。有《历代史表》、《纪元汇考》等。

232. 翁叔元

康熙二十八年（1689），《送翁宝林》，卷九；另，康熙十五年（1676），《翁宝林稿序》，卷二十二；康熙二十六年（1687），《翁铁庵原配钱夫人墓志铭》，卷三十；康熙三十一年（1692），《翁铁庵寿序》，卷二十四；《山东行卷序》，卷二十二。

翁叔元（1633—1701），字宝林，号铁庵，常熟人。康熙十一年（1672）顺天乡试举人，康熙十五年（1676）一甲第三名进士，授编修，累迁国子监祭酒、工部尚书。有《铁庵文稿》、《梵园诗集》等。

233. 查嗣瑮

康熙二十八年（1689），《送查德尹》，卷九。

查嗣瑮（1652—1733），字德尹，号查浦，海宁人，查慎行弟。康熙三十九年（1700）进士，官至侍讲。有《音韵通考》、《查浦辑闻》、《南北史识小录》、《查浦诗钞》等。

234. 李光地

康熙二十八年（1689），《送同年李厚庵学士和院长说岩先生韵》，卷九；《李葆甫传》（李光地伯父李日㷖字），卷三十四。

李光地（1642—1718），字晋卿，号厚庵，又号榕村，安溪人，世称安溪先生。康熙九年进士（1670）第五名，官至直隶巡抚、吏部尚书、文渊阁大学士。

235. 许承宣

康熙二十八年（1689），《送许筠庵给谏假归广陵》，卷九。

许承宣（？—1685），字力臣，号筠庵，江都人。康熙十五年（1676）进士。有《金台集》、《青岑文集》等。

236. 张鹏

康熙二十八年（1689），《送同年张南溟少宰》，卷九；另，康熙二十三年（1684），《贺张南溟擢左副都御史序》，卷二十三；康熙二十七年（1688），《待赠都察院左副都御史张公墓志铭》（张鹏祖张我佩），卷二十八；《通议大夫吏部左侍郎张公墓志铭》，卷二十九。

张鹏（1627—1689），字抟万，号南溟，丹徒人。顺治十七年（1660）举人，顺治十八年（1661）进士，官至吏部左侍郎。有《宁远集》等。

237. 汤斌

康熙二十九年（1690），《请告得旨留别诸公》，卷九；另，康熙二十三年（1684），《送睢州汤先生巡抚江南序》，卷二十三；康熙二十六年（1687），《工部尚书汤公神道碑》，卷三十一。

汤斌（1627—1687），字孔伯，号荆岘、潜庵，睢州人。顺治九年（1659）进士，康熙十八年（1679）举博学宏词，授翰林院侍讲，与修《明史》，康熙二十一年（1682）充《明史》总裁，康熙二十三年（1684）升内阁学士兼礼部侍郎，康熙二十五年（1686）加授礼部尚书职衔管詹事府事，康熙二十六年（1687）改任工部尚书。有《汤子遗书》。

康熙二十六年（1687）卒，徐乾学为理丧，并撰《工部尚书汤公神道碑》。

238. 玉阶

康熙二十九年（1690），《请告得旨留别诸公》，卷九。

239. 归允肃

康熙二十九年（1690），《请告得旨留别诸公》，卷九。

归允肃（1642—1689），字孝仪，号惺崖，常熟人。康熙十八年（1679）状元，授修撰，官至少詹事。有《归宫詹集》四卷、《笔诠》二卷等。

240. 陈惕若

康熙二十九年（1690），《蒙阴行为陈惕若明府并示李德中少卿》，卷九。

241. 李德中

康熙二十九年（1690），《蒙阴行为陈惕若明府并示李德中少卿》，卷九。

242. 曹寅

《赠曹子清》，卷九。

曹寅（1659—1712），字子清，号楝亭，内务府包衣正白旗人，曹雪芹祖父。

243. 叶方蔚

《赠叶敷文》，卷九。

叶方蔚（1631—1696），字敷文，号艮斋，昆山人，叶方蔼弟。

244. 金张

《喜金介山至》，卷九。

金张，字介山，又号妙高道人，钱塘人。有《芥老编年诗钞》九卷《续钞》四卷《外集》五卷。

245. 唐孙华

《感怀示唐实君、缪虞良、吴元朗》，卷九。

唐孙华（1634—1723），字实君，别字东江，晚号息庐老人，太仓人。康熙二十七年（1688）进士，授陕西朝邑知县，迁礼部仪制清吏司主事，兼翰林院行走。康熙三十五年（1696），充浙江主考官，因失职辞官。有《东江诗钞》。

246. 缪继让

《感怀示唐实君、缪虞良、吴元朗》,卷九。

缪继让,字虞良,昆山人。康熙二十七年(1688)进士。徐乾学门生。

247. 吴暻

《感怀示唐实君、缪虞良、吴元朗》,卷九。

吴暻(1662—?),字元朗,号西斋,太仓人,吴伟业子。康熙二十七年(1688)进士,官兵科给事中。有《西斋集》。

248. 许缵曾

康熙三十二年(1693),《癸酉八月许鹤沙、王却非招往秦望山庄为耆年会赋谢》,《十二日抵云间,盛诚斋先生至,共饮鹤沙斋》,《十三日鹤沙招饮园中》,《十六日却非送至郡城同饮鹤沙斋》,《俨斋招饮贤兄瑁湖宜园,时瑁湖在江上》,《俨斋招饮横云同却非、鹤沙、诚斋、令兄子武即事》,卷九;康熙三十三年(1694),《甲戌三月三日招同钱湘灵、盛诚斋、尤悔庵、黄忍庵、王却非、何涵斋、孙赤崖、许鹤沙、周砺岩、秦对岩诸公、舍弟果亭禊饮遂园用兰亭二字为韵》,卷九。

许缵曾,字孝修,号鹤沙,华亭人。顺治六年(1649)进士,官至云南按察使。有《宝纶堂集》五卷等。

249. 王日藻

康熙三十二年(1693),《癸酉八月许鹤沙、王却非招往秦望山庄为耆年会赋谢》,《十六日却非送至郡城同饮鹤沙斋》,《俨斋招饮贤兄瑁湖宜园,时瑁湖在江上》,《俨斋招饮横云同却非、鹤沙、诚斋、令兄子武即事》,卷九;康熙三十三年(1694),《甲戌三月三日招同钱湘灵、盛诚斋、尤悔庵、黄忍庵、王却非、何涵斋、孙赤崖、许鹤沙、周砺岩、秦对岩诸公、舍弟果亭禊饮遂园用兰亭二字为韵》,卷九;另,康熙二十八年

(1689)，《皇清诰赠一品夫人王母徐氏墓志铭》（徐氏，王日藻母），卷三十。

王日藻（1623—1700），字印周，号闲敕、却非、无住道人，华亭人。顺治十二年（1655）进士，授工部主事，累官河南巡抚、刑户两部侍郎、工部尚书。有《秦望山庄集》、《爱日吟庐书画别录》等。

徐乾学四女嫁王日藻长子王于恒。

250. 王顼龄

康熙三十二年（1693），《俨斋招饮贤兄瑁湖宜园，时瑁湖在江上》，卷九；另，康熙二十九年（1690），《王农山先生寿序》（农山，王广心字，王顼龄父），卷二十四。

王顼龄（1642—1725），字颛士，一字容士，号瑁湖，晚号松乔老人，谥文恭，华亭人，王广心子，王鸿绪长兄。康熙十五年（1676）进士，康熙十八年（1679）举博学宏词，历官日讲起居注官、四川学政、侍讲学士、礼部侍郎、吏部侍郎、经筵讲官、武英殿大学士兼工部尚书。有《世恩堂集》、《松乔老人稿》、《螺舟绮语》（又名《兰雪词》）等。

251. 王九龄

康熙三十二年（1693），《俨斋招饮横云同却非、鹤沙、诚斋、令兄子武即事》，卷九。

王九龄（？—1709），字子武，华亭人，王广心子，王鸿绪仲兄。康熙二十一年（1682）进士，累官至都察院左都御史。

252. 钱陆灿

康熙三十三年（1694），《甲戌三月三日招同钱湘灵、盛诚斋、尤悔庵、黄忍庵、王却非、何涵斋、孙赤崖、许鹤沙、周砺岩、秦对岩诸公、舍弟果亭禊饮遂园用兰亭二字为韵》，卷九。

钱陆灿（1612—1698），字尔韬，号湘灵、圆沙，常熟人。顺治十四年（1657）举人。有《调运斋诗文随刻》。

253. 黄与坚

康熙三十三年（1694），《甲戌三月三日招同钱湘灵、盛诚斋、尤悔庵、黄忍庵、王却非、何涵斋、孙赤崖、许鹤沙、周砺岩、秦对岩诸公、舍弟果亭禊饮遂园用兰亭二字为韵》，卷九；另，康熙二十三年（1684），《黄庭表文集序》，卷二十。

黄与坚，字庭表，号忍庵，太仓人。顺治十六年（1659）进士，授推官。康熙十八年（1679）举博学宏词，授翰林院编修，与修《明史》、《一统志》。与周肇等称"娄东十子"。有《忍庵集》、《论学三说》等。

《黄庭表文集序》："会有诏征天下宏博之士，余首以其姓名言于当事。……其在史局撰《传》、《志》最有体要，又修《一统志》，浙江郡县皆其所裁定。"

254. 何秉

康熙三十三年（1694），《甲戌三月三日招同钱湘灵、盛诚斋、尤悔庵、黄忍庵、王却非、何涵斋、孙赤崖、许鹤沙、周砺岩、秦对岩诸公、舍弟果亭禊饮遂园用兰亭二字为韵》，卷九。

何秉，号涵斋，长洲人。

255. 孙旸

康熙三十三年（1694），《甲戌三月三日招同钱湘灵、盛诚斋、尤悔庵、黄忍庵、王却非、何涵斋、孙赤崖、许鹤沙、周砺岩、秦对岩诸公、舍弟果亭禊饮遂园用兰亭二字为韵》，卷九。

孙旸，字寅仲，一字赤崖，号荐庵，常熟人，孙承恩弟。顺治十四年（1657）举人。因科场作弊案遭株连，谪戍尚羊堡多年，晚年居苏州。有《荐庵集》等。

256. 周金然

康熙三十三年（1694），《甲戌三月三日招同钱湘灵、盛诚斋、尤悔庵、黄忍庵、王却非、何涵斋、孙赤崖、许鹤沙、周砺岩、秦对岩诸公、舍弟果亭禊饮遂园用兰亭二字为韵》,卷九。

周金然,字广居,号广庵、砺岩,山阴人。康熙二十一年(1682)进士(榜名金然),改庶吉士,散馆授编修,历官左中允。工书法。有《娱晖草》、《西山纪游》等。

四 其他各卷

257. 李霨

康熙二十三年(1684),《少傅高阳公心远堂文集序》,卷十九。

李霨(1625—1684),字景霱,号坦园,谥文勤,高阳人。顺治二年(1645)举人,顺治四年(1647)进士,除检讨,授编修。历任秘书院学士、内宏文院大学士、工部尚书兼东阁大学士、太子太保、保和殿大学士加户部尚书、太子太傅、太子太师等。有《闽役纪行略》、《伴星草》、《心远堂集》等。

258. 张杰

《桐城张西渠诗集序》,卷十九。

张杰(1626—?),字如三、如山,号西渠,桐城人,张英兄。康熙初以明经授苏州府训导,后隐居龙眠山中。

259. 方中履

《古今释疑序》,卷十九。

方中履(1638—?),字素伯,号合山,桐城人,方以智子。

260. 梁清远

康熙二十四年(1685),《梁葵石先生诗集序》,卷十九。

梁清远,字迩之,号葵石,梁清标弟。顺治三年进士,官至吏部侍郎,坐事左迁光禄寺少卿,后迁通政使司参议。

《梁葵石先生诗集序》:"往者乙未岁,余入太学,谒先生京邸。越十年,游真定,会先生居家,为其太夫人举寿觞,盖寿九十有八矣,予尝为之文以述其盛,因得亟接先生之议论丰采。"乙未岁为顺治十二年(1655)。

261. 刘体仁

康熙十八年(1670),《七颂斋诗集序》,卷二十。

刘体仁(1624—1684),字公㦷,号蒲庵,阜阳人。顺治十二年(1655)进士,官吏部主事。精书画,有《识小录》、《七颂堂集》等。

262. 卓天寅

《卓氏传经堂集序》,卷二十。

卓天寅(约1627—1695),初名大丙,字火传,号亮庵,仁和人。顺治十一年(1654)中副贡。

263. 马世济

康熙二十五年(1686),《扶风忠节录序》,卷二十。

马世济(1650—1714),镶红旗汉军人,马雄镇子。官至漕运总督。

附:马雄镇(1633—1677),字锡蕃,以荫补工部副理事官,康熙八年(1669)升广西巡抚。康熙十六年(1677)在平广西吴三桂之乱中被杀,赠兵部尚书,谥文毅。马世济辑其先父事迹为《扶风忠节录》,徐乾学于康熙二十五年(1686)十月为作序。

264. 陆次云

《陆云士北墅绪言序》,卷二十。

陆次云,字云士,号北墅,钱塘人。监生,考授州判。曾官河南郏县知县,江苏江阴知县。有《八纮释史》四卷、《北墅绪言》五卷等。

265. 梅庚

康熙十四年（1675），《梅耦长诗序》，卷二十。

梅庚，字耦长、耦耕、子长，号雪坪，晚号听山翁，宣城人，梅文鼎族侄。康熙二十年（1681）举人，官泰顺知县。善篆隶，工诗。有《吴市吟》、《山阳笛漫兴集》等。

266. 韩籍琬

《伤寒意珠篇序》，卷二十。

韩籍琬，字来鹤，吴县人。

267. 谢文洊

《中庸切己录序》，卷二十一。

谢文洊（1615—1681，一说1616—1682），字秋水、程山，号约斋，人称程山先生，南丰人。

268. 毛奇龄

康熙二十五年（1686），《古今通韵序》，卷二十一；《毛大可古今定韵序》，卷二十一。

毛奇龄（1623—1716），原名甡，又名初晴，字大可、于一、齐于，号秋晴、初晴、晚晴等，萧山人。郡望西河，学者称西河先生。康熙十八年（1679）举博学宏词，授检讨，充《明史》纂修官。精经史、音韵，有《仲氏易》、《古文尚书冤词》、《毛诗写官记》、《春秋毛氏传》、《古今通韵》、《韵学要指》等。

269. 慕天颜

《三抚封事序》，卷二十一。

慕天颜（1623—1696），字鹤鸣、拱极，静宁人。顺治十二年（1655）进士，历任浙江钱塘知县、福建兴化府知府、江苏布政使、江宁巡抚、兵部右侍郎、都察院右副都御史、兵部尚书、光禄大夫、湖广巡抚、贵州巡抚、漕运总督等。

270. 黄虞稷

康熙十九年（1680），《新刊经解序》，卷二十一。

黄虞稷（1629—1691），字俞邰，号楮园，晋江人。藏书家，有《千顷堂书目》。

271. 钱曾

康熙十九年（1680），《新刊经解序》，卷二十一。

钱曾（1629—1701），字遵王，别号也是翁、述古主人等，虞山人。藏书家，有《述古堂书目》、《也是园书目》、《读书敏求记》。

272. 田雯

《田漪亭诗集序》，卷二十一；《封太孺人田母寿序》（田雯母），卷二十四。

田雯（1635—1704），字纶霞，一字紫纶，又作子纶，号漪亭，又号山薑，晚号蒙斋，德州人。顺治十七年（1660）举人，康熙三年（1664）进士，由内阁中书历官江宁、贵州巡抚。丁忧起补刑部右侍郎，调户部左侍郎。著有《蒙斋年谱》四卷、《黔书》二卷、《长河志籍考》十卷、《古欢堂集》等。

273. 叶映榴

康熙十七年（1678），《叶苍岩诗序》，卷二十一。

叶映榴（1638/1642—1688），字炳霞，号苍岩，谥忠节，上海人。顺治十八年（1661）进士，康熙时授湖北粮储道，署布政使。有《忠节遗稿》。

274. 李符

《香草居诗集小序》，卷二十一。

李符（1639—1689），原名符远，字分虎，号耕客、桃乡，秀水人，李良年弟。与兄李绳远、李良年并著诗名，时称"三李"。

275. 姚缔虞

康熙二十四年（1685），《姚黄陂疏草序》，卷二十一；同年，《送姚金宪抚蜀序》，卷二十三；康熙二十七年（1688），《巡抚四川等处地方兼理粮饷都察院右金都御史岱麓姚公墓志铭》，卷二十八。

姚缔虞（？—1688），字历升，号岱麓，黄陂人。顺治十五年（1658）进士，授四川成都府推官。后历官陕西安化知县、礼科给事中、左金都御史、四川巡抚。

276. 王鲁得

《四书易经纂义序》，卷二十一。

王鲁得，高密人。

277. 张君判

《张君判武定送行诗序》，卷二十一。

278. 徐开锡

《诚求堂赠言序》，卷二十一。

徐开锡，字定山，常山人。康熙中贡生，官至彰德府同知。

279. 颜光敏

康熙十年（1671），《颜光敏书义序》，卷二十二。

颜光敏（1640—1686），字修来、逊甫，号乐圃，曲阜人。康熙六年（1667）进士，官至吏部郎中，充《大清一统志》纂修官。有《乐圃集》、《未信编》、《旧雨堂集》、《南行日记》。

280. 王原

康熙二十七年（1688），《王令诒制义序》，卷二十二。

王原（1646—1729），本名原深，字令诒，号学庵，晚号西亭，青浦人。康熙二十七年（1688）进士。未及用，馆于徐乾学家，助修《明史》，后从徐氏修《一统志》于洞庭东山。康熙三十五年（1696）任广东茂名知县，三十七年（1698）任贵州铜仁知县，行取工科给事中。康熙四十四年（1705）革职。尝从陆陇其、汤斌游，故喜言理学；又学文于朱彝尊，学诗于王士禛。著有《学庵诗类》五十七卷、《学庵文类》四十四卷、《西亭文钞》十二卷等。

281. 宋衡

康熙十七年（1678），《宋嵩南制义序》，卷二十二。

宋衡（1654—1729），字伊平，号嵩南，庐江人。康熙十七年（1678）江南乡试第一，康熙二十四年（1685）进士，选翰林院庶吉士，授编修，官侍读学士。有《啸梅斋集》。

《宋嵩南制义序》："谒余于长干僧舍，抠衣肃拜，执行弟子礼甚谨。已而出其行卷，属予序其首。"

282. 陆予载

《陆予载翁林一合稿序》，卷二十二。

《陆予载翁林一合稿序》："吴门陆子予载为予兄弟总角交，虞山翁子林一则山愚先生令嗣，执经于予者也。"

283. 翁林一

《陆予载翁林一合稿序》，卷二十二。

《陆予载翁林一合稿序》："吴门陆子予载为予兄弟总角交，虞山翁子林一则山愚先生令嗣，执经于予者也。"

284. 吴正治

康熙二十一年（1683），《贺汉阳吴公入内阁序》，卷二十三。

吴正治（1621—1691），字当世，江夏人。顺治六年（1649）进士，选庶吉士，授国史院编修，康熙二十年（1681），拜武英殿大学士，充《太祖实录》、《一统志》等总裁官。

285. 杨雍建

康熙二十五年（1686），《送杨少司马序》，卷二十三。

杨雍建（1631—1704），字自西，号以斋，盐官人。顺治十二年（1655）进士，授广东高要知县，后历任兵科给事中、兵部督捕理事、太仆卿、左副都御史、贵州巡抚、兵部侍郎。有《政学编》、《黄门疏稿》、《抚黔奏疏》、《景疏楼集》等。

286. 熊赐瓒

康熙二十七年（1688），《送熊逊修侍读归养序》，卷二十三。

熊赐瓒，字逊修，孝感人，熊赐履弟。康熙十五年（1676）进士，任翰林院编修、侍讲学士。

287. 孙铖

《送孙古喤之官南靖序》，卷二十三。

孙铖，字古喤，号徵庵、芷庵，嘉善人。顺治五年（1648）举人，顺治十八年（1661）二甲第一名进士。尝官南靖令，后擢潮州通判。有《芷庵集》。

288. 陈昌言

《陈太公寿序》，卷二十四。

陈昌言（1598—1655），字禹前，号泉山，又号道庄、皇城村人，泽州人，陈廷敬从父。明崇祯三年（1630）举人，崇祯七年（1634）进士。

初授乐亭知县，后升为浙江道监察御史，出巡山东。清初，以原官视学江南，称知人。著有《东溟草》、《燕邸草》、《斗筑居集》等。

289. 朱昌

康熙二十九年（1690），《朱去非先生八十寿序》，卷二十四。

朱昌（1611—?），原名是，字去非，昆山人。康熙初年以恩贡廷试第一。

《朱去非先生八十寿序》："去非朱先生生同里，幼同学，志行述业，无弗同者。……先生之门人擢科第者甚众，予子树穀、炯少时亦并受业焉。"

290. 申槠

《申母茅太夫人八十寿序》，卷二十四。

申槠（1635?—1685），字叔篩，又字叔棉，吴县人，徐乾学妹婿。顺治十七年（1660）本省解元，十八年（1661）进士。由内阁中书改礼部祠祭司主事，调仪制司，迁郎中。康熙二十五年（1686），出为广西提学佥事。

291. 张鹏翮

《张太公寿序》（张鹏翮父张烺），卷二十四。

张鹏翮（1649—1725），字运青，号宽宇，谥文端，遂宁人，张烺子。康熙八年（1669）举人，九年（1670）进士，选庶吉士，改刑部主事。累迁礼部祠祭司郎中、苏州知府、兖州知府、大理寺少卿、浙江巡抚、两江总督、河道总督、刑部尚书等职，雍正元年（1723）加太子太傅，授武英殿大学士。先后二充乡试同、正考官，三充会试同、正考官。著有《治河记》、《奉使俄罗斯日记》、《张文端集》等。

292. 杨道升

康熙三十二年（1693），《杨雪臣七十寿序》，卷二十四。

杨道升，武进人，杨瑀子。

附：杨瑀，字雪臣，有《飞楼集》百二十卷。顾炎武《广师篇》云："读书为己，探赜洞微，吾不如杨雪臣。"康熙三十二年（1693）杨瑀七十寿，徐乾学为撰《杨雪臣七十寿序》，云："其子道升与予交，予因介寿之觞序，以问之先生为何如也？"

293. 沈蛰渊

《沈蛰渊寿序》，卷二十四。

沈蛰渊，昆山人。隐士。

294. 封鸣陛

康熙二年（1663），《游南塔寺记》，卷二十五。

封鸣陛，昆山人。官上杭知县。

《游南塔寺记》："予以癸卯七月甲戌至汀州会，有岭南之行，取道上杭，同乡封子鸣陛为杭邑宰，款予于南城馆舍。"癸卯为康熙二年（1663）。

295. 莫之伟

康熙二年（1663），《游普陀峰记》，卷二十五。

莫之伟，字伟人，一字颖修，上杭人。顺治十四年（1657）举人，十八年（1661）进士。

《游普陀峰记》："游南塔寺之明日为八月朔丙申，莫子颖修约封子圣侯、罗子次公及予游普陀峰。"

296. 封圣侯（或即封鸣陛）

康熙二年（1663），《游普陀峰记》，卷二十五。

297. 罗次公

康熙二年（1663），《游普陀峰记》，卷二十五。

298. 王登联

康熙四年（1665），《真定龙兴寺重修大悲阁记》，卷二十五。

王登联（？—1666），字捷轩，奉天人。顺治五年举人，官至直隶巡抚。有《政要三诫》、《日暑存录》等。

康熙四年（1665），徐乾学北上，经山东、河北入京。途经真定，值重修龙兴寺大悲阁，直隶巡抚王登联嘱其撰《真定龙兴寺重修大悲阁记》。

299. 卢崇魁

《肃州重建义学记》，卷二十六。

卢崇魁，字文求，官陕西布政使司肃州道参议。

300. 徐可先

《诰授中宪大夫直隶河间府知府升山东提督学政按察使司副使加七级梅溪徐府君墓志铭》，卷二十七。

徐可先（1615—1689），字声服，号梅溪，武进人。顺治四年（1647）进士，官至按察使司副使。

301. 赵士春

《奉直大夫左春坊左中允兼翰林院编修晋封中宪大夫景之赵公墓志铭》（赵士春），卷二十八。

赵士春（1598—1675），字景之，号苍霖，晚号烟霞道人，常熟人。明崇祯十年（1637）进士，官至奉直大夫。明亡不出。

302. 赵廷珪

《奉直大夫左春坊左中允兼翰林院编修晋封中宪大夫景之赵公墓志铭》（赵士春），卷二十八。

赵廷珪，常熟人，赵士春孙。康熙九年（1670）进士。

303. 项景襄

《通奉大夫经筵讲官兵部右侍郎加一级眉山项公墓志铭》，卷二十八。

项景襄（1628—1681），字去浮，号眉山，钱塘人。顺治十二年（1655）进士，官至兵部右侍郎。

304. 吴农祥

《通奉大夫经筵讲官兵部右侍郎加一级眉山项公墓志铭》，卷二十八。

吴农祥（1632—1708），字庆百，号星叟，一号大涤山农，钱塘人。与吴任臣齐名，称"武林二吴"。康熙十八年（1679）召试博学宏词，未中。尝客大学士冯溥所，与陈维崧、毛奇龄、吴任臣、王嗣槐、徐林鸿号"佳山堂六子"。著有《萧堂集》二百四十卷、《梧园杂著》二十卷、《流铅集》四十卷等。

305. 王士祜

康熙二十二年（1683），《进士东亭王君墓志铭》，卷二十八。

王士祜（1632—1681），字叔子、子侧，号东亭、古钵山人，新城人。康熙九年（1670）进士，未仕。

据《进士东亭王君墓志铭》，顺治十二年（1655）徐乾学于京师国子监"与考功、祭酒订交，时东亭选入太学，亦一再相见"。康熙十八年（1679）徐乾学服除返京，"东亭南游，过草堂"，送乾学于金昌亭，以其弟王士禛方官翰林，"旅食甚艰，以所积文贽白金数镒，布裹纫，嘱余（乾学）寄之，丁宁款密"。康熙二十年（1681）卒。康熙二十二年（1683）乾学为撰《进士东亭王君墓志铭》。

306. 王郿

康熙二十四年（1685），《敕封内阁中书舍人王清有先生墓志铭》（王郿父王体健），卷二十八。

王郿（1644—1703），字文益，号均庞，曲周人。康熙九年（1670）

进士①，历官中书、刑部主事、雷州知府等。

康熙二十四年（1685）十月，王郿父王体健卒，徐乾学为撰《敕封内阁中书舍人王清有先生墓志铭》，有云："康熙九年，予与曲周两王子同举礼部，伯子邻，当除令，仲子郿，以试授内阁中书舍人，予忝馆职。"

307. 王邻

康熙二十四年（1685），《敕封内阁中书舍人王清有先生墓志铭》，卷二十八。

王邻，曲周人，王郿兄。康熙九年（1670）进士。

308. 陈綍

《封征仕郎翰林院庶吉士陈君墓志铭》（陈綍父陈基命），卷二十八。

陈綍，猗氏人，陈基命子。康熙二十六年（1687）解元，二十七年（1688）进士。

309. 朱之弼

康熙二十六年（1687），《工部尚书幼庵朱公墓志铭》，卷二十九。

朱之弼（1621—1687），字右君，号幼庵，大兴人。顺治三年（1646）进士，官至刑部尚书。

310. 卜陈彝

康熙二十九年（1690），《吏部验封司员外郎卜君墓志铭》，卷二十九。

卜陈彝（1628—1689），字声垓，号简庵，秀水人。康熙三年（1664）进士，官至吏部验封司员外郎。

《吏部验封司员外郎卜君墓志铭》："殁之日，邸舍无斗米百钱，余捐两月俸偕新党助之，始得就殓也。君殁之明年，为康熙二十九年，春二

---

① 徐世昌：《大清畿辅先哲传》（北京古籍出版社1992年版）卷三十《王郿》条，称王郿"年二十三中康熙三年进士"，误。王郿为康熙九年（1670）三甲第一百零七名进士。

月，余方请告南还，孤子彭年扶柩将行，以志铭请。……其待余尤厚，见余与时龃龉，即悄然怀隐忧。余故于君之死有余痛焉。"

311. 翁天浩

康熙三十年（1691），《翁元直暨配席孺人合葬墓志铭》，卷二十九。

翁天浩（1644—1691），字元直，号养斋，太湖人。国学生，考授县丞。

312. 王之垣

《清故文学元遴王君墓志铭》（王之垣父王抡春），卷二十九。

王之垣，字函三，昆山人，王抡春次子。康熙三十二年（1693）举人，授婺源教谕。有《经史类编》、《四书五经释解》等。

313. 顾云如

《清故文学元遴王君墓志铭》（王抡春），《憺园文集》卷二十九。

顾云如，王抡春婿。

314. 祖泽荣

《荆南道参议祖仁渊墓志铭》，卷二十九。

祖泽荣，字仁渊，奉天辽阳人。官至荆南道参议。

315. 王清

《王子和元配李氏墓志铭》（王尔梅妻），卷三十。

王清（1630—1672），字素修，号冰壶，又号思齐，海丰人，王尔梅父。顺治六年（1649）举人，七年（1650）进士，选庶吉士，授编修。历官右赞善、左赞善、侍讲、右春坊右庶子、侍讲学士、内弘文院学士、刑部右侍郎、刑部左侍郎、吏部左侍郎管右侍郎事、吏部左侍郎。康熙三年（1664）、康熙五年（1666）、康熙九年（1670）三次担任会试总裁官和殿试读卷官。

316. 王尔梅

《王子和元配李氏墓志铭》（王尔梅妻），卷三十。

王尔梅，字子和，海丰人，王清子。

317. 窦克勤

康熙二十八年（1689），《窦太孺人墓志铭》，卷三十。

窦克勤（1653—1708），字敏修，号静庵，又号艮斋、遁斋，柘城人。康熙十一年（1672）举人。康熙二十五年（1686）授泌阳教谕。康熙二十七年（1688）中进士。著有《理学正宗》、《孝经阐义》、《四书阐义》、《事亲庸言》等。

按，《清史稿》卷四百八十《窦克勤传》称："六年，乡举至京师，谒睢州汤斌。……康熙十七年进士，选庶吉士，丁母忧归，服除，授检讨。……卒，年六十四。"所记多误。其中窦克勤中进士年当为康熙二十七年（1688），徐乾学《窦太孺人墓志铭》可证。窦克勤母李氏卒，徐乾学为撰《窦太孺人墓志铭》，称："孺人五十有四，康熙二十八年十一月己酉卒于京师。……克勤将扶柩还里，衰麻哭踊，执其父封公之状，介同年生王原以请志墓之文于余。余于昨岁礼闱得克勤……。"徐乾学主考礼部会试只有一次，即康熙二十七年。其称"余于昨岁礼闱得克勤"，即指二十七年，前云"康熙二十八年十一月己酉卒于京师"亦可证。又称"介同年生王原以请志墓之文于余"，王原即为康熙二十七年进士，此又一证。故据此《墓志铭》可知，窦克勤康熙二十七年成进士，二十八年，母李氏卒，丁母忧归，徐乾学为撰《窦太孺人墓志铭》。

另，《清史稿》所记窦克勤中举人年及年寿亦误。据窦氏同年进士汤右曾所撰《征侍郎翰林院检讨静庵窦公墓志铭》："康熙四十七年戊子又三月二十五日检讨静庵窦公卒于里第。……予与公同举进士……以顺治十年癸巳十一月六日生……壬子举于乡……戊辰成进士，选翰林院庶吉士。"[①]

[①] 《清代传记丛刊》第108册，第597—598页。

可知窦克勤生于顺治十年（1653），卒于康熙四十七年（1708），则年寿五十六。又，其中举人年为壬子年，即康熙十一年（1672），而称"予与公同举进士"，考汤右曾为康熙二十七年（1688）进士，又可证前所论窦氏成进士年。

318. 王丹林

《王母邵氏墓志铭》（王丹林母），卷三十。

王丹林，字赤抒，号野航，钱塘人。拔贡生，官中书舍人。

319. 顾天朗

《诰封奉直大夫翰林院侍读学士待赠礼部右侍郎顾先生神道碑铭》，卷三十一。

顾天朗（1624—1690），字开一，号雪嵋，长洲人，礼部侍郎顾汧父。官知县。

320. 卜书库

《资政大夫兵部郎中加二级卜公神道碑铭》，卷三十一。

克尔德卜书库（1630—1683），盛京人。官至兵部郎中。

321. 高层云

康熙三十年（1691），《太常寺卿高君神道碑》，卷三十一。

高层云（1634—1690），字二鲍，号谡苑，晚号菰村，华亭人。康熙十五年（1676）进士，历任大理寺左评事，吏科给事中，通政司右参议，中宪大夫，太常寺少卿。康熙二十三年（1684）典广西乡试，充《一统志》纂修官。

322. 澹归禅师

《丹霞澹归释禅师塔铭》，卷三十二。

金堡（1614—1680），字卫公，又字道隐，仁和人。明崇祯十三年

（1640）进士，明亡为僧，法名澹归。工书画，有《遍行堂集》、《颂斋书画录》等。

《丹霞澹归释禅师塔铭》："予以癸卯年游岭南，遇师广州，朝夕谈论甚欢。比来吴门，又顾予花豯草堂。"癸卯年为康熙二年（1663）。

323. 李柟

《李映碧先生墓表》（李柟父李清），卷三十二。

李柟，兴化人，李清子。康熙十二年（1673）进士，历官右春坊右中允。

324. 黄礽绪

康熙十一年（1672），《内阁中书舍人黄君哀辞》，卷三十三。

黄礽绪（？—1672），字绳伯，号雪筠，崇明人。康熙二年（1663）顺天乡试举人，康熙六年（1667）进士，授内阁中书舍人。

325. 范承谟

康熙十六年（1677），《祭范忠贞公文》，卷三十三。

范承谟（？—1676），镶黄旗汉军人，范文程第二子。顺治九年（1652）进士，历官浙江巡抚、福建总督。为耿精忠所杀，赠兵部尚书，谥忠贞公。

326. 施维翰

《祭施研山文》，卷三十三。

施维翰（1622—1684），字及甫，号研山，谥清惠，华亭人。顺治九年（1652）进士。历官临江推官、职方主事、监察御史、山东巡抚、浙江总督，殁于福建总督任。

327. 耿昭忠

康熙二十七年（1688），《额驸将军勤僖耿公墓志铭》，卷三十三。

耿昭忠（1640—1686），字信公，号在良，谥勤僖，正黄旗汉军人，耿继茂子，耿精忠弟。由多罗额驸晋太子太保。

328. 曹鉴伦

康熙十八年（1679），《与曹彝士编修书》，《再与曹彝士书》，卷三十四。

曹鉴伦，字彝士，号蓼怀、岙斋，嘉善人。康熙十八年（1679）进士，改庶吉士，授编修，官至吏部侍郎，署尚书。有《岙斋诗稿》。

329. 吴伟业

康熙十三年（1674），《题吴梅邨先生〈爱山台上巳宴序〉卷》，卷三十六。

吴伟业（1609—1672），字骏公，号梅村、鹿樵生、灌隐主人、大云道人，太仓人。崇祯四年（1631）一甲第二名进士。与钱谦益、龚鼎孳并称"江左三大家"，为娄东诗派开创者。

《题吴梅邨先生〈爱山台上巳宴序〉卷》：康熙七年（1667），"园次使君守湖州日，以上巳谨集郡署之爱山台，而梅邨先生所为之序也。是日会者十有二人，而余其一"。

第四章 《憺园文集》徐氏领局修史研究

清军入关定鼎中原以后，随着清朝政权的日渐稳固，遂秉承往代旧制，逐步确立了修史制度，前后设立了翰林院、起居注馆、国史馆、实录馆、《明史》馆、会典馆、方略馆等，开始了修史活动。特别是清圣祖亲政以后，尤其重视史籍的修撰，进行了不少大型史书的编纂工作，使修史制度逐渐步入正轨，为之后的雍、乾两朝甚至整个有清一代的修书事业奠定了坚实的基础。

徐乾学自康熙九年（1670）以一甲第三名及第以后，先后担任朝廷要职，除了参与各种政策、制度的拟定以外，更被命担任各馆总裁，主持官方史籍的修纂工作。徐乾学参与编修的史籍有《明史》、《大清一统志》、《大清会典》、《鉴古辑览》、《资治通鉴后编》等。其间，他统领全局，发凡起例，审阅修订，对清初官修史学的发展做出了重要的贡献。而关于徐乾学参与各史馆的资料，《憺园文集》中都有重要的体现。

一 《明史》纂修

顺治二年（1645）四月，御史赵继鼎奏请纂修《明史》，获采纳。然而之后的顺治一朝直至康熙初年，《明史》的修纂工作一直进展不利，甚至数度停顿，未取得实质性的成果。康熙十七年（1678），清廷诏举博学宏词科，为《明史》的纂修作了人才准备。康熙十八年（1679），重开《明史》馆，命徐乾学之弟内阁大学士徐元文担任监修总裁官，命掌院学士叶方蔼、右庶子张玉书为总裁官。自此《明史》的纂修工作出现了转机，步入正轨，开始了大规模的集中修纂。之后，众多高官担任过《明史》总裁，大量著名学者参与纂修。历经康、雍两朝，直至乾隆四年（1739）《明史》才刊刻完成。前后历经近百年，是历代官修正史中耗时最长的一部，而《明史》在各正史之中也是质量比较高的一部。

徐乾学自康熙十八年（1679）史馆重开之际即参与其事，康熙二十一年（1682）七月又被任命为《明史》总裁官。徐乾学在《明史》的纂修过程中发挥了十分重要的作用，而这其中最为显著者，是他对《明史》体例的制订。

1. 徐乾学与《修史条议》

《憺园文集》卷十九收录了徐乾学的《修史条议序》，卷十四收录了其《修史条议》，集中体现了徐乾学于《明史》纂修初期发凡起例的重要贡献。现将二文照录于下：

修史条议序

> 某拿鄙无似，猥以明史开局，院长叶公属同舍弟中允预纂修之役。时舍弟都御史为监修，辞于院长，弗允。因日夜搜罗群书，考究有明一代史乘之得失，随笔记录，以示同馆诸公。未几，中允以疾去，叶公下世。某被命同学士陈、张二公，侍读学士孙公，侍读汤公，暨门人王庶子为总裁官，而舍弟罢柏府之职，留领史事。益以向所讨论者，详为商榷，得六十一条[①]，存之馆中，庶几相与整齐慎核，以成一代信史，无负皇上简命而已。自惟腐儒，通籍十有五年，遍居司籍之曹，久处载言之职，兼以兄弟蒙恩并预笔削，虽遭坎坷，仍握铅椠，敢不竭其迟钝，少答涓埃？惟是成珍裘者以众腋，而温构广厦者以群材，而就所冀同事诸先生详加商订，毋使牴牾，熟探刘氏之史通，冀免唐书之纠谬。（作于康熙二十四年（1685），《憺园文集》卷十九）

[①] 集中所录实六十二条。

修史条议

（1）太祖之兴，其官爵皆受之于宋，如乙未四月授左副元帅，丙申七月授平章政事，己亥八月授中书左丞相，辛丑正月加太尉封吴国公，甲辰正月进吴王，皆历历可考，而《实录》尽讳之。今当悉为改正，不宜仍前讹谬。

（2）《太祖实录》凡三修，一在建文之世，一在永乐之初，今所传者永乐十五年重修者也。前二书不可得见，大要据实直书，中多过举。成祖为亲隐讳，故于重修时尽去之。其实太祖御制诰令文集，未尝讳也。今观此书，疏漏舛误，不可枚举，当一一据他书驳正，不得执为定论。

（3）太祖自受职于宋，即用龙凤年号，并不遵至正之朔。今为《高帝本纪》，当以甲子纪年，而至正及龙凤之年数，明疏于下可也。

（4）元末群雄如韩林、徐寿辉、张士诚、陈友谅、明玉珍、陈友定、方国珍辈，《元史》既不为立传，今所作诸人传，当详列其事迹，不得过于简略。

（5）《后汉书》公孙述、隗嚣诸传，即继于后妃诸王之后。《新唐书》窦建德、王世充诸传，其例亦然。今作徐寿辉诸人传，亦当列于亲王之后，开国将相之前。

（6）元之遗臣，如也速、王保保辈，虽《元史》已为立传，然自遁荒之后，阙而不书，因《元史》即成于是时也。今当载其后事，以补前史之遗。

（7）胡惟庸之狱，人尽疑之。然太祖刑戮大臣，几无虚月，铤而走险，遂萌异图，亦情之所有，岂谓尽无非干天命以救死也？李善长、陆仲亨辈，谓其同逆则非。责以知情不举，彼亦无辞。不然《昭示奸党录》所列狱词数十万言，罪实难贷，事岂尽虚？尚究当年之情实，毋滋疑信之两端。

（8）胡蓝之党，公侯伯坐诛者四十余人，都督坐诛者二十余人，前有《昭示奸党录》，后有《逆臣录》，皆当据实直书。

（9）宋颖两公，无罪而就诛夷，千古所同慨。今当直书其事，不

第四章 《憺园文集》徐氏领局修史研究

必为隐讳之词。至开国公常升,本以蓝玉之甥与玉同时伏法,《逆臣录》内姓名炳然,而《吾学编》诸书谓与魏国徐辉祖同御靖难师于江上,不亦谬乎?举此一端,前人之成书岂可尽信?愿共细心考之。

(10) 太祖虽治尚严酷,其杀人皆显指其罪,未尝掩护,乃《实录》则隐讳大过,而野史又诬谤失真。其最不可信者,祝允明《九朝野记》、张合《台阁名言》、赵可与《孤树裒谈》(或云李默撰)是也。今当详加考核,以为信史。既不可虚美失实,又不可偏听乱真,愿以虚心核其实际,庶免佞史谤史之讥。

(11) 明初之尚书,责之至重,视之实至轻。如一部而官设数人,一人而岁更数任,致史不胜书。今就洪武一朝考之,大僚三品以上者共得三百余人,遍搜诸书,其人得立传者不过三四十人,又率寂寥数语,本末不具,岂其人皆无可纪述?大率为太祖所杀,故国史不为立传。而其子孙亦不敢以志状请人,遂尔湮没不传。今当广搜各郡志书,及各郡志名宦传,以补其阙略,不得但采《献征录》、《开国臣传》、《分省人物考》诸书,致有疏漏。

(12) 太祖所杀大臣有罪状可指者,《实录》皆直书其事,如张昶、杨宪、李善长、胡惟庸、陈宁、开济、郭桓、詹徽、余熂辈是也。其非罪见杀者则讳之,如程徐、陶凯、薛祥、滕德懋、陈敬、赵瑁、王惠迪、麦至德、徐铎辈皆死于非命。前人所作传多不得其实,今当据实改正。

(13) 公侯伯既为立传,子孙或袭爵或为勋卫而有行事可纪者,当即附于祖父之后,不必别为立传。

(14) 诸王之袭封者,其事迹当附于始封者之后,略仿世家之体。若将军、中尉有贤而当立传如睦楧、谋㙔辈即附于周王传内。刘向传附楚元王后,《汉书》有例也。

(15) 诸王之生卒既具于诸王列传,又见于诸王世表,似不必复入本纪,致有重复之病。

(16) 史之有志,所以纪一代之大制度也。如郡县之沿革,官职之废置,刑罚之轻重,户籍之登耗,以及于兵卫修废,河漕通塞,日

115

食星变之类，既详列于志，不得复入本纪。

（17）本纪之体，贵乎简要。《新唐书》文求其省，固失之略；《宋》、《元史》事求其备，亦失之繁。斟酌乎二者之间，务使详略适宜，始为尽善。今惟大典大政登诸本纪，其他宜入志者归之于志，宜入表者归之于表，宜入传者归之于传，则事简而文省矣。前史具在，尚其折衷。

（18）前人之成书，其久行于世者（如《吾学编》、《皇明书》、《史概》、《开国功臣录》、《续藏书》、《明良录》、《名山藏》、《泳化类编》等书），但可用以参观，未可据为笃论。盖昔人之著作多书美而不书恶，今兹之笔削既有褒而更有讥，体自不同，义当兼载，毋执已成之书，遂为一定之见。

（19）史材之最博者无如《献征录》、《人物考》两书，然皆取之墓志、行状、家传、郡乘，多溢美之词，未便据以立传，毋惮旁搜，庶成信史。

（20）或曰作史之体，原在采掇众家，其前人之书，果事核文赡者，即仍用旧文可乎？曰可也。迁、固、晔、寿皆如是也。更有文家爱奇，凿空附会，易助波澜，终乖事实，如《晋书》所载烦猥颇多。愿征其实，务从雅驯。

（21）有卓然名世而间有微疵者，既有行事之可议，何妨瑕瑜之并存？若为贤者讳过亦当讳之于本传，而见之于他传。傥止有褒无贬，何以取信将来？

（22）赏罚在一时，褒贬在万世。故史之有作，前贤比之衮钺。然使钩稽冗琐，苛摘细微，高下在心，爱憎由己，殊非忠厚之道，则又刘知几辈所深诫者也。

（23）诸书有同异者，证之以《实录》，《实录》有疏漏纰缪者，又参考诸书。集众家以成一是，所谓博而知要也。凡作名卿一传，必遍阅记载之书，及同时诸公文集，然后可以知人论世。

（24）史传之叙事也，当辨而不华，质而不俚，其文直，其事核，古人尝言之矣。

第四章 《憺园文集》徐氏领局修史研究

（25）有一事而数人分功者，如顺义之封，内则阁部（内阁季春芳、高拱、张居正、赵贞吉、中枢郭乾），外则督抚（督臣王崇古、抚臣方逢时）皆有决策之劳者也。如宁夏之征，文则督抚（前总督魏学曾、后总督华应熊、巡抚朱正色、监军御史梅国桢），武则总兵（李如松、萧如薰、麻贵），皆有勘定之绩者也。不得专属一人，以掩他人之美。当使彼此互见，详略得宜。

（26）建文出亡之事，野史有之，恐未足据。其尤诞妄者，史氏《奇忠志》、《忠贤奇秘录》二书是也。史贵阙疑，姑著其说，而尽削从亡姓名，不以稗官混入正史可耳。

（27）成祖形戮忠臣，其妻女发教坊者，诸书所传至不忍读，今亦不必尽污简册。付之稗史，已足遗讥。

（28）野史流传，不可尽信。其最挟私害正者，无如尹直之《琐缀录》、王琼之《双溪杂志》、支大纶之《永昭陵编年史》。此皆小人之尤，其言岂足凭据？若夫伍袁萃《弹园杂志》、吴玄之《征吾录》等类，心虽无他，语实悖道，尚其鉴别，无惑浮言。

（29）有身居台阁而著书乃甚纰缪者，王守溪之《震泽纪闻》、《震泽长语》，陆贞山之《庚己编》是也。有名托国典而其实乃甚颠倒者，陈东莞之《皇明通纪》、黄司寇之《昭代典则》是也。《通纪》一书，实梁文康弟（名亿）所作，故多誉兄之辞。毋以一家之私言，致蔑万世之公论。

（30）王司马破蛮之功，岂足赎罪？张中丞假币之罪，岂得掩功？项襄毅之平荆襄，或讥其滥杀；余襄敏之城边塞，或议其罔功。是非当以并存，功罪不妨互见。

（31）夺门之事当以为罪，而不当以为功。如以徐石为是，则景帝之勒死何辜？挺击之狱当以为功，而不当以为罪。如以王（之寀）何（士晋）为非，则奸党之口供难灭。谅有定论，毋俟多言。

（32）张、桂之议礼，只以献谀，何曾知礼？惟富贵之是图，遂名教之不顾，诚小人之魁，士林之贼。他若议主继统，而意非逢君，如王新建、潘司马（希曾），仍不失为正人。初虽借为显荣，后不因之附丽，如熊冢宰（浃）、黄宗伯（宗明），犹不失为佳士。若乃咆哮狂吠，恣睢横行如席、张、方、桂、黄、霍辈，难逃乎万世之清议矣。

（33）前史之载文章者，两汉书为多，三国以至隋唐则已少矣，至宋元而载者绝少。今列传中除奏疏而外，虽有佳文不宜多载。惟《儒林》、《文苑》或当间录一二，亦旧史例也。

（34）谏官之设，明世最多，故奏疏亦最多。今列传所载，惟择其纠正君身，指陈时弊，论劾大臣之最剀切者，方可节略入传。其余条陈诸疏，不得概入，以滋繁冗之弊。

（35）廷臣以建言而获显罪者，其人多入列传。然亦须核其生平，若止一疏可传，而无他事表见者，当仿《汉书》严安、徐乐例，止载其疏，而不必泛及其余。

（36）史以昭万世之公，不得徇情而曲笔。先人有善而后人不为表章，先人无善而他人代为诔语，均不可也。今日仕宦诸君，先世多有显达。若私滥立传，能无秽史之讥？愿秉公心，共成直道。

（37）史有一传而包罗数十百人者，如《蜀志》杨戏传后附以季汉辅臣赞五十余人，《魏书》高允传后附以征士颂三十四人，《唐书》李恺传后附以武德以来宰相功臣一百八十七人。今亦当仿其例，如胡蓝之传不妨附以奸党之姓名，崔魏之传不妨尽入逆案之姓氏。庶文省而事核，且免挂漏之议。

（38）明之战功，大约文武数人共之。如麓川之役，王骥与蒋贵共事。大藤峡之役，韩雍与赵辅共事。播州之役，李化龙与刘綎共事。决机发策，当归于文；冲锋陷阵，必归于武。不得重文轻武，以血战之功归诸文墨之士。必使数人之传出于一人之手，庶无牴牾，且免重复。

（39）万历中叶，我太祖龙兴东土，辽左封疆之事，本朝国史记载详确。宜恭请审阅，借以考镜得失，不致茫忽无据，传闻异辞。

（40）忠义之士，莫多于明，一盛于建文之朝，再盛于崇祯之季。此固当大书特书，用光史籍。若乃国亡之后，吴越闽广多有其人。此

第四章 《憺园文集》徐氏领局修史研究

虽洛邑之顽民，固即商家之义士。考之前典，陆（秀夫）、张（士杰）、文（天祥）、谢（枋得）并列于赵宋之书，福寿、宜孙亦入于有元之史。此皆前例之可据，何独今史为不然？尚搜轶事于暇陬，用备一朝之巨典。

（41）庄烈愍皇帝纪后，宜照《宋史》瀛国公纪后二王附见之例，以福、唐、鲁、桂四王附入，以不泯一时事迹，且见本朝创业之隆也。

（42）明之武功最为不振，洪、永勿论，宣、正以后逐渐衰微。总由武职日轻，因致军功鲜纪。然而疆场之上，凡有斩馘微功尽见屡朝实录，因而广搜可作传。

（43）明之内官，实职国命。外而封疆之守，内而兵食之司，何一不由乎内竖？虽嘉靖以还，此辈尽汰。（嘉靖以前，京营设宦官七八十人，仓场三四十人，各边各省镇守协守分守共一二百人，皆世宗革去）而司礼东厂，其权如故。今所作《宦官列传》，不但王（振）、曹（吉祥）、刘（瑾）、魏（忠贤）之元凶当尽列其罪状，即其他蠹政乱国之辈，亦当备载于简编，以垂万世之炯戒。

（44）锦衣卫与两厂相连，中涓之爪牙前代所未有也，故采《弇州志》特立《锦衣列传》，与《宦官》参观，一代之弊政了然矣。

（45）明之《实录》，洪、永两朝最为率略。莫详于弘治，而焦芳之笔褒贬殊多颠倒；莫疏于万历，而顾秉谦之修纂叙述一无足采。其叙事精明而详略适中者，嘉靖一朝而已。仁、宣、英、宪胜于文皇、正德，隆庆劣于世庙。此历朝实录之大概也。家乘、野史未可尽信，必本之《实录》，而参以他书，庶几无失。愿加博访之力，无据一家之言。

（46）李选侍未移宫之前，举朝震惊。诸君子目击其事，速请移宫，防变虑危，忠臣至计，原未居以为功，何得指以为罪？乃竟以是案置诸君子于死地，孰是孰非，何烦置喙，傥执群小之言，谓为众正之过，人心已灭，史笔岂宜？

（47）红丸之案，李可灼虽无行弑之心，亦当伏妄投之罪。稽诸

119

故事，孝宗、世宗之崩，诸医皆系狱论死，彼岂有弑逆之谋，国典当然不可宥也。至崔文昇之罪，实在可灼之上，乃竟置之不问，国典谓何？诸君子抗疏力争，自不可少，而乃翻以为罪，奚以服人？事有公评，毋徇邪说。

（48）明之文学，蔚然称盛。洪、永则人务实学，宣、正之际未免少衰，成、弘克追先正，正、嘉而后流派判然。然而时称为极盛，隆、万以还，殊无足道。今之《文苑》，当溯其源流，判厥泾渭，毋使鱼目乱我珠玑。

（49）明世课吏之法，视前代更为严密，故三百年间之吏治实有可观。然必众论称贤，确有实绩可纪者，方可入《循吏传》。若无实绩，但以虚词称美，及虽有实绩，而其人本末无足道者，自有郡县志载之，不得概入正史。至于治行足传，而其人致位公卿，别有他事表见，自当登之列传，不必入于《循吏》。

（50）史有谏疏当传，而其人不必立传者，如杨集之谏立储，席臣之谏棕棚之类，当广为搜采，附见他人之传，不可遗漏。他如高原侃陈京师昏丧之弊，其人既不立传，其事又无所附丽，则当载之礼志中。诸如此类，各宜搜之实录，查其人无传可载，则当因类附见，以存其言，不得忽而不录。

（51）有其人不足传，而其事必当传者，郭希颜之谏立储，陈启新之陈时弊是也。仍当因其事而著其人。有其言不可存而又不可不存者，陈洸之攻击名贤，曹嘉之历诋大臣是也。还当因其言而存其人。总期斟酌尽善，无漏无伦。

（52）明朝讲学者最多，成、弘以后指归各别。今宜如《宋史》例，以程朱一派另立《理学传》，如薛敬轩（瑄）、曹月川（端）、吴康斋（与弼）、陈剩夫（真晟）、胡敬斋（居仁）、周小泉（蕙）、章枫山（懋）、吕泾野（楠）、罗整庵（钦顺）、魏庄渠（校）、顾泾阳（宪成）、高景逸（攀龙）、冯少墟（从吾），凡十余人。外如陈克庵（选）、张东白（元祯）、罗一峰（伦）、周翠渠（瑛）、张甬川（邦奇）、杨止庵（时乔），其学亦宗程朱，而论说不传，且别有建竖，亦

第四章 《憺园文集》徐氏领局修史研究

不必入。

（53）白沙、阳明、甘泉宗旨不同，其后王湛弟子又各立门户，要皆未合于程朱者也。宜如《宋史》象山、慈湖列入《儒林传》。白沙门人湛甘泉（若水）、贺医闾（钦）、陈孝廉（茂烈）其表表者，庄定山（昹）为白沙友人，学亦相似（邹汝愚智以谪宜后从学，宜与谏诤诸臣合传）。王门弟子江右为盛，如邹东阔（守益）、欧阳南（野）德、安福四刘（文、敏、邦、采）、二魏（良器、良政）。在他省则有二孟（化鲤、秋），皆卓越一时（聂双江虽宦迹平平，而学自得）。罗念庵（进先）本非阳明弟子，其学术颇似白沙，与王甚别。许敬庵（孚远）虽渊源王湛，而体验切实，再传至刘念台，益归平正，殆与高、顾符合矣。阳明、念台功名既盛，宜入《名卿列传》，其余总归《儒林》。

（54）阳明生于浙东，而浙东学派最多流弊。龙溪畿辈皆信心自得，不加防检，至泰州王心斋艮隐怪尤甚，并不必立传，附见于江西诸儒之后可也（诸子中钱绪山稍切近）。

（55）凡载《理学传》中者岂必皆胜《儒林》？《宋史》程朱门人亦多有不如象山者，特学术源流宜归一是。学程朱者为切实平正，不至流弊耳。阳明之说，善学则为江西诸儒，不善学则为龙溪、心斋之徒。一再传而后若罗近溪、周海门之狂禅，颜山农、何心隐之邪僻，固由弟子寖失师传，然使程朱门人必不至此。

（56）国初名儒皆元遗民，如二赵（汸、撝谦）、梁（寅）、汪（克宽）、范（祖干）、叶（仪）、胡（翰）、苏（伯衡）诸公，操履笃实，兼有文艺。其为理学、为儒林、文苑多合而为一，今当为《儒林》之冠，而后代经学名家悉附于后。

（57）圣裔有表有传，重圣统也。《魏书》、《元史》立《释老传》，甚属赘疣，今悉删之。土官事迹最多，故特为立传。

（58）明人论乐者，如冷谦、韩邦奇、李文利、李文察、张鹗、王廷相、郑世子、载堉等，其议论不一，皆有裨于一代之制作。《乐志》中虽以声容歌奏为重，而诸公之众说亦宜斟酌采入。

121

（59）凡书官制地名，例从本代，勿用前史字样，以致混淆。传首书某人某县，不必著府。其有县称同名如山阴华亭之类，则冠以某省。若同省同名如江西吉安有永丰，广信亦有永丰，则加府以别之。

（60）洪熙元年，仁宗欲还都南京，故于北京衙门皆加行在二字。自正统六年定统于北，始去行在，迳称某官。今遇此七年以内之事，凡京官衔有行在字者不得刊落。

（61）别号非古也。自明大夫出仕以后，即以号行，朝野称谓，遂成风俗。今于本传中必须见号者，若易之以字，便为失真。间于某人字某下复著别号，较于行文尤便，例宜特起者，似不必泥古为是矣。

（62）凡官阶升转曰晋、曰升，俗字未为近古。其量升者应称迁某官，其不次用者则曰超迁、曰擢，其资品相同者曰改、曰转。一切书法总须考之前史，庶为无弊。（作于康熙二十四年（1685），《憺园文集》卷十四）

据《修史条议序》："某被命同学士陈、张二公，侍读学士孙公，侍读汤公，暨门人王庶子为总裁官，而舍弟罢柏府之职，留领史事。益以向所讨论者，详为商榷，得六十一条，存之馆中，庶几相与整齐慎核，以成一代信史，无负皇上简命而已。"可知《修史条议》乃徐乾学于康熙二十一年（1682）任《明史》馆总裁后，与其弟徐元文及其他总裁官陈廷敬、张玉书、孙在丰、汤斌、王鸿绪等一并商讨议定的结果，而徐乾学则当为主要拟定人及最后定稿者。

刘知几云："夫史之有例，犹国之有法。国无法，则上下靡定；史无例，则是非莫准。"[①]《明史》的纂修，事关一代正史，非同小可。而作为一项规模宏大的工程，参与者众多，而各人的识见、观点多不能一致。若无严整完备的体例以作导向，统一标准，整齐步伐，修史活动的成功难以想象。徐乾学在《文治四事疏》（《憺园文集》卷十）中指出，清世祖虽

---

① 刘知几著，浦起龙释：《史通通释》卷四，上海古籍出版社1978年版，上册，第88页。

诏令开局纂修《明史》，但"发凡起例，尚未之讲"，故《明史》的纂修一直缺乏方向，无所遵循，致进展不利。有鉴于此，当徐乾学于康熙二十一年（1682）被命担任《明史》馆总裁后，"因日夜搜罗群书，考究有明一代史乘之得失"，终于在康熙二十三年，主持议定了《修史条议》六十二条。

从这六十二条的《修史条议》可以看出，大到实事求是、"以成信史"的总体原则，小到地名、别号的处理，官阶升转的用词，巨细皆备，条分缕析。概而言之，《修史条议》的内容，主要涉及以下几个方面：

（1）总体原则与目标

实事求是，"以成信史"，是各种史书所追求的目标以及首要强调的原则。《修史条议》也不例外，各条中对此多有强调：如"皆当据实直书"，"尚究当年之情实"，"今当据实改正"，"今当详加考核，以为信史。既不可虚美失实，又不可偏听乱真，愿以虚心核其实际，庶免佞史谤史之讥"等，反复强调立传叙事必须考核实际，据实以书。

（2）对一些重大的有争议的事件、人物的立场

《修史条议》中对一些重大的特别是有争议的事件、人物诸如胡兰之狱，建文出亡，夺门之变，大礼之议，挺击、移宫、红丸各案表示了明确立场，确定了方向，使史官对于这些事件的撰录有所依循，避免再生议论。

（3）体例与法则

这是《修史条议》的主要内容。《条议》中明确了本纪、志、传等各体的范围与特点，提出了对一些专传的增设与删减的建议（如议增《宦官列传》、《锦衣卫列传》，议删《释老传》），强调了一些专传的入传标准（如《循吏传》、《理学传》、《儒林传》等）、撰写方法（如因类附付等）以及文章、奏疏的收录标准等。而对于一些较为复杂或重大的人物，如对南明四王、明季抗清人士、功罪并有者的处理等，都提出了明确的意见。

（4）对《明实录》及各杂史、野史等史料的态度

对于《明实录》的采用，《修史条议》强调应持审慎的态度。其云："明之《实录》，洪、永两朝最为率略。莫详于弘治，而焦芳之笔褒贬殊多

颠倒；莫疏于万历，而顾秉谦之修纂叙述一无足采。其叙事精明而详略适中者，嘉靖一朝而已。仁、宣、英、宪胜于文皇、正德，隆庆劣于世庙。此历朝实录之大概也。"《条议》还举列了许多《实录》中隐讳及失实的事件，"疏漏舛误，不可枚举"，故指出在引录《实录》时，"当一一据他书驳正，不得执为定论"。

而相较于《实录》，其他史籍，更当持怀疑的态度，应广参各书，详加考核，不可粗率采用："家乘、野史未可尽信，必本之《实录》，而参以他书，庶几无失。愿加博访之力，无据一家之言。""诸书有同异者，证之以《实录》，《实录》有疏漏纰缪者，又参考诸书。集众家以成一是，所谓博而知要也。"

（5）撰写的方法，语言的详略、风格与书法

《条议》对于撰写过程的具体操作、记录之详略、叙事之风格等也提出了相应要求。比如对于一事并及多人的传记，提出"必使数人之传出于一人之手，庶无牴牾，且免重复"。对于《元史》未为立传的元末群雄，如韩林、徐寿辉、张士诚、陈友谅、明玉珍、陈友定、方国珍等，提出"今所作诸人传，当详列其事迹，不得过于简略"。对于记录之语言，强调"本纪之体，贵乎简要"，"史传之叙事也，当辨而不华，质而不俚，其文直，其事核"。甚至于具体的用词，如地名、字号、官职升转等，也提出了具体规定。

《修史条议》的订立，为《明史》纂修工作设定了体例与法则，确立了大的指导方向，统一了思想与步调，给《明史》的纂修事业奠定了良好的基础。据与后来成书的《明史》进行对照，《修史条议》诸条，基本都得以贯彻落实，为《明史》所不采纳者仅少数几条。可见虽然徐乾学任内《明史》虽未能成书，但是他发凡起例，制订纂修标准，对于《明史》的巨大贡献，不能忽视。

2.《憺园文集》保存的其他《明史》纂修资料

发凡起例的《修史条议》之外，《憺园文集》中还保留了徐氏与修《明史》其他方面的一些资料，现归纳条列如下：

第四章 《憺园文集》徐氏领局修史研究

（1）奏请广搜书籍，充实修书的基础

　　国朝人文蔚兴，几于彬郁。然而兰台石室，坟牒荡然。一旦朝廷有事于述作，诏稽古儒林，载笔石渠，蒐讨掌乘，以润色皇猷，其亦何以资繙玩、备参订乎？乞敕直省学臣照中秘书，多方募购，解送礼部。自内府文渊、尊经等阁，及翰林院、国子监等衙门，皆如法充贮。设典掌校雠诸司，散落脱乱有罚，焚荡湮烂者罪。仍悬献书之赏，置写书之官，以罗致遗逸。鸿都、虎观之盛，奚难再睹于今兹耶。（《文治四事疏》，约作于康熙十五年（1676），《憺园文集》卷十）

此外，集中所录《购书故事》（《憺园文集》卷三十五）也表现了同样的思想。

（2）奏请重开《明史》馆，促进《明史》的纂修进程

　　胜国之史，成于昭代，以监隆污，以垂法戒，所关甚巨。世祖时有诏开局纂修，而发凡起例尚未之讲。近者天启、崇祯二朝邸报及稗乘可备采录者，亦既渐集阙下矣。恐久之卷轴磨灭，文献凋零，世远迹湮，无从考究。请敕馆阁儒臣发金匮之藏，分科簪笔。仍旁稽轶籍，广辟宿耆，详慎编摩，勒成信史。斯一代之盛典，光千秋之金镜，备矣。（《文治四事疏》，约作于康熙十五年（1676），《憺园文集》卷十）

《文治四事疏》约作于康熙十五年（1676），所以康熙十八年（1679）《明史》馆的正式重开，徐乾学的建议应该是起了作用的。而他关于搜购遗书的建议，也客观上为《明史》的纂修准备了资料基础。

（3）整理审订的具体成果

　　臣等奉命纂修《明史》，仰惟笔削大典，征信千载，所关甚巨。臣等用是斟量体裁，博综故实，考订同异，衡别是非。撰成纪传十已

六七,谨先缮写本纪七卷,列传十五卷,恭呈御览。(《条陈〈明史〉事宜疏》,作于康熙二十四年,《憺园文集》卷十)

臣所辑《明史》正德、嘉靖两朝列传,及《地里志》、《艺文志》,今已脱稿。其《河渠志》、《儒林》、《文苑》等传,容臣一并带回编辑,缴送史馆。(《备陈修书事宜疏》,作于康熙二十八年,《憺园文集》卷十)

臣总裁《会典》,业与诸臣编辑告成。《明史》屡经易稿,臣弟元文现领史局,自可与诸臣商榷成书。(《乞归第三疏》,作于康熙二十八年(1689),《憺园文集》卷十)

台湾"国立中央图书馆"藏旧抄本《明史列传》九十三卷,前附康熙甲辰(三年,当误——笔者注)韩方卓识语云:"《明史》九十三卷,司寇健庵徐公乾学所手辑也。……是书出于公弟果亭先生,盖上自洪武,下迄启祯,井井鳞鳞,靡不毕备,诚一代良史哉。因忆在馆时,合扉静哦,是书实托始矣。公真有心人也。第公用世早而早逝,即是书亦工未竟之绪,其时为之整齐韰次以存公手泽者,则公门状元韩菼实有功焉。"① 识语称此《明史》九十三卷为徐乾学手辑,弟徐秉义收藏,门人韩菼整理。关于此《明史列传》的著者尚存在争议,但徐乾学总裁《明史》多年,其中内容虽不一定为其亲撰,但作为总裁官,对各分纂稿进行汇总整理、审阅修订,当是情理之中的事。故韩方卓称"司寇健庵徐公乾学所手辑也",应无可疑之处。

二 《大清一统志》纂修

有清一代纂修《大清一统志》共有三次,初为康熙二十五年(1686)至乾隆八年(1743),次为乾隆二十九年(1764)至乾隆四十九年

---

① 《徐本明史列传》卷首,旧抄本影印本,周骏富辑:《明代传记丛刊》第89册,明文书局1991年版。

(1784),第三次为嘉庆十六年（1811）至道光二十二年（1842），分别成书。三部《一统志》虽分别成书，各有特点，但其体例与内容有明显因袭。

康熙十一年（1672）七月，大学士卫周祚上疏奏请修纂《大清一统志》，获采纳。但因三藩之乱等事影响，纂修工作曾一度停滞。后虽曾重启，也进展迟缓。直至康熙二十五年（1686），清圣祖诏令重启纂修，正式成立《一统志》馆，命勒德洪、明珠、陈廷敬等为总裁官，徐元文、徐乾学等为副总裁官，"并命陈廷敬、徐乾学专理馆务"①。康熙二十八年（1689）十一月，徐乾学议归，获准携书局、史官一并回乡。康熙二十九年（1690）三月于太湖洞庭东山开设书局，继续修纂《一统志》。康熙三十年（1691），《一统志》局撤。康熙三十三年（1694），徐乾学卒前，"口占疏谢恩，进呈续完《一统志》书若干卷"②，朝廷复命韩菼、徐秉义担任总裁官，对徐乾学的稿本作进一步修订。后历雍正一朝，直至乾隆八年（1743），该《一统志》方告完竣，计三百五十六卷。此后，乾隆《一统志》与嘉庆《一统志》相继修成，二志以康熙《一统志》为基础，并对之作了修正与补充。

1. 徐乾学与《〈大清一统志〉凡例》

徐乾学自康熙二十五年（1686）出任《一统志》馆副总裁官，主持修纂《大清一统志》。康熙二十九年（1690）回乡，携书局自随，于东洞庭山开《一统志》局，继续修纂。康熙三十三年（1694）卒，遗疏以所纂《一统志》进呈。可见，徐乾学长期主持康熙《一统志》的纂修工作，并有成稿进呈。今徐乾学进呈本《一统志》已不得见，但《憺园文集》保存了徐乾学所订《〈大清一统志〉凡例》，借此我们可见徐乾学于《一统志》发凡起例的重大贡献。

---

① 《圣祖仁皇帝实录》卷一百二十五，《康熙二十五年三月己未》条，《清实录》第5册，中华书局影印清写本1985年版。
② 韩菼：《资政大夫经筵讲官刑部尚书徐公乾学行状》。

《大清一统志》凡例

粤稽舆地之书，昉于《禹贡》，所载山川、疆域、土壤、贡赋，盖简而尽矣。周礼夏官职方掌天下图，辨其人民财用、畜谷之数，以周知利害。而大司徒掌邦之土地，别其名物，佐王安扰邦国。又有土训、诵训之官，春官小史、外史，复掌邦国四方之志，何其制之烦重而精详也。嗣后班固有《地里志》，范蔚宗有《郡国志》。方舆之记，此为发端。晋宋齐梁，载籍杂出，惟陆澄《地里书》一百四十卷、任昉《地记》二百五十二卷，号称专家。然与唐初五十余种，皆湮没弗传。其著于经籍志所可得见者，惟唐李吉甫《元和郡县志》、宋乐史《太平寰宇记》、王存《九域志》、欧阳忞《舆地广记》、祝穆《方舆胜览》、《元一统志》、《明清类天文分野书》、《寰宇通志》、《一统志》、《名胜志》诸书而已。其他散佚颇多，折衷匪易。伏念皇朝幅员之广，振古未闻。我皇上文德武功，夐越前古，东西南朔，服教畏神，万里而遥，无隐不烛。兹者特敕诸臣，肇修《一统志》，益灼知天下阸塞形势、封域户口、兵民财赋之要，以章明纲纪，损益利病，奠兹疆寓，亿万斯年，非徒景式廓之，图资考稽之益也。臣等荷蒙简命，忝预编摩。仰惟天语辉煌，训词谆至，自知固陋，悚惧不宁。谨自禹贡职方及于近世，博采古义，参决群言，标其大凡以为成书之准。务使识其大而略其细，考其实而阙其疑，取类周详，措辞质古，展卷之下，条晰缕分。庶几体国经野不窥牖而可知，观民省方如指掌而斯在。

一分野。周礼保章氏以九州封域，所分之星，以观妖祥。春秋子产、裨灶、梓慎皆能言其意义，司马迁、班固、蔡邕、皇甫谧皆其流裔也。后世诸儒泥其说而未达其旨，往往疑为迂诞不知。自三代至今，其言多验，则非无征之说也。崔浩有言，兴国之君，先尽人事，若测数测象，以求合天，谬矣。陈卓以降，类多拘牵附会以求信，其说所以失之愈远也。若通其大意，则天官分野之家又何病焉。

一部辖。《禹贡》九州分统万国，延至周末并为七雄。秦废封建，分天下为三十六郡，以统诸县，是为部辖之始。汉时置郡渐多，武帝

第四章　《憺园文集》徐氏领局修史研究

复仿古制置十三州,每部各置刺史以统郡县,三辅则统以司隶校尉。晋置十九州,宋齐二十三州,逮梁魏之末,皆有州百余。盖自南北分据,各务夸张分割,侨置州名益多。至隋末悉改为郡,而古之州制以废。唐初改置十道,开元分十五道,宋初改十五路,天圣析为十八,元丰析为二十三,辽五道,金十九路。下迄于元,为路益多,乃改设中书省一,行中书省十一以统之,而唐宋道路之制又废。明改南北二直隶,十三布政司,以统府县,而诸州参列其间,与县略等。此历代部辖之大概也。要而论之,明之直隶,则秦之内史,汉晋之司隶,唐宋之京畿,元之中书省也。明之十三布政使司,则汉晋之诸州,唐之诸道,宋之诸路,元之行中书省也。明之诸府州,则汉隋之郡,元之诸路也。唯县制则自汉迄明未改。本朝改南直为江南布政使司,余仍明旧。今自京师、直隶、各府而外,应书某布政使司领府州若干。先为总论,撮其大要,其封疆重臣及布按诸司设官系一方者,先载于此。每府有建置沿革,有总叙,有古人议论,有附论,有设官,有户口、田赋总数。县又加详焉。(每县先里至,次建置沿革,次城池,次形势,无可指则阙,次风俗,次设官,次户口,次田赋,次山川,次古迹,次关隘,次桥梁,次陵墓祠庙,次名宦,次人物,次流寓。汉唐以前人难定某邑者,标出共考之)

一图经。舆地远近险易,非图不知。苏秦按图说诸侯,而识六国十倍之势;萧何收秦国书,而知天下阨塞之所在。聚米为象,马援以度隗嚣;建楼而酬,德裕以服南诏。自古规制群方,莫不由此。皇上命诸方绘画舆图见藏天府,今宜据以为准,节缩方幅。参以元时朱思本之《舆地图》、明罗洪先之《广舆图》。直隶布政司先为总图,一郡自为一图。分则粲若列眉,聚则合如连璧,而方舆退览,昭然在目矣。

一建置沿革。《舜典》肇十有二州,为建制之始;《禹贡》还为九州,为沿革之始。然古代绵远,典籍无征。《史记》八书仅有河渠,班固始创立地里之名,嗣后因而不改。自汉迄明,诸志具在,虽六朝五季间有阙逸,然散见于他书者实多可参考而知也。今自三代以及春秋战国经传所载具列于首，自汉以后则凡有废置必考其某帝某年，悉详著之，虽割据僭号者亦必具录，庶以见明备云。

一城池。大易重设险之义，盖天险地险必以人事济之，而后险为我用。不然莒城甚恶，见讥于巫臣；道茀不行，致诮于单子。孟子曰凿斯池也，筑斯城也，所以与民守者此也。城池其可不讲乎？

一形势。周官列形方，易象言地势，形势之尚久矣。故秦百二，齐十二，楚有方城汉水，晋有洪河条山，而吴越亦称三江五湖，史册班班可考，顾其中有要焉。如咸阳古奥区，左瞰河华，右胁岐雍，扼吭拊背，逞逞凌撼中夏，然非包梁兼益关中，亦未遽称天府也。洛师为天地中，襟嵩带河，左伊右瀍，八方之所归往，然非凭怀、卫阨、邓汝提韩而挈魏，则郏鄏定鼎之区，未足称卜年卜世之盛也。金陵挟龙虎，阻天堑，抱吴带荆，称南服雄，然必长淮为屏蔽，姑苏为门户，京江为肘翼，江东六代始得立都。是则天下大势概可知矣。北以碛限，南以岭限，中原以河限，东西楚以淮限，吴与越以江限。由河可以控淮，由淮可以控江，由江可以控岭，越岭而溟海，是环考形势者于此详焉。所谓履句履识，地形也。宜每布政司每府每直隶州，考古今形势，为论一篇。

一里至。四至八到，裴秀所谓分率准望。地里家多循旧式，仍遵之不改。

一议论。凡古人树论，坐而言起而可行，如苏秦、张仪言七国，娄敬、田肯议关中，贾让策治河，赵充国筹屯田，虞诩议凉州，及诸谠言硕画，谓宜概括编录以裨经济。而前人名论之后，亦当附以末议，参酌囊今，指说利病，以备益时之采择云。

一设官。建官设署，所以经理此土也。有民而不能治，与无民同；有田而不能使耕，与无田同；有险而不获守，与无险同。唐虞之州，十有二师；成周之乡老、乡大夫、州长、党正、族师、闾胥、比长，皆为此也。今督抚藩臬下至州县之校官巡驿，皆志之，而衙署所在即附焉。其武职、兵防、卫所、边堡分系于其地，并关盐、市舶，并无阙（原作闕）漏。

第四章 《憺园文集》徐氏领局修史研究

一户口。户口以纪生齿之息耗。故周礼登民数祭司民，其制最重。职方之二男五女、一男二女尤显然征户口之实。故前代诸书皆载之，今仍其例。

一田赋。《禹贡》既载厥田，职方更详宜谷。王制亦自方一里者，为田九百亩，积数之，至四海之内方三千里，为田八十万亿一万亿亩，以总其全。前代诸书顾多置之不道，何欤？唐顺之云，户口田亩，经国者所必务。今之地志，叙山川无与险夷潴泄之用，载风俗无与观风省方之寔。而壤则赋额一切不道，何其谬也。今特详其制，以复禹贡、职方、王制之旧，并徭赋经制所在，节要书之。本朝蠲租仁政及垦田实数，俱宜备书。

一风俗。风俗之厚薄，自因教化使然。然唐虞之俭朴，本自陶唐；江左之纷华，开于六代。一成而不可变，遂数千百年如一日。良由后王之教令无以易，其渐渍之深也。诸书并载，今仍其例。我皇上修政教，务德化，旧染污俗咸与维新，尤圣治之章明者也。

一山川。山川能出云雨，以利一方，又斯民财用所出，故《禹贡》、职方而后，诸记载者，小大不遗。其间岳镇川渎，代有典章，损益不一。考其故事，正其彝章，应行详述。若江海河漕，关系国脉民命，每部当另作一卷，以考镜其得失本末。（名山峰峦、岩壑寺观之盛，宜具载其下。若匡庐之五老峰、康王谷、三石梁、简寂观之类，《明一统志》分为数处，便觉繁复）

一古迹。当就史传所载，事之大者，有关历代治乱盛衰，亟为录之。其文人墨士流连览眺者，亦附见焉。若踵习传疑，恒多虚妄，有一事而附会蘖生，亦有数事而错杂失实。冉埛之疑冉有，孰审定陶之封；燕王之误子丹，岂识王建之冨。以致西湖称庆忌之塔，长安载四皓之坟。讹以传讹，所在都有。务宜核实，毋涉子虚。（再如西安景云楼之钟，南海光孝寺之铁塔，溪州李弘皋之铜柱铭，宜为博采）

一旧都宫阙。宫阙雄观，千秋之制度攸存。如关中则《长安志雍录》，遥接黄图；江南则《金陵志》、《建康实录》，备采旧址。以至崔铣邺都之记、萧洵元宫之文，拽览遗章，犹见仿佛，况有明遗，归

131

制朴素。本朝建都益崇俭德，更宜胪列，昭示来兹。

一考订。史书地志而外，凡纪传志表，并各经注疏、诸子百家、前人奏议、文集，皆宜搜采。至金石遗文，尤足征史事之讹谬。欧阳《集古》、洪氏《隶释》，所载甚多，他如《金薤琳琅》、《石墨镌华》亦云极备，俱在网罗，毋致阙漏。至本朝诸司文案，必须咨取采入，以成宪章之盛。

一陵墓祠庙。凡古帝王陵寝所在，若风陵鸿冢之藏，苍梧会稽之迹，皆有秩祀领于祠官。制其兆域，禁其樵采，以致崇严，由来尚矣。自骊山失火，延及三泉；赤眉暴乱，五陵芜废。下至赵宋青城南渡，巩洛丘墟，越州攒宫，又罹杨璘之惨，盖有不忍言者。圣朝龙兴，推恩前代。钟陵置守卫之家，昌平下修之令。世祖章皇帝躬幸庄烈坟园，感悼树碑。今皇上厚德深仁，尤为隆渥前者。南巡江表，特诣蒋山，修亲祭之旷典。自古及今，施泽异代，未有若本朝之盛者也。凡诸事实，宜与历来古典，辑入志中。元朝陵寝，史书在起辇谷者，至尊遣人寻觅，皆得其处，俟临时奏请编入。至于圣贤忠孝，世德故家，遗墓久存，若比干之墓、南阳之阡、信陵之冢，以及祀典论定之祠庙，如礼经所称扞灾御患勤事定国者，亦谨志以期传久，庶以别于淫祀焉。

一关隘。段规曰，尺寸之厚而动千里之权者，地利也。此关隘之所重也。虽然，秦必以四关称雄，蜀必恃三关为固，则天下之险亦仅矣。夫枯木朽株，有时可与金城汤池齐量者，用之得其道也。然则设险固无常所乎？近代恒借讥察之名为榷取之术，然司关之设，周官不废，施之有方，未尝不可兼收其效也。至于驿递堡寨之远近，屯营镇集之疏密，苟为封守之寄，孰非慎固之资？虽细必登，无容疏漏。

一桥梁。丘陵溪谷，此山险也。而滨水为险者，正不必吕梁龙门也，即步武之间，登降之迹，亦时有之。此徒杠舆梁所以为王政之要欤？兹所亟者，不第如涉渭三桥河阳中济已也。凡经途所系，利涉必资，皆当备载。而堤堰津埭、坝闸浅渡，皆以类附焉。盖不徒便商

第四章 《憺园文集》徐氏领局修史研究

旅，亦所以重农事也。

一土产。物产以充贡篚，自《禹贡》、职方以来皆详之，今仍其例。非惟侈富有之盛，抑以示不尽利之思也。至如《九域志》所载土贡即与《寰宇记》不同，《方舆胜览》又与《九域志》异，宋一代先后已各殊矣。应为备载，若宣州之笔、易州之墨、由拳之纸，足资博文者存之。

一人物。人物虽有流寓土著之别，然原其始者，必要其终。如江左王氏本琅琊而后居建康，谢氏本陈郡而后居会稽，以及有宋南渡诸公，皆不得称流寓矣。又如欧阳修生于随州，而实本庐陵。二苏生于眉山，而一终于常一终于许，则当两志之。朱熹产闽中，而族本新安，地以人重，亦当两志之。至如李白本以陇西迁蜀而或谓为山东，杜甫本襄阳而或谓为京兆，韩愈本河阳而或谓为邓州之南阳，王应麟本鄞人而或谓为括州之庆元，皆当改正。

人物二。人物旧志，采择甚烦，难以尽载。今拟名臣巨公已见廿一史者，但列官阶，注曰已见某史，而搜其隐德发以幽光者，则不妨辞费焉，但宁严无滥，实无虚名，若名宦则书其有益地方者以为劝。

一仙释。仙释荒诞，有妨正教，卫道之士，固尝辞而辟之。兹乃详著卷中，非所以正人心而变风俗。且率非土著，或往来幻化，惑世炫术，踪迹原无定处，载入某地，似属无稽，今宜一概屏却。止就山川古迹当时间有以仙释流传者偶附识，以广见闻可耳。(《憺园文集》卷三十五)

据崔文翰在《清初的官史编修：徐乾学的领导与贡献》一文中就徐乾学《〈大清一统志〉凡例》与《明一统志》、康熙《一统志》［成于乾隆八年（1743）］及乾隆《一统志》［成于乾隆四十九年（1784）］的总目进行的比较得知，徐乾学的《〈大清一统志〉凡例》，是在充分继承了《明一统志》总目的基础拟定的，并且多获康熙《一统志》的采纳，确实成为

133

康熙《一统志》编纂的指引。

2. 《憺园文集》保存的其他《大清一统志》纂修资料

制订体例的《〈大清一统志〉凡例》之外，《憺园文集》中还保存了有关徐乾学纂修《大清一统志》的其他部分资料，主要是关于他在康熙二十八年（1689）遭许三弹劾乞归获准后，请求带书局回乡编辑，以及申请助手同归的奏疏。

> 臣总裁《会典》，业与诸臣编辑告成。《明史》屡经易稿，臣弟元文现领史局，自可与诸臣商榷成书。至于《一统志》，考究略有端绪，臣今方寸瞀乱，不能复事丹铅。皇上若放臣还里，既远危机，复得闲暇，愿比古人书局自随之义，屏迹编摩，庶得及早竣事。（《乞归第三疏》，作于康熙二十八年，《憺园文集》卷十）

> 现在纂修《一统志》、《明史》支七品俸臣姜宸英、臣黄虞稷，学问渊博，文笔雅健，并以寒士蒙恩。俾与纂修，在馆十年，尚未授职。分辑《一统志》已有成绪，若得随往襄助，一如在馆供职，庶编辑易成。（《备陈修书事宜疏》，作于康熙二十八年（1689），《憺园文集》卷十）

徐乾学的这些请求都获批准，遂于康熙二十九年（1690）三月回籍，在太湖洞庭东山开《一统志》局进行编摩。与其事者，除疏中提到的姜宸英、黄虞稷外，又有胡渭、顾祖禹、顾士行、秦业、阎若璩、唐孙华、吴暻、黄仪、陶元淳、沈佳、吕澄、裘琏等人。[①] 康熙三十年（1691），《一统志》局撤。康熙三十三年（1694）徐氏卒前，还曾口占奏疏以续完《一统志》稿进呈。

[①] 裘琏：《纂修书局同人题名私记》，《碑传集》卷二十《资政大夫经筵讲官刑部尚书徐公乾学行状》附，《清代传记丛刊》第107册，第464—467页。

三 其他史书纂修

1.《大清会典》

有清一代,《大清会典》于康熙、雍正、乾隆、嘉庆、光绪各朝共经五次编修。《康熙会典》于康熙二十三年(1684)五月开馆编纂,至康熙二十九年(1690)四月书成颁行,凡一百六十二卷。此为初次纂修,成为以后各朝会典纂修的基础。

据《圣祖仁皇帝实录》康熙二十四年(1685)二月己亥条,"以掌院学士常书,詹事徐乾学充会典副总裁官",而《憺园文集》则保留了徐乾学主持修纂《大清会典》的一点资料:

《恭进〈大清会典〉表》有云:"载经岁月,始竣编摩","谨完卷帙,莫赞高深","谨以所修《会典》若干卷,随表上进以闻"。(《憺园文集》卷十二)

《乞归第三疏》有云:"臣总裁《会典》,业与诸臣编辑告成。"(《憺园文集》卷十)

《恭进〈大清会典〉表》不知具体时间,《乞归第三疏》则上于康熙二十八年(1689),则知《康熙会典》至康熙二十八年徐乾学的总裁任内,已基本编纂完成。

2.《鉴古辑览》

《鉴古辑览》未见传本,或未刊行,而关于其内容及编纂经过,可资参考的资料也甚少。幸《憺园文集》保存有徐乾学《恭进〈鉴古辑览〉表》,可借以得见此编的一点情况,兹摘录如下:

> 古昔圣贤、忠臣、孝子、义士、大儒、隐逸,凡经史所记载,卓然有关于世运者,详察里居、名字、谥号、官爵及所著作,纂成一书,历代奸邪亦附于后,以备稽考。又奉旨赐名《鉴古辑览》,今已成书……谨奉全书一百卷恭进,伏候圣睿施行。(《恭进〈鉴古辑览〉

表》,《憺园文集》卷十二)

3.《资治通鉴后编》

《资治通鉴后编》一百八十四卷,所记起宋太祖建隆元年(960),迄元顺帝至正二十七年(1367)。是书虽于详略剪裁、系年断限等方面存有不足,但于订误补遗用力颇深,且有关舆地方面的记载尤为精核。《四库全书总目》评价它"年经月纬,犁然可观,虽不能遽称定本,而以视陈、王、薛三书,则过之远矣"[1]。章学诚所撰《邵与桐别传》云:"已故总督湖广尚书镇洋毕公沅,尝以二十年功属某客续《宋元通鉴》,大率就徐氏本稍为损益,无大殊异。"[2]可见毕沅等人编撰《续资治通鉴》于徐氏《资治通鉴后编》借鉴颇多。《资治通鉴后编》主要版本有徐氏手稿本,《四库全书》本,光绪二十四年(1898)富阳夏氏刻本等。

《憺园文集》卷十有《备陈修书事宜疏》,疏中涉及徐乾学编撰《资治通鉴后编》的动机及该书编纂的进程。

> 宋元通鉴,明臣虽尝有编纂者,如商辂、薛应旂、王宗沐诸本,或详略失宜,或考据牴牾,或名姓互殊,或月日阙谬,皆不可为典要。臣不揣固陋,有志改修,今已得十分之三。臣回籍时亦当加意纂辑,博采正史、杂史及诸家文集、杂著诸书,参考同异,辨证是非,仍仿司马光通鉴例,作目录考异,汇为一书,恭呈御览。(《备陈修书事宜疏》,作于康熙二十八年(1689),《憺园文集》卷十)

从疏中可见,徐乾学《资治通鉴后编》之编撰,是基于对元明人续《通鉴》诸书的不满,遂与万斯同、阎若璩、胡渭等"排比正史,参考诸书,作为是编"[3]。据疏中言,康熙二十八年(1689)徐乾学议归时,此编已得十分之三,遂请回籍继续纂辑,而据《四库全书总目》称,"草创

---

[1] 《四库全书总目》卷四十七《资治通鉴后编》条。
[2] 章学诚:《章学诚遗书》卷十八,文物出版社1985年版。
[3] 《四库全书总目》卷四十七《资治通鉴后编》条。

甫毕，欲进於朝，未果而殁"①。

附一　《御选古文渊鉴》纂修资料

《御选古文渊鉴》六十四卷，《四库全书总目》卷一百九十该条云："康熙二十四年，圣祖仁皇帝御选，内阁学士徐乾学等奉敕编注。所录上起《春秋左传》，下迄於宋，用真德秀《文章正宗》例，而睿鉴精深，别裁至当，不同德秀之拘迂。名物训诂，各有笺释，用李善注《文选》例，而考证明确，详略得宜，不同善之烦碎。每篇各有评点，用楼昉《古文标注》例，而批导窾要，阐发精微，不同昉之简略。备载前人评语，用王霆震《古文集成》例，而蒐罗赅备，去取谨严，不同霆震之芜杂。诸臣附论，各列其名，用五臣注《文选》例，而夙承圣训，语见根源，不同五臣之疏陋。至於甲乙品题，亲挥奎藻，别百家之工拙，穷三准之精微，则自有总集以来，历代帝王未闻斯著，无可援以为例者。"评价甚高。

《憺园文集》收录有关《御选古文渊鉴》的内容三篇，分别是卷三十四的《〈御选古文渊鉴〉凡例》、卷十九的《〈御选古文渊鉴〉后序》及卷十二的《进呈〈御选古文渊鉴〉表》。今分别稍作摘录，并就几个疑点略作交代。

> 康熙乙丑春二月，臣等奉旨编校御选古文，次第缮写雕刊，钦定名曰《渊鉴》。分为正集八十卷，别集二十六卷，外集八卷，编成目录讫。……乃悉陈秘府所藏，旁搜善本，始自《左》、《国》，迄于近代，采其醇粹者若干卷。……（《〈御选古文渊鉴〉凡例》，《憺园文集》卷三十四）

> 今年春，臣乾学以蒙恩赐假，奉辞便殿，皇上面谕臣撰为后序以进。……臣以微末获操铅椠，以从事斯局者六年。于兹敢敬述所自，窃附于见知之末云。（《〈御选古文渊鉴〉后序》，《憺园文集》卷十九）

---

① 《四库全书总目》卷四十七《资治通鉴后编》条。

徐乾学《憺园文集》研究

  管理修书总裁事务原任刑部尚书今给假回籍臣徐乾学诚惶诚恐，稽首顿首……《御选古文渊鉴》正集八十卷，别集二十六卷，外集八卷，随表上进以闻。(《进呈〈御选古文渊鉴〉表》,《憺园文集》卷十二)

  需要说明的是，关于《古文渊鉴》的收录范围，徐乾学等《〈御选古文渊鉴〉凡例》称"始自《左》、《国》，迄于近代"，今所见《四库全书》本则止于宋代，前附康熙二十四年(1685)十二月圣祖序亦称"因取古人之文，自春秋以迄於宋"，《四库全书总目》同称"所录上起《春秋左传》，下迨於宋"。又，关于《古文渊鉴》的卷数及编排，徐乾学《〈御选古文渊鉴〉凡例》及《进呈〈御选古文渊鉴〉表》皆称"正集八十卷，别集二十六卷，外集八卷"，《四库全书》本圣祖序亦称："因取古人之文，自春秋以迄于宋，择其辞义精纯，可以鼓吹六经者，汇为正集。即间有瑰丽之篇，要皆归于古雅，其绮章秀制，弗能尽载者，则列之别集。傍采诸子，录其要论，以为外集。"而《四库全书总目》所著录及《四库全书》本《古文渊鉴》则实为六十四卷，且并无正、别、外集之分。此为可疑者一。

  考《〈御选古文渊鉴〉凡例》，其中不但称"始自《左》、《国》，迄于近代"，之后的详例也论及了元明两代文集的收录标准。另，《〈御选古文渊鉴〉凡例》称"分为正集八十卷，别集二十六卷，外集八卷"，而《进呈〈御选古文渊鉴〉表》亦同。由此可以推测，经徐乾学等编注而进呈的《古文渊鉴》，收录范围应当与《凡例》同，包括元明两代文集，编排亦当为"正集八十卷，别集二十六卷，外集八卷"，计一百一十四卷。而此书后正式颁行时则削去了元明文集，止于宋代，卷数亦减至六十四卷，且不再分正、别、外集，只是按朝代先后进行编排，即今天所见的面貌。这应该是圣祖皇帝的意思。

  又，《御选古文渊鉴》的初刻本今有收藏或见于著录者，多作康熙二十四年(1685)内府刻四色套印本，此有可商榷之处。徐乾学《〈御选古文渊鉴〉后序》称："今年春，臣乾学以蒙恩赐假奉辞便殿，皇上面谕臣撰为后序以进。"又称："臣以微末获操铅椠，以从事斯局者六年。"《进呈〈御选古文渊鉴〉表》亦称"管理修书总裁事务原任刑部尚书今给假回籍臣徐乾学"云云。则知徐乾学撰作后序，并将编注完毕的《古文渊鉴》进呈皇上之时，是在即将离京回籍之际。而徐乾学陛辞离京是在康熙二十九年二月，故《古文渊鉴》之进亦当在这个时间或稍前。徐乾学等《〈御选古文渊鉴〉凡例》称："康熙乙丑春二月，臣等奉旨编校御选古文，次第缮写雕刊，钦定名曰《渊鉴》。分为正集八十卷，别集二十六卷，外集八卷，编成目录讫。"康熙乙丑为康熙二十四年。《四库全书总目》亦称"康熙二十四年，圣祖仁皇帝御选，内阁学士徐乾学等奉敕编注"，而《四库全书》本前附圣祖序亦署康熙二十四年。但这个康熙二十四年应该是徐乾学奉旨编校御选古文之始，此时仅确定了书名，制订了编注凡例与编排方式，"编成目录"而已。而"次第缮写雕刊"也当仅是一种预想的计划。且康熙二十四年距康熙二十九年（1690）恰好六年，故徐氏《〈御选古文渊鉴〉后序》有"以从事斯局者六年"之说。所以《御选古文渊鉴》的纂完进呈当在康熙二十九年，而刻印则必在此之后，故称有康熙二十四年内府刻四色套印本应该是疏于考证的。至于圣祖康熙二十四年的序，也应该同样撰作于《古文渊鉴》编纂之始，故序中仍采用了《〈御选古文渊鉴〉凡例》的编排体例，称分别编分为正集、别集、外集。只是收录范围却未从《凡例》，而称"自春秋以迄於宋"，与成书同，抑或此处乃书正式颁行时据定本而改？姑且存疑。

附二 《御制古文渊鉴序》（《四库全书》本卷首）

夫经纬天地之谓文。文者，载道之器，所以弥纶宇宙，统括古今，化裁民物者也。是以乾苞坤络，非文不宣；圣作贤述，非文不著。其为用也，大矣。书契以后，作者代兴，简册充盈，体制不一。约而论之，靡不根柢于群圣，权舆于六籍。如论说之类，以疏解为主，始于《易》者也；奏启之类，以宣述为义，始于《书》者也；赋颂之类，以讽喻为指，始于《诗》者也；传序之类，以纪载为事，始于《春秋》者也。引而伸之，触类而通之。虽流别各殊，而镕裁有体。于是能言之士，抒写性情，贲饰词理，同工异曲，以求合乎先程。皆足以立名当时，垂声来叶。彬彬郁郁，称极盛焉。然而代不乏人，著作既富，篇什遂繁。不有所裒辑，虑无以观其备也；不有所铨择，虑无以得其精也。古来采核之家，载在四部，名目滋多，类皆散佚。其流布人区者，自萧统《文选》而外，唐有姚铉之《文粹》，宋有吕祖谦之《文鉴》。皆限断年代，各为一编。夫典章法度粲然，一王之制前不必相师，后不必相袭，此可限以年代者也。至于文章之事，则源流深长，今古错综。盛衰恒通于千载，损益非关于一朝。此不可限以年代者也。诸家之选，虽足鸣一代之盛，岂所以穷文章之正变乎？朕留心典籍，因取古人之文，自春秋以迄于宋，择其辞义精纯，可以鼓吹六经者，汇为正集。即间有瑰丽之篇，要皆归于古雅，其绮章秀制，弗能尽载者，则列之别集。傍采诸子，录其要论，以为外集。煌煌乎淘秉文之玉律，抽牍之金科矣。夫帝王之道，质文互用，而大化以成；圣贤之业，博约并施，而性功以备。是书也，虽未足以尽文章之胜，于圣人游艺之旨，亦庶乎其有当也夫。康熙二十四年十二月题并书。

第五章 《憺园文集》徐氏藏书与刻书研究

徐乾学为儒学名臣、著名学者之外，还是一个有影响的文献家。徐氏家有著名藏书楼传是楼，藏书至富，而他所编刻的《通志堂经解》一百四十种一千八百六十卷，在经学史及版本学上都具有重要的地位。

一 徐氏藏书研究

1. 徐乾学的传是楼藏书

徐乾学性喜收书，一生勤于搜访。万斯同《传是楼藏书歌》云："东海先生性爱书，胸中已贮万卷余。更向人间搜遗籍，直穷四库盈其庐。先生珍奇百不好，闻书即欲探其奥。故此网罗遍东南，犹复采访穷远道。"① 韩菼于《徐公乾学行状》中亦云："自少至老书无日不与手幕偕，然自常若不足，益喜读未见书，坐拥万余卷，传是楼中晨夕雠比，学益博以精。其于经学，凡唐宋以来先儒经解，世所不常者，靡不搜览。"②

徐乾学的藏书处曰传是楼。关于"传是楼"之名，汪琬《传是楼记》云："昆山徐健庵先生筑楼于所居之后，凡七楹，间命工斫木为厨，贮书若干万卷。……于是先生召诸子登斯楼而诏之曰：'吾何以传汝曹哉？'……因指书而欣然笑曰：'所传者惟是矣。'遂名其楼为'传是'。"③

---

① 万斯同：《石园文集》卷一，民国四明张寿镛辑刻《四明丛书》本。
② 韩菼：《资政大夫经筵讲官刑部尚书徐公乾学行状》。
③ 《传是楼书目》卷首。

邵长蘅《传是楼记》则称："'传是'者何？传道也。"① 黄宗羲、汪琬、邵长蘅、彭士望等皆有文以记传是楼，万斯同则有《传是楼藏书歌》，可见传是楼在当时影响之大。

黄宗羲《传是楼藏书记》云："健庵先生生乎丧乱之后，藏书之家多不能守，异日之尘封未触，数百年之沉于瑶台牛箧者，一时俱出。于是南北大家之藏书尽归先生。先生之门生故吏遍于天下，随其所至，莫不网罗坠简，搜抉缇帙，而先生为之海若。"② 徐氏传是楼藏书有很大一部分来自泰兴季振宜，而季氏所藏则多半来自常熟毛氏汲古阁及钱曾述古堂。王士禛《分甘余话》云："钱先生藏书甲江左。绛云楼一炬之后，以所余宋椠本尽付其族孙曾，字遵王。《有学集》中跋述古堂宋版书③，即其人也。先生逝后，曾尽鬻之泰兴季氏，于是藏书无复存者。闻今又归昆山徐氏矣。"④ 明李开先家藏书也是徐氏传是楼的重要来源之一，朱彝尊《静志居诗话》云："中麓撰述潦倒牴疏，然最为好事，藏书之富甲于齐东。先时边尚书华泉、刘太常西桥亦好收书。边家失火，刘氏散佚无遗，惟中麓所储百余年无恙。近徐尚书原一购得其半。"⑤《续修四库全书总目提要》之《通志堂经解目录》（沈氏刊本）条称："《通志堂经解》，昆山徐乾学健庵得章丘李开先中麓家藏书，益以常熟毛氏汲古阁、宁波范氏天一阁二家藏本，编刻于康熙十五年。"⑥《藏书纪事诗》卷四《徐乾学健庵》条，王欣夫补正引徐乾学与顾维岳一札云："延令尾欠已悉，《九芝》虹县算二百金，价似太浮，今亦不敢琐琐。宋《六帖》虽佳，然价太昂，弟力不能得。若百五六十金，仍乞为购之，否则可以不必，已遣人送御矣。"又云："宋版书及章丘本幸以目示。"⑦ 所记即购季振宜及李开先藏书之事。

---

① 《传是楼书目》卷首。
② 《传是楼书目》卷首。
③ 按，此指《牧斋有学集》卷四十六《述古堂宋刻书跋》二十一则。
④ 《分甘余话》卷四《钱谦益之藏书》条，中华书局1989年版。
⑤ 朱彝尊：《静志居诗话》卷十二，台北明文书局1991年周骏富辑《明代传记丛刊》影印本，第9册，170—171页。
⑥ 《续四库全书总目提要》第4册，齐鲁书社1996年版。
⑦ 叶昌炽：《藏书纪事诗》卷四，上海古籍出版社1999年版。

第五章 《憺园文集》徐氏藏书与刻书研究

传是楼藏书的特点，可大致归纳为以下几条：

（1）藏书数量大

汪琬《传是楼记》云："昆山徐健庵先生筑楼于所居之后，凡七楹，间命工斫木为厨，贮书若干万卷。部居类汇，各以其次。素标缃帙，启钥烂然。"① 徐釚《南州草堂集》卷二十《菊庄藏书目录自序》云："吾吴藏书之富，数十年来推海虞钱氏、泰兴季氏，近则吾玉峰司寇氏。海虞自绛云一炬，锦轴牙签，都归劫火。泰兴殁后，编简亦多散亡。惟司寇氏传是楼所藏，插架盈箱，令观者相顾怡愕，如入群玉之府，为当今第一。"②《四库全书总目》则称"乾学传是楼藏书甲于当代"③。光绪九年（1883）刊《苏州府志》亦称"传是楼藏书甲天下"④。民国四年（1915）王存善所印《传是楼书目》著录传是楼藏书约七千五百部。

（2）收藏范围广

徐氏藏书非一味崇儒尊经，可谓不拘一格。邵长蘅《传是楼记》云："兹楼所贮，不特六经子史也，凡山经、野乘以至浮屠、神仙、医药、卜筮、种植之书，靡所不收。"⑤ 彭士望《传是楼藏书记》云："中置庋阁七十有二，高广径丈有五尺，以藏古今之书。装潢精好，次第胪序。首经史，以宋版者正位南面；次有明实录、奏议，多抄本；又次诸子百家、二氏、方术、稗官、野乘、齐谐，靡不具备。"⑥ 可见乾学虽长于经史，其藏书范围却是极广泛的。

徐氏还特别注重明人文集的收藏，他自己曾说"有明一代古文，吾家独完"⑦。黄宗羲辑《明文海》，皇皇巨编，阅明人文集几至二千余家，大半取自传是楼。《四库全书总目》卷一百九十《明文海》条云："宗羲于

---

① 《传是楼书目》卷首。
② 见《续修四库全书》第1415册，上海古籍出版社2002年版。
③ 《四库全书总目》卷二十《读礼通考》条。
④ 李铭皖、谭钧培、冯桂芬修纂：《同治苏州府志》卷九十五，江苏古籍出版社1991年版《中国地方志集成》影印本。
⑤ 《传是楼书目》卷首。
⑥ 《传是楼书目》卷首。
⑦ 韩菼：《资政大夫经筵讲官刑部尚书徐公乾学行状》。

143

康熙乙卯以前，尝选《明文案》二百卷。既复得昆山徐氏所藏明人文集，因更辑成是编。"①

（3）宋元秘本多

《传是楼宋元版书目》以千字文为序，著录宋、元版书四百四十二部。又多有一书多部宋元版的情况，如《昌黎集》有宋本五部、元本三部，《史记》有宋本四部，《文选》有宋本三部。宋本《李太白文集》、《长短经》、《元包经传》、《张丘建算经》、《史记正义》等皆世所罕传者。难怪万斯同于《传是楼藏书歌》中慨叹："奇篇异本多未见，至此翻令人意乱。"② 叶德辉《书林清话》云："自钱牧斋、毛子晋先后提倡宋元旧刻，季沧苇、钱述古、徐传是继之。"③ 可见徐乾学也是推动所谓"佞宋"风气的藏书家之一。他每遇宋元钞本、刻本，虽零篇单卷，也必重金购买。传是楼所藏宋、元秘本之多，为黄氏百宋一廛、陆氏皕宋所不能比。

只可惜，传是楼藏书并未如徐乾学所希望的那样，能够子孙世代相传。据陆心源《宋椠婺州九经跋》，徐氏藏书后经何义门介绍归怡亲王府，既经何焯介绍，则时间也当在徐乾学殁后未远。而传是楼又于"雍正十二年间，不戒于火，书籍悉遭焚毁"④。

徐乾学并非所谓只以搜罗异本为乐的"收藏家"，邵长蘅《传是楼藏书记》云："梨洲则以谓世之藏书家未必能读，读者未必能文章，而先生并是三者而有之，非近代藏书家可及。"⑤ 其著述如《读礼通考》等援引赅博，所刻《通志堂经解》收书一百四十种之多，都得益于传是楼丰富的藏书。

徐乾学藏书印有"徐乾学印"、"乾学之印"、"徐氏珍玩"、"徐健庵"、"健庵"、"乾学"、"昆山徐氏家藏"、"憺园"、"健庵收藏图书"、"黄金满籝不如一经"、"传是楼"、"传是楼印记"、"乾学御史"、"昆山

---

① 《四库全书总目》卷一百九十。
② 《传是楼书目》卷首。
③ 叶德辉：《书林清话》卷十《藏书偏好宋、元刻之癖》条，中华书局1957年版。
④ 中国第一历史档案馆编：《纂修四库全书档案》《两江总督高晋等奏查无〈永乐大典〉佚本及访得马裕袁枚家书籍折》，上海古籍出版1997年版，第78页。
⑤ 《传是楼书目》卷首。

徐氏鉴藏"、"昆山徐氏乾学健庵藏书"等。并有《传是楼书目》不分卷、《传是楼宋元版书目》一卷传世。

2. 《憺园文集》中所存的徐氏藏书资料

徐乾学虽藏书极富，但其文集中所涉及的有关藏书的内容并不多，仅有有限的三四处，现分别摘录并略作分析如下：

（1）卷七有《寄曹秋岳先生》诗二首，其第二首云：

> 嗟予才绾发，屈首事诵习。博赡服茂先，弇陋愧难及。发愤购遗书，搜罗探秘籍。从人借抄写，瓶甖日不给。侧闻曹氏仓，积书如堵立。装以绀琉璃，生以锦绣袭。漆文既发鲁，残竹或穿汲。昔称三千乘，较书惭搜葺。矧予保残阙，尝苦心力涩。愿言解缨组，藤筴自负执。一窥未见书，为解饥渴急。我公年杖乡，神采何艳熠。黑发面渥丹，焉用饮砂汁。因风祝大年，巵酒侑篇什。

曹秋岳指的是曹溶，浙江秀水人，清初著名的藏书家。徐乾学寄给曹溶的这首诗也是谈的藏书之事。诗中可见，徐氏对于藏书的热衷，年才及束发，即"发愤购遗书，搜罗探秘籍"，而"一窥未见书，为解饥渴急"。而诗中也透露出徐氏藏书的一个重要渠道，即向朋友借抄，"从人借抄写，瓶甖日不给"，此诗也流露了向曹溶借抄图书的意图。

曹溶曾撰《古书流通约》，主张古书流通，反对秘不示人，而徐乾学也是赞同他这一主张的。"昆山徐氏、四明范氏、金陵黄氏皆谓书流通而无藏匿不返之患，法最便。"[①]《憺园文集》卷二十一《新刊经解序》，徐乾学在谈到《通志堂经解》的刊刻过程时称：

> 今感竹垞之言，深惧所存十百之一又复沦斁，责在后死，其可他诿？因悉余兄弟家所藏本，覆加校勘，更假秀水曹秋岳、无锡秦对

---

① 曹溶：《绛云楼书目题词》，钱谦益《绛云楼书目》卷首，《丛书集成初编》本。

岩、常熟钱遵王、毛斧季、温陵黄俞邰及竹垞家藏旧版书若抄本，厘择是正，总若干种，谋雕版行世。

也提到了曾向曹溶借抄《经通志堂解》底本。又，卷二十七《通议大夫一等侍卫进士纳兰君墓志铭》也称纳兰成德"尝请予所藏宋元明人经解钞本，捐资授梓"，查检徐氏《传是楼书目》，其所藏宋元经解之书，确以抄本居多。可见，借抄友朋所藏经史善本，是徐乾学藏书的一个重要来源。

（2）卷十《恭进经籍疏》，内容是康熙二十五年（1686）徐乾学响应朝廷购采遗书的政策，"将家藏善本有关六经诸史者共十二种，或用缮写，或仍古本，装潢成帙"，进献朝廷的事。据疏中所记，徐氏所进的十二种典籍分别是：一、宋朱震《汉上易传》并《图说》共十五卷，二、宋张浚《紫岩易传》九卷，三、宋魏了翁《大易集义》六十四卷，四、宋曾穜《大易粹言》十卷，五、宋吕祖谦《东莱书说》十卷，六、元金履祥《尚书表注》十二卷，七、宋李樗、黄櫄《毛诗集解》三十六卷，八、宋赵鹏飞《春秋经筌》十六卷，九、宋王与之《周礼订义》八十卷，十、宋蔡节《论语集说》十卷，十一、宋李焘《续资治通鉴长编》一百六十八卷，十二、《唐开元礼》一百五十卷。

此疏所载的典籍反映了徐乾学藏书的部分情况，可见徐氏所藏宋元人经学著作很多，这也是他编刻以收录宋元经解为主的《通志堂经解》的重要基础。另，这些书与徐氏《传是楼书目》所著录两相比对，卷数往往不同，二者可以互资考订。

（3）卷三十六题为《好古》的杂著一篇，主要讨论读古人书，其中亦稍及藏书：

自六经子史而外，凡为理学经济之儒，名臣介士，咸有著述。厄于世变，以时销亡。其所存者，千百之什一也。有志之士，当移其嗜古之心，一之于书。得其片言，足以益神智，治身心；见其行事，足以广学识，助理义。而所谓金石遗文之可资为考订之助者，亦其一而已。……故读古人书，遇格言善行，当求身体而力行之；遇难处事，必思身处其地如何善全而不悖于道。如是沉思久之，真积力久，事理沛然。而力行之，无所滞碍，斯为自得于已，不枉读书者矣。不然，古之聚书万卷，而沦没于水火盗贼者，不知其几矣。此与玩物丧志者何以异哉？

文中反映了徐乾学的藏书思想：一是古人典籍流传不易，百不存一，故当倍加保爱；二是，对于古书不能仅限于藏，而更要善于读。要学习古之大儒名臣的格言善行，从善如流，身体力行。徐乾学这种强调善读古书的思想显然要高于只热衷于聚书的藏书家。

二　徐氏刻书研究

徐乾学致位高显，家富藏书，又性喜交游，轻财重义，一生自行编刻或帮人刊刻的图书为数不少。其中声名最著者，当推《通志堂经解》。

1.《通志堂经解》一千八百六十卷

《通志堂经解》一千八百六十卷，是一部影响巨大的经部丛书。它上承《十三经注疏》，收录宋元诸儒为主的经学著作一百四十种，其中多为重要而稀见者，为有清一代学者的经学研究提供了丰富的资料，扩大了研究的范围，对清代经学的兴盛发挥了重要作用。此后，嘉庆间张金吾辑《诒经堂续经解》以续其后，道光间钱仪吉刻《经苑》以补其遗，而阮元辑刻《皇清经解》、王先谦辑刻《皇清经解续编》专收清人解经之书，《通志堂经解》无疑都具有开启之功。《通志堂经解》多以宋元善本为底本，开清人刻书重视底本之风气。此外，它精写付刻，印制精良，为清代软体字写刻本的重要代表，《四库全书》、《四库全书荟要》及后世抄、刻、影印古籍多取之以为底本。所以《通志堂经解》不论是在经学史上还是在出版史上都具有十分重要的地位，至今在经学文献的整理与经学研究中还被广泛使用。

但《通志堂经解》同时也是颇具争议的一部丛书，关于其编刻过程、校勘质量甚至编刻者，一直至今意见都未能统一。《憺园文集》卷二十一收录了徐乾学所撰《通志堂经解》总序一篇，题《新刊经解序》①，结合文集中其他诗文，可以帮助我们解决部分关于《通志堂经解》的疑问，兹将该序的主要部分摘录于下：

新刊经解序

往秀水朱竹垞谂予，书策莫鲦扐于今日，而古籍渐替，若经解廑有存者，弥当珍惜矣。予喟曰，经者，圣人之心精，义理之奥府。历纪相循，治世典则。其可见于今，多收拾煨烬之余，率残阙亡次。又世嬗三古，音文讹易。彼此是非，必资裁订。其微言眇旨，未易窥殚。汉唐来诸儒，摅其所见，发挥底蕴，各自成家。然而传世久远，散佚者众。尝考史志所载经解诸家，自汉迄隋暨唐，业失去过半。自隋唐迄宋元明，弥多阙废。其时苟得秘本上之朝廷，辄加重赏，或优与官爵，如连城之璧，视为重宝。呜呼难矣！然五代以前，缣帛竹简，固不易传。自雕版盛行，流布宜广。又有宋兴起，洛闽大儒，弘阐圣学，下及元代，流风未殄。凡及门私淑之彦，各有著述，发明渊旨，当时经解最盛。而余观明时文渊阁及叶文庄、商文毅、朱灌甫所藏书目，宋元诸儒之书，存者亦复寥寥可数。即以万历中《东阁书目》较之《文渊阁书目》，百余年间，历世承平，而内府清秘之藏，已非其旧，欲其久传无失，讵可得哉？……明兴，敕天下学校皆宗程朱之学。永乐时诏辑《四书》、《五经》、《性理大全》，征海内名士，开馆东华门，御府给笔札，冀成巨典。是时胡广诸大臣，虚糜廪饩，叨冒迁赉。《四书大全》则本倪士毅《通义大成》，《诗》则袭刘瑾《通释》，《春秋》则袭汪克宽《纂疏》，剽窃抄撮，苟以塞责而已。诏旨颁行，末学后生奉为宝书，并贞观《义疏》不复寓目，遑及其

---

① 此序又见于《通志堂经解》卷首，卷首序比文集中序多出若干句，文字亦略有差异。参见徐乾学编《通志堂经解》，清康熙间昆山徐氏刻本。

第五章 《憺园文集》徐氏藏书与刻书研究

他？即更有名贤纂述流布人间，谁复蒐访珍藏？益叹先儒经解，至可贵重，其得传于后，如是之难。予感竹垞之言，深惧今时所存十百之一又复沦戤，责在后死，其可他诿？因悉余兄弟家所藏本，覆加校勘。更假秀水曹秋岳、无锡秦对岩、常熟钱遵王、毛斧季、温陵黄俞邰及竹垞家藏旧版书若钞本，厘择是正。总若干种，谋雕版行世。门人纳兰容若尤愍惠是举，捐金倡始，次第开雕。经始于康熙癸丑，逾二年讫工。借以表章先哲，嘉惠来学，功在发予，其敢掠美。因叙其缘起，志之首简。（《憺园文集》卷二十一）

（1）关于《通志堂经解》的编刻者

通志堂是纳兰成德的堂号。成德乃康熙朝权臣明珠之子，乡试出徐乾学之门，故与徐氏有师生之谊。也就是说，这部丛书是以纳兰成德的堂号命名的。此外，《通志堂经解》卷首也有成德的总序一篇，时间署康熙十二年（1673）；除这篇总序外，《经解》所收各书中，有六十二种书首冠有成德的序，另外又有名署成德的书后两篇；丛书的版心下方刻有"通志堂"三字；丛书中各卷末大都刻有"后学成德校订"六字；丛书中有的书有书名页，上题"通志堂藏板"。所有这些，都是刊刻权的标志，也就是说，这部丛书是刻在纳兰成德名下的。也正是因为这个原因，后世的很多书志、书目在论及或著录《通志堂经解》时，一般把它归在纳兰成德名下，如《四库全书总目》的《通志堂集》条，民国时期关文瑛的《通志堂经解提要》，都称《通志堂经解》为纳兰成德辑刻，现在的《中国丛书综录》、《中国古籍善本书目》等权威书目，也是著录《通志堂经解》为成德编或辑。

而实际的情况是，徐乾学才是《通志堂经解》幕后真正的实际的编辑者与刊刻者，他主要是出于政治上的原因，将《经解》的署名权让给了纳兰成德。考察这个问题，徐乾学的《新刊经解序》是一个重要依据。

1)《新刊经解序》中的编刻信息

根据徐乾学的《新刊经解序》，《经解》的刊刻，是出于他对现存宋元等经解文献不断亡佚的深切担忧，以及对明朝所修《四书》、《五经大全》

的强烈不满。"益叹先儒经解，至可贵重，其得传于后，如是之难。予感竹垞之言，深惧今时所存十百之一又复沦斁，责在后死，其可他诿？""《四书大全》则本倪士毅《通义大成》，《诗》则袭刘瑾《通释》，《春秋》则袭汪克宽《纂疏》，剿窃抄撮，苟以塞责而已。"此外，据序所言，朱彝尊对《经解》的编刻也起到了触发的作用。

从徐氏此序可看出，从搜罗底本，到校勘，到开雕，都是徐乾学亲自操办的，对于此他并没有回避隐瞒。"因悉余兄弟家所藏本，覆加校勘。更假秀水曹秋岳、无锡秦对岩、常熟钱遵王、毛斧季、温陵黄俞邰及竹垞家藏旧版书若钞本，厘择是正。总若干种，谋雕版行世。"对于刊刻的来龙去脉交代甚明确。至于成德，序中除说他"怂恿是举，捐金倡始"外，并未提及他对于此事的其他贡献。如果是给别人编刻的书作序，这样彰显自己而忽略主人，于情于理都是不符的。

2)《通志堂经解》的收书特点

《通志堂经解》所收各书的一个总体特点，是偏于程朱一派。叶德辉《郋园读书志》论《通志堂经解》时即云："所采诸家，偏于朱子一派，北宋如二苏，南宋如永嘉诸儒之书，皆摈不入选。"① 又如宋福清林栗，字黄中，有《周易经传集解》三十六卷。朱彝尊《曝书亭集》卷四十二《书林氏〈周易经传集解〉后》有云："观其书卷帙繁重，传抄者难，昆山徐尚书原一为其弟子纳兰容若汇刻《经解》，黄中是书业开雕矣。客或语尚书曰：'黄中获罪朱子，若刊其书，是亦朱子之罪人矣。'乃斧以斯之。"②

《经解》选书偏于程朱一派，这与徐乾学的经学思想是正好相符的。徐氏学主程朱的思想在其诗文中有次明确表述。如《憺园文集》卷十九《古今释疑序》：

> 今由方子之书，沉潜反复，此有矩焉，有中焉。穷微极渺，深切

---

① 叶德辉：《郋园读书志》卷一《通志堂汇刻经解》条，民国十七年（1928）上海澹园刻本。
② 朱彝尊：《曝书亭集》卷四十二，《四部丛刊》影印清康熙五十三年（1714）刻本，商务印书馆，民国。

著明。庶几考亭复作，以为知言。

同卷《重刻归太仆文集序》：

宋之推经术者，惟曾南丰氏，然以较于程朱之旨，则有间矣。

卷二十《黄庭表文集序》：

孝感公，吾师也，学问经济为今之朱仲晦、真西山。

卷二十一《四书易经纂义序》：

其书大抵《四书》主《章句》、《集注》、《或问》，《易》主《本义》而参以朱子之门人及朱子以后诸儒之说，及《蒙引》、《存疑》、《浅说》诸书。间有发明，亦必衷于至当，而非臆断也。

卷三十六《教习堂条约》：

文以理为主，而辅之以气耳。立言者根柢于经学道学，则当于理矣。不通经因不足语于文，不闻道亦不足语于文也。

其他又如《修史条议》议专立《理学传》专收程朱一派，《〈御选古文渊鉴〉凡例》对程朱之文章的高度评价等，屡屡可见。

此外，程朱理学是当时清廷宣扬的正统思想，徐乾学作为朝廷大员，其编刻经解丛书，自然不会与朝廷的倡导背道而驰，而只是积极响应。

3）时人的相关记载

关于《通志堂经解》的编刻，当时人留有诸多相关记载，这些也是考察《经解》编刻的可靠依据。今只录《憺园文集》涉及的若干人员的记载。

朱彝尊《曝书亭集》卷四十二《书林氏〈周易经传集解〉后》："昆

山徐尚书原一为其弟子纳兰容若汇刻《经解》，黄中是书业开雕矣。客或语尚书曰：'黄中获罪朱子，若刊其书，是亦朱子之罪人矣。'乃斧以斯之。"

王士禛《分甘余话》卷四："昆山徐氏所刻《经解》多秘本，仿佛宋椠本，卷帙亦多，闻其版亦收贮内府。"①

韩菼《资政大夫经筵讲官刑部尚书徐公乾学行状》："其于经学，凡唐宋以来先儒经解世不常见者，靡不搜揽参考，雕板行世。"②

毛扆《汲古阁藏秘本书目》："《礼记集说》，四十二本。世无其书，止有此影抄宋本一部。今昆山所刻，借此写样。"③

朱彝尊，字锡鬯，号竹垞，浙江秀水人。王士禛，字子真、贻上，号阮亭、渔洋山人，清初新城人。韩菼，字元少，号慕庐，清初长洲人。毛扆，字斧季，清初常熟人。这些人都与徐乾学过从甚密，徐氏《憺园文集》收有与之相关的诗文，如相关朱彝尊有《正月十七日曹颂嘉招同吴志伊、严荪友、朱锡鬯、汪蛟门、舟次、乔石林、潘次耕、家胜力、电发饮作歌》（《憺园文集》卷七），《奉邀太常悦岩先生虎坊桥南别墅宴集同姜朱二翰林》（《憺园文集》卷八），《日下旧闻序》（《憺园文集》卷二十）；相关王士禛有《送王阮亭奉使南海序》（《憺园文集》卷二十三）；相关韩菼有《韩元少制艺序》（《憺园文集》卷二十二）；相关毛扆有《同吴蔺次、志伊、石叶、陈其年、姜西铭、李武曾过隐湖访毛黼季，和园次韵》（《憺园文集》卷六）。可见他们都是与徐乾学关系甚为密切的人，而朱彝尊、毛扆更是与《通志堂经解》的编刻直接相关者，前文所引徐乾学《新刊经解序》中已有提及。所以他们关于《经解》编刻的记载尤其能够作为确凿的证据。

以上三条之外，尚有一些其他证据，因不关《憺园文集》，在此不再一一列举。

---

① 王士禛：《分甘余话》卷四，中华书局1989年版。
② 韩菼：《资政大夫经筵讲官刑部尚书徐公乾学行状》。
③ 毛扆：《汲古阁藏秘本书目》，《中国著名藏书家书目汇刊》影印清嘉庆五年（1800）吴县黄氏士礼居刻本，商务印书馆2005年版。

第五章　《憺园文集》徐氏藏书与刻书研究

(2) 关于《通志堂经解》的刊刻过程

关于《通志堂经解》的具体刊刻过程，后人也缺乏明晰的认识，以至于该丛书初刻本见于著录时其刊刻时间一项多有不同：如《北京大学图书馆藏古籍善本书目》作康熙十二（1673）至十四年（1675）刻本；《续修四库全书总目提要》第四册《通志堂经解目录》条称刻于康熙十五年（1676）；关文瑛《通志堂经解提要》称始事于康熙十二年（1673），告竣于康熙十九年（1680）；《中国丛书综录》等作康熙十九年（1680）刻本；叶德辉《郋园读书志》作康熙癸巳〔五十二年（1713）〕刻本；莫伯骥《五十万卷楼群书跋文》、《中国古籍善本书目》等作康熙刻本；《日本见藏中国丛书目初编》则康熙十五年（1676）、康熙十九（1680）年刊本并存。可谓众说纷纭，莫衷一是。

以上这些各不相同的刊刻时间的来历，也大多与徐氏《新刊经解序》有关。徐序有云："总若干种，谋雕版行世。门人纳兰容若尤怂恿是举，捐金倡始，次第开雕。经始于康熙癸丑，逾二年讫工。"康熙癸丑即康熙十二年（1673），序称"经始于康熙癸丑，逾二年讫工"，故前文所列作康熙十二至十四年（1675）、康熙十五年（1676）者当来源于此。集中此序未署时间，而刻于《经解》卷首时则署康熙十九年（1680）。以此作为《经解》刊成时间者最多，特别是晚近各书目，多取康熙十九年。叶氏《郋园读书志》作康熙五十二年（1713）者，不知何据。而其他则作模糊处理，笼统定为康熙间刻。

关于《通志堂经解》的刊刻过程，笔者梳理考察了大量的相关资料，以为大致过程如下：1) 始事于康熙十二年（1673）。康熙十一年（1672）徐乾学为顺天乡试副考官，因副榜遗取汉军卷致降一级调用，于康熙十二年还乡，当在此时，即着手《经解》的刊刻。2) 至康熙十五年（1676）或稍前原刻书计划完成，并有部分印本。康熙十四年（1675），徐乾学官复原职。康熙十五年，成德中进士。盖于此时，徐氏主要出于仕途方面的考虑，决定将《经解》让于明珠之子成德名下。于是在已刻成的各经解版心补刻"通志堂"三字，各书卷末刻"后学成德校订"一行，并在各经解卷首补成德序，故成德序均署康熙十五、十六年（1677）。徐乾学应当还

153

增加了《经解》的刊刻计划，即为今天所见的 140 种之数。3）之后陆续付刻，直到康熙十九年（1680），《经解》的主体部分刻竣。4）康熙十九年以后，至少在康熙二十四年（1685），仍有少量经解付刻，而较多的经解在校勘改订中。在此过程中校订完毕的经解同时在刷印，在康熙二十九（1690）至三十一年（1692）之间，有整套的《经解》印出。①

古人欲留名千古，捐资刻书为其一途，故张之洞有《劝人刻书》之文。而徐乾学花大力气编刻《通志堂经解》，为仕途顺畅，而让名于别人。而于心又有不甘，故留下了诸多线索，加之时人的记载，故得以考见其实。虽如此，其不明就里者亦不在少数。

2.《憺园文集》中所存其他刻书资料

（1）归有光《震川先生集》三十卷《别集》十卷

归子元恭刻其曾大父太仆公文集未就若干卷而卒。予偕诸君子及其从子安蜀续成之。计四十卷。初，太仆集一刻于吾昆山，一刻于常熟。二本不无异同，亦多纰缪。元恭惧久而失传也，乃取家藏抄本与钱牧斋宗伯较雠编定次第之。然后讹者以订，缺者以完，好古者得以取正焉。（《重刻归太仆文集序》，《憺园文集》卷十九）

《震川先生集》三十卷《别集》十卷，明归有光撰。康熙十二年（1673），其曾孙归庄刻其集未就而卒。值徐乾学归昆山视母疾，遂与归庄从子归玠"续成之"，并作序以记之。序中还详细交代了该集之前的刊刻情况。

（2）钱澄之《田园全集》三十卷

分两月，光禄馈金寄枞阳，为治装。惟虑其老，不堪远涉耳，

---

① 详见王爱亭《〈通志堂经解〉刊刻过程考》，《图书馆杂志》2011 年第 1 期。

第五章 《憺园文集》徐氏藏书与刻书研究

乃健甚慨然。脂车既至，尽出所著书，所谓《田间易学》、《田间诗学》、《庄屈合诂》及诸诗文。读之，真定、宛平两相国及余弟立斋皆笃好之。因谋为授梓以传。（《田间全集序》，《憺园文集》卷二十）

《田园文集》三十卷，清钱澄之撰。据徐序，"《田间易学》、《田间诗学》、《庄屈合诂》及诸诗文……因谋为授梓以传"。《田间全集》当即所谓"诸诗文"。张舜徽《清人文集别录》卷一《田间文集》条云："其文集在康熙中昆山徐氏曾为刊版，上海复排印徐刻所无者，为《藏山阁文存》，皆非完本。"昆山徐氏即指徐乾学。据徐序，《田间易学》、《田间诗学》、《庄屈合诂》亦在计划刊刻之列，今不见传本，或未刊行。

（3）朱彝尊《日下旧闻》四十二卷

逾年书成，曰《日下旧闻》。余辍光禄馔金，助剞劂费，为序其大凡如此。（《日下旧闻序》，《憺园文集》卷二十）

《日下旧闻》四十二卷，清朱彝尊撰。该书是当时北京最大的地方志，当时即受到官方的高度重视，乾隆年间官方修纂《钦定日下旧闻考》即以朱氏《日下旧闻》为蓝本。

康熙二十五年（1686），徐乾学与朱彝尊跨马同游京城，朱彝尊每遇古迹，即能言系某朝旧迹，了如指掌。徐乾学尝病刘侗《帝京景物略》多抵牾之处，遂劝朱彝尊"录所见闻为一书，以比《西京杂记》、《三辅黄图》之义"[①]。朱彝尊乃"捃拾载籍及金石遗文会粹之，分一十三门，曰星土、曰世纪、曰形胜、曰宫室、曰城市、曰郊坰、曰京畿、曰侨治、曰边障、曰户版、曰风俗、曰物产、曰杂缀，而以石鼓考终焉，合四十有二卷"[②]。秋

[①] 《憺园文集》卷二十《日下旧闻序》。
[②] 朱彝尊：《曝书亭集》卷三十五《日下旧闻序》，民国商务印书馆《四部丛刊》影印清康熙五十三年（1714）刻本。

徐乾学《憺园文集》研究

《日下旧闻》成，徐乾学为之作序并捐资刊刻。

(4)《高士奇诗辞古文》、《扈从日抄》

> 高学士澹人，供奉禁庭，八阅寒暑。见闻益富，所著作益多。其诗辞古文及扈从日抄，每脱稿即以示予，予尝序而刻之矣。(《金鳌退食笔记序》，《憺园文集》卷二十一)

《憺园文集》所录徐乾学为高士奇诗文所作序者，又有《高侍讲扈从东巡日记序》、《补刻编珠序》，见《憺园文集》卷十九；《随辇集序》，见《憺园文集》卷二十；《春秋地名考略序》、《金鳌退食笔记序》，见《憺园文集》二十一。《金鳌退食笔记序》中所称"尝序而刻之"的"诗辞古文及扈从日抄"不知是否即在其中。

(5)《王令诒制义》

> 其文予既论定三十余首刻之《录真选》中，又遴其可存者百篇，都为一集，刻以行世，而又序之如此。(《王令诒制义序》，《憺园文集》卷二十二)

《王令诒制义》，清王原撰。康熙二十七年(1688)徐乾学于礼部试取王原，同年序其制义并为刊刻。

(6)《录真选》

> 其文予既论定三十余首刻之《录真选》中，又遴其可存者百篇，都为一集，刻以行世，而又序之如此。(《王令诒制义序》，《憺园文集》卷二十二)

第五章 《憺园文集》徐氏藏书与刻书研究

可知徐乾学曾有《录真选》之编刻，当为制义文选编。

（7）《山东行卷》

翁编修宝林（翁叔元）偕高户部紫虹（高龙光）校文山东，所得人甚盛。宝林选定行卷百余篇，寓书示予。喜其识鉴之精，而冀望他时之主文者于此取则也，为刻而序之。（《山东行卷序》，《憺园文集》卷二十二）

《山东行卷》，清翁叔元编。

（8）《戊辰会墨录真》

戊辰春试士南宫，宫傅宛平公、司马成公、副宪郑公与予同奉总裁之命。……榜定，即于闱中刻元魁十卷，其余今复订定之，以公海内。（《戊辰会墨录序》，《憺园文集》卷二十二）

《戊辰会墨录真》，清徐乾学编。康熙二十七年（1688）戊辰二月，徐乾学以左都御史充会试总裁，与王熙、成其范、郑重同主礼部会试。事竣，编刻《戊辰会墨录真》等，并序以志之。

（9）《戊辰会试元魁》十卷

戊辰春试士南宫，宫傅宛平公、司马成公、副宪郑公与予同奉总裁之命。……榜定，即于闱中刻元魁十卷，其余今复订定之，以公海内。（《戊辰会墨录序》，《憺园文集》卷二十二）

《戊辰会试元魁》十卷，清徐乾学编。
以上诸种之外，另有徐乾学所刻书若干种《憺园文集》未言及，今综合诸家著录，并参考相关研究论文①，将已知徐乾学及其诸子所刻图书，汇为"徐乾学家刻本一览表"，如下。徐乾学卒于康熙三十三年（1694）七月，此前所刻者，即可视为徐乾学所刻。前文所及各行卷、闱墨的刊刻，虽称为乾学主持，但当刻于官方试院，则不予列入。

附　徐乾学家刻本一览表

序号	书名卷数	著者	刊刻信息	现藏情况
1	《秋笳集》八卷	清吴兆骞撰	清康熙十五年（1676）徐乾学刻雍正四年（1726）吴振臣增刻	上图、山东图、南京图等
2	《四书集注直解说约》二十七卷	明张居正、顾梦麟等撰辑	清康熙十六年（1677）徐乾学刻	南开大学
3	《载石堂诗稿》二卷《柴雪年谱》一卷	清宋之绳撰	清康熙十八年（1679）缪彤、徐乾学等刻	国图
4	《震川先生集》三十卷《别集》十卷	明归有光撰	清康熙间归庄刻徐乾学等续刻	国图、津图、山东大学等
5	《西昆酬唱集》二卷	宋杨亿编	清康熙间徐乾学刻	
6	《通志堂经解》一千八百六十卷	清徐乾学编	清康熙间徐乾学刻	国图、上图、南京图等
7	《通志堂集》二十卷	清纳兰成德撰	清康熙三十年（1691）徐乾学刻	国图、上图、山东图等
8	《遂园禊饮集》三卷	清徐乾学辑清禹之鼎图	清康熙三十三年（1694）徐乾学刻	国图、南图、安徽博
9	《高士奇诗辞古文》	清高士奇撰	清康熙间徐乾学刻	
10	《扈从日抄》	清高士奇撰	清康熙间徐乾学刻	
11	《元丰九域志》十卷	宋王存等撰	清传是楼影宋刻	
12	《舆地广记》三十八卷	宋欧阳忞撰	清传是楼影宋刻	

---

①　其中主要参考了徐学林《传是楼主徐乾学的编书、藏书和刻书活动》，载《出版科学》2007年第3期。

第五章 《憺园文集》徐氏藏书与刻书研究

续表

序号	书名卷数	著者	刊刻信息	现藏情况
13	《昌黎先生集》四十卷《外集》十卷《遗文》一卷《朱子校昌黎先生集传》一卷	唐韩愈撰，宋廖莹中校正	明万历间徐时泰东雅堂刻清初冠山堂重修	国图、人民大学、芜湖图（不全）
14	《读礼通考》一百二十卷	清徐乾学撰	清康熙三十五年（1696）昆山徐氏冠山堂刻	国图、上图、山东大学（残）等
15	《憺园文集》三十六卷	清徐乾学撰	清康熙三十六年（1697）昆山徐氏冠山堂刻	国图、上图、山东图等
16	《李义山文集》十卷	唐李商隐撰，清徐树谷笺、徐炯注	清康熙四十七年（1708）徐氏花溪草堂刻	国图、安徽图、山东大学等
17	《庾开府哀江南赋注》一卷	清徐树谷、徐炯撰	清康熙间精刻	
18	《石帆轩诗集》十一卷	清徐骏撰	清康熙四十九年（1710）刻	国图、上图、中科院图

第六章 《憺园文集》所存传记资料

《憺园文集》中的墓志铭、神道碑、墓表、塔铭、祭文、哀辞、行状、传甚至序文中，保存了不少以清初人物为主的传记资料。这些传记相关人物有的鲜见记载；有的虽有传记资料传世，但并非准确完备；有的即使是徐氏所撰而另见于别本，而是集中所录则为本源，实有勘正之用。现将《憺园文集》中记载较为完备，叙述较为周详的传记资料分为徐氏亲属、同宗、座师、同年、门生、史馆同僚、同朝官宦、妇女、其他等九类，摘录如下，以保留一代人物，或作校勘补正之参考。

一 亲属

1. 徐开法

府君讳开法，字兹念，别号坦斋。先世朴庵公讳良，力农成家，居昆山之墩上，再迁溢渎村，为吾徐氏始祖。府君五世祖刑部主事南川公讳申，弘治甲子举人，任蕲水上饶知县，举卓异，为刑部主事。以争寿宁侯，狱廷杖，事载国史。刑部生交河主簿在川公讳一元，尝在严文靖公幕，为草蠲粮疏，得请，全活百万人，江南人至今称之。交河生封翰林院检讨凤池公讳汝龙。检讨生万历癸未进士太仆寺少卿端铭公讳应聘，即府君之大父也。太仆端方高洁，自史馆历任寺卿，为时名臣。府君生三岁，而太仆殁于京师。府君之考太学停舍孺公讳永美，中乙卯副榜，蔚然儒宗。执太仆丧，毁脊骨立，逾年而卒。……

第六章 《憺园文集》所存传记资料

　　府君少英敏，读书辄数行下。十二属文，落笔辄惊长老。……十五补博士弟子，即有声庠序，从茅君兰、胡秋卿二先生游。……十七娶顾安人，十八而生乾学，逾二年连举秉义、元文。……府君由是历钱塘、过严滩、涉三衢、游豫章。如金溪许亦旦、南昌陈士业、及萧孝廉元声、龚大行佩潜订交最驩。金溪、许湾书贾慕府君名，求选制义锓版以行，评论精当，迩方楚粤争购之，纸为之贵。金溪人负府君千金，其人贫无以偿，辄焚券去西江，至今称之弗忘。癸未还家，丁潘夫人艰。时家益贫落，丧礼务厚，吊者大悦。逾年值申酉之会，四方鼎沸。东南建牙关府者甚多，府君用特荐为明经。角巾儒服，条上便宜数十事，如开屯岛屿、募练乡勇诸议，皆可见施行。然知时不可为，亟归。……本朝定鼎，府君绝意进取，惟课督乾学等焚膏继晷。……

　　于书无所不窥，尤精熟司马温公《通鉴》，著有《甲子会记考证》。家世习易，府君裒集诸注疏而归于简约，至为精要，邑中读易者皆以府君为宗。又尝旁搜故实及宇内志乘，凡钱谷盈诎与夫科名盛衰、人材进退之间无不熟记。自洪永以来甲乙二榜，蒐讨至备，皆亲自抄录。……

　　府君生于万历甲寅三月廿五日，殁于康熙五年三月廿一日，覃恩敕封翰林院修撰，享年五十有三。娶顾绍芳孙女顾安人，系春坊赞善学海公讳绍芳孙女，官生仲从公讳同应女。子四，长乾学由甲午选贡，中庚子科顺天举人，庚戌第一甲第三名及第，内弘文院编修。……次秉义，己酉顺天举人。……次元文，甲午举人，己亥第一甲第一名及第，历任内秘书院侍读。……俱安人出。次亮采……庶母程氏出。女二。……（《皇清敕封儒林郎翰林院修撰先考坦斋府君行述》，《憺园文集》卷三十三）

徐开法（1614—1666），字兹念，号坦斋，徐乾学父。《行述》中，除徐开法生平行事外，又述徐氏家世甚详，为此两方面最为详尽可靠的资料。

2. 顾氏

吾母系本同邑顾氏。高祖思轩公讳济，正德丁丑进士，刑科给事中。曾祖观海公讳章志，嘉靖癸丑进士，南京兵部右侍郎。祖学海公讳绍芳，万历丁丑进士，左春坊左赞善兼翰林院编修，并著名绩。父宾瑶公讳同应，官荫生，清修笃学，负东南重望。母何夫人淹洽书史，为女士师。

吾母四岁能属对诵唐诗，宾瑶公抚之喜曰：惜哉，不为男子。宾瑶公即世，何夫人怜爱吾母，教以诗书及工组紃之事，无不精晓。年十五归先大夫赠侍郎公，事先王母潘夫人先意承颜，孝谨备至。滫瀡之奉，必躬亲之，治家中事肃然有条理，一不以烦潘夫人。……先大夫好交游，结宾客文酒之会无虚日。吾母洁净杯匜，往往旰食。或亲朋缓急求贷，辄解簪珥倾筐应之。……潘夫人殁以癸未岁，吾母摧痛几不能生，一切后事必诚必信，至今三十余年遇寒食孟冬，扫祭丘垅。何夫人晚年多病，吾母迎养于家，其终也，寒敛周至。……先大夫数游豫章闽越及诸邻郡，徭赋逋责之事百端交集，吾母一身仔肩。延师课乾学兄弟，束脯必极丰。当岁祲谷贵，吾母日咽麦饭，不使诸儿知，而令诸儿侍师食必腆洁。……吾母自纺织以及女红针指，无不手自为之。岁耕瘠田若干亩，以时播种耕获。常亲诣沟塍，督村童力作，筑场纳稼，寒风渐沥，夜分不肯休。……吾母课乾学兄弟至严，所读书必覆校背诵，丙夜未尝先寝。遇师他出即亲为教授，并讲说书史及士人立身行己大节。……

兴朝鼎革之会……先大夫往来云间吴门，吾母提挈三子一女避乱高巷张浦间。……张浦穷村，一室仅方丈，矮屋柴扉，昼昏如夜。吾母教乾学兄弟读史汉古文不辍。……诸凡古今治乱之几，当世得失之故，吾母皆能指其大概，洞中窥要。亲党有违言，得吾母一语即悦服。吾母无矜色，无噪容，气和而心平蔼如也。及论事剖疑是非可否，侃侃然言之，至明且智者。……吾父纳庶母程氏生亮采。……极厚抚亮采，不异所生，延名师教诲，衣服寒燠至周以详，为聘青溪名族，凡纳采问名之礼，亲往其地，手自区画。吾母自奉俭约，衣必累澣，上服半用布素，中裙袒衣不用绮，谷食不过二豆。上寿之日子妇诸孙进觞，戒勿盛馔，止陈蔬食果核而已。左右婢妾不欲多取，给事而已，未尝轻诃责。宗党（女加渊右部分）戚之贫者，待吾母以举炊。……好施乐善，始终未尝有倦。……治家之暇，惟以读书览古，读书明理了然，闻善言见善事为愉快。……

吾母生于明万历丙辰七月二十八日未时，终于康熙丙辰十一月初七日辰时，享年六十有一。子四人，长不孝乾学，庚戌进士及第，右春坊右赞善兼翰林院检讨。……次不孝秉义，癸丑进士及第，翰林院编修加一级。……次不孝元文，己亥进士及第，经筵日讲起居注官翰林院学士兼礼部侍郎加一级教习庶吉士。……次亮采，监生，庶母程氏出。……女二……孙男六人……孙女三。（《先妣顾太夫人行述》，《憺园文集》卷三十三）

顾氏，徐乾学母，顾炎武妹。

3. 王抡春

王抡春，字元之，改字元遴。曾祖瀛洲君一恭，自太仓州徙昆山为县人，祖集虚名周绪，考仲翔名云鸾。……君母弟二人，季弟振春，早卒，仲弟捷春出后，叔父霖环、考仲翔君殁。君悉推产与弟，弟善病，罄其产，又以所居宅让与之。及弟卒，人莫肯为之后者。君叹曰：家贫众所弃，吾弟其为若敖氏鬼乎？令仲子之坦嗣之，为之经纪其丧，作嗣议一篇，以明重宗祀不计实而存名之意。

比君卒，其宗老增城君诔之曰：迄于仲氏让生之死，方让以产，又让以子。呜呼！古者立后之法，惟重为大宗，盖以奉宗庙之祭也。其他旁支庶姓绝续无所系，死则附祭于昭穆，亦未尝乏祀。自世以遗产为意，几于人人有后，至有争立并建者。是则贫而莫肯为后，亦君

◆◆◆ 徐乾学《憺园文集》研究

子之所抚然心伤矣。君让产于出后之弟，又推其子以后之，敦本厚施，是不足以风世砥俗乎？……配沈氏，有贤德。君生于明万历辛丑，殁于皇清壬子，享年七十有二，举乡饮大宾。沈生于万历戊申，殁于康熙庚戌，享年六十有三。子二，曰坐，曰之垣，廪膳生，即后捷春者也。女六，俱适士族，云如其一也。孙男女十二人，长孙铉，学生。……（《清故文学元遴王君墓志铭》，《憺园文集》卷二十九）

王抡春（1601—1672），字元之，改字元遴，昆山人。王抡春婿顾云如与徐乾学为"中表戚"。

4. 李可汧

公讳可汧，字宾侯，又字元仗，别号处厚，世为昆山望族。高祖讳某，赠某官。曾祖腾芳，明万历庚辰进士，累官都察院右副都御史，巡抚山东，赠工部左侍郎。祖讳胤昌，万历辛丑进士，翰林院编修。父讳孟函，崇祯己卯副榜贡生，候补知县，赠刑部山东清吏司郎中。娶太常卿太仓王世懋孙女，是生公。

公年二十五中崇祯己卯应天乡试，至本朝乙未成进士。公原名开邺，丁外艰服阕，请更今名，授行人司行人。以今上御极，颁诏湖广，充顺天府武闱同考，迁刑部浙江司主事，累转本部山东司员外郎郎中，擢湖广按察使司佥事提督学政，考最候补布政使司参议。需次在家，以康熙十四年二月十六日卒，年六十。

公始入刑部时，政尚明察。……公力持大体，平情谳鞫，狱多平反。……公至视学，一振起之以六经史汉之文，士习骤然趋于古。又以其间谕郡县学校之毁者复之，圮者葺之，书院之废为公馆者还其田而新之。……

李氏自中丞公笃信道家说，祀唐吕纯阳祖师其家，颇著灵异。公里居亦好长生术，而家世仕宦，饶赀产，乐施予，其天性也。凡神言有所营造或当赈济贫乏，立指困斥产不惜。……

子四，遥功，庠生，先公卒。遥章，廪例太学生。遥威，太学生。遥縠，举人。女适太学生王鎏。孙七，长邦靖，庠生，继遥功，为余女壻，不幸早卒。次邦直，庠生，娶金氏，余妻之弟子，余妻所抚也。……（《湖广按察司提学佥事候补布政使司参议元仗李公墓志铭》，《憺园文集》卷二十八）

李可汧（1616—1675），原名开邺，字宾侯、元杖，号处厚，昆山人。顺治十二年（1655）进士，候补布政使司参议。

徐乾学次女嫁李可汧长孙李邦靖。又，李可汧次孙邦直娶金氏，为徐乾学妻弟之女，且为徐妻所抚者。

二 同宗

1. 徐可先

君姓徐氏，讳可先，字声服，别号梅溪，常州武进人。韩愈言徐氏十望其九皆本于偃王。君先世由山东转徙淮阴阳羡，卒家于常之小留，至君九世。盖自东海郯来也，世以文学儒行为郡名家。曾祖行、祖元杰皆诸生，有名。考讳廷瑞，笃志高尚，母蒋太恭人。

君生周岁失怙，育于外氏，稍长乃归。七岁能属文，号为神通，顾以才自驰骋，不肯事举子业。至二十五岁乃补博士弟子员，家贫，授经自给。乙酉举于乡，力不能僦车北上，至丁亥再行会试，始成进士，除束鹿令。定鼎之初，群盗充斥，君设方略抚其魁，其下数千人皆散为良民。会有诏畿辅县悉用汉军为令，调君龙泉。……在龙泉七年，民俗丕显。覃恩敕授文林郎，以卓异升刑部主事晋员外郎郎中加一级，覃恩诰授朝议大夫，荫一子入监读书。明年出守登州。……期年禾麻栖野，加油储蓄，三年政成弦诵，达于四境。会覃恩诰授中宪大夫。以父病乞休归，而色养者十年。父忧服除，乃赴补河间府。……累增秩七级。甲子冬擢按察司副使，提学山东。……

◆◆◆ 徐乾学《憺园文集》研究

君生于万历乙卯,卒于康熙己巳。配谢氏,封恭人,继室倪氏。男子子二人,曰人凤,以君荫入监,中康熙壬戌科进士,礼部主客司主事;曰鹦,广东肇庆府通判。女子子二人,孙男五人,孙女九人,婚嫁皆名族。(《诰授中宪大夫直隶河间府知府升山东提督学政按察使司副使加七级梅溪徐府君墓志铭》,《憺园文集》卷二十七)

徐可先(1615—1689),字声服,号梅溪,武进人。顺治四年(1647)进士,官至按察使司副使。

2. 徐越

往者吾宗兄存庵为御史,敢言天下事。在台十有三年,上书言事五十有九,其言河漕事先后凡十六疏。……

公讳越,字山啄,存庵其别号,中顺治九年进士。丁内外艰,服阕,授行人司行人。十七年御试擢浙江道御史,移疾归。康熙六年补山东道御史,尝一出巡盐河东,还台内升,仍在台。久之升兵部督捕左理事官,亡何引疾归。……生于明天启之某年,卒于康熙之某年,享年六十有八。……娶李氏,诰赠淑人,继娶任氏。男子子二人,曰宽曰充,充以疾夭。女子子三人,皆适士族。孙四人,本豫、本坤、本颐、本观。曾孙一人。(《诰授中大夫兵部督捕左理事官加一级徐公存庵墓志铭》,《憺园文集》卷二十七)

徐越,字山啄,号存庵。顺治九年(1652)进士,曾任浙江道御史、山东道御史,上疏多言治河,官至兵部督捕左理事官。

三 座师

1. 魏裔介

公讳裔介,字石生,别号贞庵,又号昆林。壬午举于顺天,大清定

第六章 《惜园文集》所存传记资料

鼎中顺治三年进士，选庶吉士，明年改授工科给事中。丁艰，九年补故官，明年转工科左给事中，又明年升兵科给事中。顺治十二年内升太常少卿，提督四译馆，未几擢都察院左副都御史，十四年擢左都御史，恩诏加一级，坐事当落职，仍视事，明年复遇恩诏还职。已而以公建言多裨国，是加太子太保。……改元考绩，复官宫保，晋吏部尚书，康熙三年入赞机政，尝请告迁葬，事竣辄还朝，十年以疾乞归，优诏许之。

公在言路最久，先后二百余疏，或立见施行，或始黜于众议，后卒以公言为然，或天子排众议而独申公言，用著为律令，其书具在，可得而考也。在工垣时，世祖已御极五载，公言……宜及时讲学，肇举经筵日讲，以隆万世治本；……公在吏垣，世祖已亲政，公言督抚封疆重臣当慎遴择，不宜专用辽左旧人；……宜严饬有司缉逃及格者，纪录失察夺俸；……当一月三朝以副励精图治至意；……直隶河南山东水灾，公言……议蠲议赈稍缓须臾，无救死徒言最悚切；……公疏举大学士范景文等三十人；……在兵垣综覈军政，所识拔后皆为大将；……又请录用建言得罪诸臣，请仿唐李吉甫《元和国计簿》，令度支岁计出入盈缩进呈御览；请增官吏禄俸；请禁金玉锦绣浮屠塔庙一切奢靡蛊耗之事；请立劝农官；请自今罪人勿发宁古塔冰雪昏雾之地；请遣大臣督视河工，言皆剀。……其领御史台也，凡以举旧典、通雍滞、核奸弊、励臣节、善风俗、清学校与夫田赋财用、兵制屯政，关国计民生之大者无不条分缕析，指示如掌。……

所著书及语录有《约言录》内外篇、《圣学知统录》二卷、《知统异录》二卷、《致知格物解》二卷，晚岁又著《论性书》二卷，所纂书有《重订周程张朱正脉》、《薛文清读书录纂要》，其经学则有《易经大全纂要》、《四书精义汇解》、《惺心篇捷解》、《孝经注义》等，其史学则贯穿全史上下数千年成败得失，录其要而论断之，以附左氏外传之例，曰《经世编》，凡七十二卷。生平赋诗数千首，有《屿舫诗集》、《屿舫近草》，为文六千余首，有《兼济堂集》、《京邸集》、《昆林小品》、《昆林论抄》、《林下集》二集共五十余卷。……

公生于万历之丙辰，卒于康熙之丙寅，享年七十有一。原配内丘韩氏，继室高邑袁氏，俱赠一品夫人，续灵寿傅氏。子三人……女四人……孙男二人……孙女六人。(《光禄大夫太子太傅礼部尚书保和殿大学士加一级柏乡魏公墓志铭》，《憺园文集》卷二十七)

魏裔介（1616—1686），字石生，号贞庵、昆林，谥文毅，柏乡人。顺治三年（1646）进士，官至吏部尚书、保和殿大学士、太子太傅等。有《兼济堂集》等。

2. 王熙

太傅公名熙，公冢子，丁亥进士，见任太子太傅保和殿大学士兼礼部尚书加三级，梁夫人出。余子橒，官监生，湖广常德府桃源县知县，卒。次然，官监教习，见任刑部江西清吏司主事。次照，荫生，见任云南按察司佥事，分巡驿盐道。次燕，荫生，见任江南镇江府知府加二级。次默，岁贡生，见任兵部督捕司务。孙男十一人，长克善，荫生，江西按察使司佥事分巡驿盐道。次克昌，荫生，户部陕西清吏司员外郎加二级。克宽，监生，次克任，庠生，克远，庠生，克端，监生，克刚、双鹤、兰苏、稳住、存住。曾孙男五人。(《光禄大夫太子太保礼部尚书诰赠太子太傅保和殿大学士谥文贞王公合葬墓表》，《憺园文集》卷三十二)

王熙（1628—1703），宛平人，王崇简子，谥文靖。顺治四年（1647）进士，官至保和殿大学士兼礼部尚书。

四 同年

1. 张鹏

公讳鹏，字抟万，别号南溟，姓张氏，世为丹徒人。祖考大绅，

第六章　《憺园文集》所存传记资料

祖妣王氏,继潘氏。王生士梅公,考也,诰赠中宪大夫通政司右参议,妣韦氏,诰赠恭人。

公治《春秋》,举顺治十七年举乡试,明年成进士,除内阁中书舍人,迁刑部山东清吏司主事,康熙十五年考选擢第一,授吏部科给事中,居谏职凡四年,章数十上。一日上顾谓辅臣张某屡有建白,一无所私,当与内升,故未掌印即升光禄寺少卿,前此未有也。历通政司右参议,顺天府丞提调学政,二十三年迁通政司右通政,都察院左副御史,寻命巡抚山东。二十五年召为刑部右侍郎,其明年调户部左侍郎兼管宝泉局印务,进吏部右侍郎,明年转吏部左侍郎。……以二十八年六月六日卒,享年六十有三。……

于国家之事知无不言,亦未尝毛举细故为可察之论。先是汉军在任遭丧,不得回旗守制。公抗疏请与汉人一例,以敦孝治。又疏请宽官役监守自盗之例……他如纂《会典》、修《明史》、蠲江右逋赋,疏上皆施行。其抚东也,正己率属,不事操切,于民间疾苦,访求不遗余力。……斥豪强占河身为田者,疏请濬复故道,且建石闸以备旱涝蓄泄。……乐育人材,集诸生肄业白雪楼中,亲为讲解月课,其文高下,风气日上,此皆抚东善政之尤大者。……公自课官时受知于上最深,故抚东得以展其志。其居刑部、户部及吏部,皆多所建白,陈议侃侃,无所畏避。……公性孝友,修内行,三世同居至今。……生平所著疏稿若干卷,及他诗文若干卷号《宁远集》,藏于家。

元配凌氏,诰封恭人,子一乃馨,女五人……孙一作圣。(《通议大夫吏部左侍郎张公墓志铭》,《憺园文集》卷二十九)

张鹏(1627—1689),字抟万,号南溟,丹徒人。顺治十七年(1660)举人,十八年(1661)进士,官至吏部左侍郎。有《宁远集》等。

2. 卜陈彝

君讳陈彝,字声垓,别号简庵。明洪武初始祖居嘉兴之北乡,其

169

后析县为秀水人。曾祖大有,嘉靖丁未进士,起家无锡知县,历云南寻甸知府。兄弟三人皆成进士,有声绩。祖曰谋,清流知县。考兆龙,赠文林郎,妣伍太安人。

君早孤,太安人督之严,未弱冠为博士弟子,事太安人能尽孝。顺治十七年举乡试,康熙三年会试中式,赐二甲进士出身,君成进士十年乃谒选,得洛川县。……未一年滇黔叛,西陲寇盗蝟起,君乃练乡勇设关险,昼夜登瞭巡警,邑以无事。……朱龙叛兵逼洛川,君亲乞师。……登陴拒守,而令杨出城奋击,贼夜遁去。……太安人讣至,士民诣上官,请留君,涕泣固辞,不许。……服阕补武昌县,时滇黔未平,楚北军行孔道,殚心供亿如洛川时。以其间为民请命,如免派归巴运夫脚价二十三万有奇,免铁税及烟酒杂税,又蠲大兵养马草束无协济他郡言,皆恳切,上官感君意,悉从其议。居武昌八年,举卓异擢礼部。……君勤于簿书,每一事至司,即日与同官酌议具草,事大小无留滞。秉性澹泊,励操守,一切私馈悉屏不受。与人言则蔼然和煦,不欲立崖岸以钓名誉。其于堂官极恭谨,遇事不可,必反覆力争,从其言乃已。……

君年六十有二。娶于陈,陈卒不再娶。子二,长即彭年,太学生,陈出,次彭颐,庶子出。孙男五,孙女一。(《吏部验封司员外郎卜君墓志铭》,《憺园文集》卷二十九)

卜陈彝(1628—1689),字声垓,号简庵,秀水人。顺治十七年(1660)举人,康熙三年(1664)进士,官至吏部验封司员外郎。

3. 王士祜

余同年友新城东亭君,与其兄西樵考功、弟阮亭祭酒以才名为士大夫所倾属。考功、祭酒皆蚤达交游,而东亭久困场屋,闭户却扫,顾与其兄弟齐名海内,称为三王。……君讳士祜,字叔子,一字子侧,东亭其别号。曾祖尚书公,祖方伯公,父封祭酒公,母孙宜人。

以崇祯五年生于方伯公常熟官舍，故小名虞山。年十五为诸生，有声，入国学，癸卯举山东乡试，庚戌举进士，当授京职，未补官卒于京邸，为康熙二十年九月二日。娶焦氏，继室张氏。男二人，启滔、启濰，女子三人。

东亭性至孝，与兄弟友爱最深。祭酒为扬州推官时，封公与孙宜人皆就养，东亭岁一觐省，遂霍然起。官舍中有竹亭鹤柴，兄弟唱酬，极天伦之乐。祭酒常病困，昼夜手自调药。考功典试河南，以磨勘下狱，东亭饮食卧起，日侍左右，触冒炎蒸，颠蹶营救，事得解。……未几，遭孙宜人及考功之丧，再婴哀疚，自是忽忽多不乐。念封公春秋高，惧外吏道远贻亲忧，乃就事例，当得京职，又需次者数年。其与余别金昌也，祭酒方官翰林，旅食甚艰，以所积文贽白金数镒，布裹纫，嘱余寄之，丁宁款密。……

东亭少英敏，博学强记。年十岁，客有言焦太史竑字弱侯，何义？或言汉魏相字弱翁，犹此意耳。东亭从末坐起对曰：此出《考工记》所谓'轮人竑其幅广，以为之弱者非耶'。一坐叹其机颖。……（《进士东亭王君墓志铭》，《憺园文集》卷二十八）

王士祜（1632—1681），字叔子、子侧，号东亭、古钵山人，新城人。康熙九年（1670）进士，未仕而卒。

4. 孙在丰

公讳在丰，字屺瞻，湖州德清人。孙氏远有传绪，来迁自八世祖永昌，始居归安之菱湖里。祖考讳懋果，邑庠生，祖妣施氏。父名焞，郡庠生，妣沈氏，继妣吴氏。及公贵累封父赠祖，皆内阁学士兼礼部侍郎，累赠妣赠祖妣，皆淑人。……年十六补博士弟子员，登癸卯浙江贤书，越七年中庚戌南宫试，殿试一甲第二，赐进士及第，授国史院编修。本年充日讲起居注官，壬子顺天武乡试主考，寻升侍讲。癸丑会试同考，转侍读，又升侍讲学士转侍读学士。予假归省，旋遭太夫人丧，服阕补原官。擢内阁学士兼礼部侍郎，迁翰林院掌院学士，充经筵讲官，教习壬戌乙丑两科庶吉士，主壬戌武会试、乙丑会试。既迁工部右侍郎，以总裁《太祖实录》，告成加秩支正二品俸。奉命监修下河，逾年转本部左侍郎。以河工议与在事者不合，撤归，降补翰林院侍读学士，旋除内阁学士兼礼部侍郎，卒于位。

　　公为讲官最久，每讲毕举经书粹义参以己意，凡有关治道足为黼座献纳者，敷陈御前，从容凯切。……公夙负文名，三主乡会文武试，两掌教习，所甄拔造就皆一时俊髦。……天子右文重儒，所以眷注公者甚至。其为编修也，与庶吉士同馆课肄。未散馆例无擢领他职者，独公即充日讲起居注官。……公孝友醇谨，出自天性。丙辰岁循俸当升学士，间闻继母病，急请省视。弟在中善属文，抚爱倍至。与人交必以情，里党戚友赖周恤者甚众。

　　所著《明史》诸帝纪及制诰诸代言之文副在史馆，他如《周易》、《尚书》、《四书》、《通鉴》讲义、《扈从笔记》、《东巡日记》、《下河集思录》、《尊道堂诗文》若干卷藏于家。

　　公生以顺治甲申，殁于康熙己巳，享年四十有六。……配吴氏，赠淑人，先公卒，子笃行、见行、学行、参行。……（《内阁学士兼礼部侍郎孙公神道碑铭》，《憺园文集》卷三十一）

孙在丰（1644—1689），字屺瞻，德清人。康熙九年（1670）一甲二名进士，官至内阁学士兼礼部侍郎。

5. 牛钮

　　公讳牛钮，字枢臣，其先世居赫舍里弼剌。弼剌汉语河也，因姓赫舍里氏。后迁于札古之地。……至太祖受命之四年，叶赫以不顺命诛，而公之祖讳希福纳兄弟五人率其族属来归。……公之父讳索洪，为二等护卫，以公贵赠封皆如其官。祖妣纳剌氏，妣关尔嘉，皆赠夫人。……

年十八。循例以国子生考授钦天监八品笔帖式，康熙己酉举顺天乡试，庚戌成进士，选庶吉士，壬子授检讨，未任即命为侍讲，盖殊擢也。甲寅正月充《太宗实录》纂修官，二月转侍读，逾一年正月充日讲官起居注。……己未五月御试擢第一，即日除侍讲学士，六月转侍读学士，庚申三月充经筵讲官。……辛酉二月赐恤朝鲜正使以行，壬戌二月进詹事，五月除掌院学士兼礼部侍郎。……六月充《鉴古辑略》总裁，又充《明史》总裁，十月充殿试读卷官，十一月兼方略副总裁，寻命教习庶吉士，甲子八月转内阁学士，仍兼礼部侍郎。……平生以推恩加级者三，以议叙加级者一，同诸词臣分赐御书者一，特赐御书卷册笔墨者再，赐帤赐金赐貂衣赐上尊珍馔果饵之属不可悉纪。……扈从盛京，朝夕召见行殿与侍讲高公士奇承顾问，赐御馔。……公生于顺治戊子，卒于康熙丙寅，享年三十有九。配宜尔根觉罗氏，副都阿思哈番兼佐领方公女。子四人。……（《资政大夫经筵讲官内阁学士兼礼部侍郎牛公墓志铭》，《憺园文集》卷二十七）

牛钮（1648—1686），姓赫舍里氏，字枢臣，正蓝旗满洲人。康熙八年（1669）举顺天乡试，康熙九年（1670）赐同进士出身。官至内阁学士，兼礼部侍郎。

五　门生

1. 高层云

康熙二十九年四月辛巳，中宪大夫太常寺少卿高君卒于位。……君尝问业于余。余为《一统志》总裁官，实举君共事。余不得辞，为诠次其始终序曰：君讳层云，字二鲍，号谡苑，晚更号菰村。先世自宋南渡居上海，既迁华亭，四传至赠翰林院检讨讳年，于君为曾祖。万历乙未进士，翰林院检讨讳承祚，于君为祖。崇祯丙子乡试副榜贡士讳秉蕖，君之父也。君既贵，贡士君得赠如子官，太夫人金氏、杨氏皆赠恭人。君少时前后母及贡士君连丧，居恶室日久，哀悴中负土营葬。……

康熙十四年乙卯再至京，或劝君习举子业，君曰不难。键户百日，遂领京兆荐，明年成进士。故事进士释褐待铨者例得分校乡试，戊午遂与是选。又二年授大理寺左评事，甲子典广西乡试，还朝充《一统志》纂修官。……天子察知君可用，因考选亲试乾清门，称旨，授吏科给事中。遇事敢言，尤务持大体。二十六年……迁通政司右参议，即日转左，未一年又迁今职。……

君为人傲侻瑰玮，好大节，不为娓娓细谨，在班行中进止有仪，人皆目属之。博览强记，为诗文痛嫉俗学之陋，追古作者，有《改盦斋集》若干卷。工书及画，善鉴赏。平居帘阁据几，图史古玩杂陈，意洒然自得。持缣素请者率满意以去，曾以书屡被御奖。……

配吴氏，明户部主事讳嘉胤之孙女。子三人，长即骞，次驾，次驭。女一人，孙男女各一人。高氏自检讨公来本贵盛，遭时鼎革，家中落。君以布衣走辇下十余年间，连举顺天礼部两试，位至卿寺，文学节概闻天下。（《太常寺少卿高君神道碑》，《憺园文集》卷三十一）

高层云（1634—1690），字二鲍，号谡苑，晚号菰村，华亭人。康熙十五年（1676）进士，官至太常寺少卿。

2. 纳兰成德

容若姓纳兰氏，初名成德，后避东宫嫌名，改曰性德。年十七补诸生，贡入太学。余弟立斋为祭酒，深器重之，谓余曰：司马公贤子非常人也。明年，举顺天乡试。余忝主司，宴于京兆府，偕诸举人青袍拜堂下，举止闲雅。越三日，谒余邸舍，谈经史源委及文体正变，老师宿儒有所不及。明年会试中式，将廷对，患寒疾。太傅曰：吾子年少，其少俟之。于是益肆力经济之学，熟读《通鉴》及古人文辞，三年而学大成。岁丙辰应殿试，条对凯切，书法遒逸，读卷执事各官

第六章 《憺园文集》所存传记资料

咸叹异焉。名在二甲，赐进士出身。闭门埽轨，萧然若寒素，客或诣者辄避匿。拥书数千卷，弹琴咏诗，自娱悦而已。未几，太傅入秉钧，容若选授三等侍卫。出入扈从，服劳惟谨，上眷注异于他侍卫。久之，晋二等，寻晋一等。上之幸海子、沙河及西山、汤泉及畿辅、五台、口外、盛京、乌剌及登东岳，幸阙里，省江南，未尝不从。先后赐金牌、彩缎、上尊御馔、袍帽、鞍马、弧矢、字帖、佩刀、香扇之属甚夥。是岁万寿节，上亲书唐贾至《早朝》七言律赐之。月余，令赋乾清门应制诗，译御制《松赋》，皆称旨。于是外庭佥言，上知其有文武才，非久且迁擢矣。呜呼，孰意其七日不汗死邪！容若既得疾，上使中官侍卫及御医日数辈络绎至第诊治。于是，上将出关避暑，命以疾增减报，日再三。疾亟，亲处方药赐之，未及进而殁。上为之震悼，中使赐奠，恤典有加焉。容若尝奉使觇梭龙诸羌，其殁后旬日，适诸羌输款，上于行在遣官使拊其几筵哭而告之，以其尝有劳于是役也。于此亦足以知上所以属任之者非一日矣。

呜呼，容若之当官任职，其事可得而纪者，止于是矣。余兹以其孝友忠顺之性殷勤固结书所不能尽之言，虽若可仿佛其一二，而终莫得而悉，为可惜也。容若性至孝，太傅尝偶恙，侍左右衣不解带，颜色黝黑，及愈乃复。友爱幼弟，弟或出，必遣亲近傔仆护之，反必往视，以为常。其在上前，进反曲折有常度。性耐劳苦，严寒执热，直庐顿次，不敢乞休沐。

自幼聪敏，读书过目不忘。善为诗，尤工于词，自唐、五代以来诸名家词皆有选本，撰《词韵正略》。所著《侧帽集》后更名《饮水集》者，皆词也。好观北宋之作，不喜南渡诸家，而清新秀隽，自然超逸，海内名为词者皆归之。尝请予所藏宋元明人经解钞本捐资授梓，每集为之序。他论著尚多。其书法摹褚河南，临本禊帖，间出入于《黄庭内景经》。当入对殿廷，数千言立就，点画落纸无一笔非古人者。蒋绅以不得上第入词馆为容若叹息，及被恩命，引而置之珥貂之列，而后知上之所以造就之者，别有在也。

容若数岁即善骑射，自在环卫，益便习，发无不中。其扈跸时，雕弓书卷，错杂左右，日则校猎，夜必读书，书声与他人鼾声相和。间以意制器，多巧倕所不能。于书画评鉴最精。其料事屡中，不肯轻为人谋，谋必竭其肺腑。尝读赵松雪自写照诗有感，即绘小像，仿其衣冠，坐客或期许过当，弗应也。余谓之曰：尔何酷类王逸少！容若心独喜。所论古时人物，尝言王茂弘阘茸阘茸，心术难问；娄师德唾面自干，大无廉耻，其识见多此类。间尝与之言往圣昔贤修身立行，及于民物之大端，前代兴亡理乱所在，未尝不慨然以思。读书至古今家国之故，忧危明盛，持盈守谦，格人先正之遗戒，有动于中未尝不形于色也。……君之先世有叶赫之地。自明初内附中国，星恩达尔汉，君始祖讳也。六传至讳养汲弩，君高祖考也。有子三人，第三子讳金台什，君曾祖考也。女弟为太祖高皇帝后，生太宗文皇帝。太祖高皇帝举大事，而叶赫为明外捍，数遣使谕，不听，因加兵克叶赫，金台什死焉。卒以旧恩，存其世祀，其次子即今太傅公之考，讳倪迓韩，君祖考也。君太傅之长子，母觉罗氏一品夫人，配卢氏，两广总督、兵部尚书都察院右副都御史兴祖之女，赠淑人，先君卒。继室官氏某，官某之女，封淑人。男子子二人，福哥，女子子一人皆幼。

君生于顺治十一年十二月，卒于康熙二十四年五月，年三十有一。君所交游，皆一时俊异，于世所称落落难合者，若无锡严绳孙、顾贞观、秦松龄、宜兴陈维崧、慈溪姜宸英，尤所契厚。吴江吴兆骞久徙绝塞，君闻其才，力赎而还之。坎坷失职之士走京师，生馆死殡，于赀财无所计惜。（《通议大夫一等侍卫进士纳兰君墓志铭》，《憺园文集》卷二十七）

纳兰成德（1655—1685），又名性德，字容若，号楞伽山人，堂号通志堂，满洲正黄旗人，武英殿大学士明珠长子。康熙十一年（1672）中举人，康熙十五年（1676）成进士，授三等侍卫，后升一等侍卫。清初著名词人，有《通志堂集》二十卷。

3. 祖泽荣

君讳泽荣，字仁渊，奉天辽阳人。父大寿，明大帅，守锦州，十年力屈迎降。太宗皇帝礼待优厚，事见国史，授光禄大夫，一等精奇尼哈番。生六子，君第五。长泽润，固山额真，一等精奇尼哈番兼拖沙拉哈番；次泽溥，总督福建等处地方军务兼理粮饷，兵部尚书；次泽淳，世袭拜他拉布勒哈番，管佐领副都统。三兄弟皆一品光禄大夫，从父兄弟多中外大官。

君初任佐领，选授吏部验封司员外，继管参领，旋升文选司郎中，转湖广右布政使，因前任选司罣误，左迁江南淮海道佥事兼司榷关。被论免官。居久之，补直隶口北道佥事，移江南苏松常道参议，以裁缺补湖广上荆南道参议，再被核罢官。君承父兄气力，年少通贤，果于有为，所至多有劳绩可纪。性豪奢，又耿中丞爱婿，生贵甚，视金钱如粪土。穷极被服饮食第宅皆出己意，都无凡俗。工书画，解音律，称赏鉴家。……君好与老中官往还，以此多识前朝故实，又乐与方外释子游，为启精兰，疏泉凿山，不计劳费。性善饮于酒，人初无所择，但胜大斗便呼与赌胜。与人交，所不称意箕踞谩骂，使人不堪，至其一言相契，披沥肝胆。……

君娶于耿，山东巡抚焞女也。五子，长良采，次良材，良楫，良柱，良梓，女五人。卒年五十有三。（《荆南道参议祖仁渊墓志铭》，《憺园文集》卷二十九）

祖泽荣，字仁渊，辽阳人。官至荆南道参议。

六　史馆同僚

1. 陈维崧

其年讳维崧，别号迦陵，宋止斋先生后，由永嘉徙宜兴。至祖讳于廷，明万历乙未进士，历官都察院左都御史加太子太保。父讳贞慧，副榜贡生，改官生赠检讨太保。公正色立朝，为时名卿所交游，相议论多忧国奉公之臣。……

先是君十七岁补邑博士弟子生员，后随侍赠公栖止山村野寺，绝仕进意。久之随辈应乡试不利，浪游南北。至京师，故大司马合肥龚公尝叹其文，首为定交。在中州则遍交侯朝宗、徐恭士诸君，如皋主冒征君家最久。……所作歌诗随处散落人间，豪肆排宕，初本三唐，而隋唐自恣于昌黎、眉山之间，遇花间席上。尤喜填词，兴酣以往，常自吹箫，而和之人或指以为狂。其词多至累千余阕，古所未有。君于文最工骈体，尝部集汉唐宋元及近代文，间摹拟之为文，然率不如其骈体所作哀艳流逸，每于叙怀伤往，俯仰顿挫，怆有余情，庾开府来一人而已。

君门阀清素，为人恂恂谦抑，襟怀坦率，不知人世有险巇事，口謇讷不善持论。……母汤氏，御史某女，赠孺人储孺人，生女一……侧室生二子，俱殇。（《陈检讨志铭》，《憺园文集》卷二十九）

陈维崧（1625—1682），字其年，号迦陵，宜兴人。康熙十八年（1679）举博学宏词，授翰林院检讨，参修《明史》。清代著名词人，与朱彝尊、纳兰成德并称"清初三大家"。有《湖海楼词》、《迦陵集》等。

2. 汤斌

公讳斌，字孔伯，号荆岘，一号潜庵。顺治五年举于乡，次年会试中式，又三年成进士，改弘文院庶吉士。……甲午授国史院检讨。……乙未诏选翰林，出为监司公，得潼关道副使。……转领北道参政，辖赣南二府，甫三日清积案八百余。……戊午诏举博学鸿儒，司寇魏公以公名上，试补翰林院侍讲，同纂修《明史》。辛酉充日讲起居注官，转侍读，典试浙江。戊戌充《明史》总裁，次年命直讲筵，纂修两朝《圣训》。……历左右庶子，擢内阁学士兼礼部侍郎，居四月会江宁巡抚缺，上命公往。……

其学于苏门也，本宗姚江，而不以先入之言为主，故于濂洛关闽之书尊信之，尤笃余师孝昌先生著《学统》一编。……会皇太子出阁，上谕吏部除授公礼部尚书，管詹事府事。……寻充经筵讲官，总裁《明史》。每晨东宫直讲，皇太子赐坐，称以先生。讲毕出，预廷议。居久之，命与吏部尚书达哈塔日侍皇太子。……未几，迁工部尚书，方受事而病不可为矣。……

所著有《洛学编》二卷，《补睢州志》二卷，诗文二百余篇，《公移条约》十余卷，藏于家。享年五十有九。元配马氏，封恭人。子四人，溥、溶、沆、准。女三，皆适士族。（《工部尚书汤公神道碑》，《憺园文集》卷三十一）

汤斌（1627—1687），字孔伯，号荆岘、潜庵，睢州人。顺治九年（1652）进士，康熙十八年（1679）举博学宏词，官至工部尚书。有《汤子遗书》。

3. 汪懋麟

汪氏其系新安，数迁渡江为扬州人。曾祖讳某，祖讳某，至父某，生子五人，君行第五。君之好古文辞也，自其离成童时，已笃志经史，康熙十二年乡试中式，又三年成进士[①]，得释去举子业，考授内阁中书。……为文摹王荆公，得其峭洁，而君之所自许也。于诗尤得力，始尝出入于汉魏六朝以及唐人，犹为未足以尽风雅之变，乃合杜韩苏陆四家诗为一集，及宋诸家诗无所不研练揣摩，疲精力于斯。……君诗自取材于经史，其于宋人所见为佻巧伤雅俚率无蕴藉者，君洮涤拣汰，率变其体格而新之，他人学之者不能及也。……君为中书三年请终养，在道闻母丧已，复丁外艰，服未阕，适朝廷诏中

[①] 此有误，汪懋麟为康熙二年（1663）举人，康熙六年（1667）进士。

外举博学鸿儒荐者,以公上,不果试。己未,舍弟起监修《明史》,所特荐纂修者七人,君与焉。君在馆,讨论严密,撰述最多,既补刑部江西司主事,兼管纂修。君虽好学如不及,特尽心于史事。……君讳懋麟,别号蛟门,季用其字。性刚激不能阿,邑流俗人,遇知己倾肝腑向之,尽切磋之道。……与兄叔定少同学,友爱尤笃。……所著《百尺梧桐集》八卷,诗十六卷,诗余一卷行世。既死,叔定又集其遗稿十余卷,藏于家。配张氏,子一兼,女八。(《刑部主事季用汪君墓志铭》,《憺园文集》卷二十九)

汪懋麟(1640—1688),字季甪,号蛟门,江都人。康熙六年(1667)进士,授内阁中书,官至刑部主事。有《百尺梧桐阁集》等。

七　同朝官宦

1. 王崇简

公讳崇简,字敬哉。其先家任丘,自公曾祖讳龙始来京师。祖讳铿,考陕西参政加右布政司使讳爱,母张氏。三世皆以公赠礼部尚书,妣赠一品夫人。爱无子,以兄锦衣卫正千户讳爵之仲子为后,即公也。锦衣公及本生嫡母张氏、生母焦氏并得貤封。

公七岁丧布政公,未几锦衣公亦殁,早孤茕然。嗣母张夫人督之成立,情过己出。公事两夫人曲重。中崇祯十六年进士,甲申三月京师破,值焦夫人丧,给假治葬在外,挈家潜奔金陵,转徙吴越间。久之江南平,北还时世祖广求文学耆宿以充馆选,首授公内翰林院庶吉士,特免教习,预修《明实录》。除秘书院简讨,历侍读、国子监祭酒、弘文院侍读学士。诏察明末殉难臣,公疏言内外死事者合二十有八人以上,皆得赠谥,时论以为允。迁詹事府少詹事兼侍读学士如故,以疾请告。十二年侍郎戴公明说荐公可大用。世祖违部议,特起之。其明年以原官兼弘文院侍读学士迁国史院学士。及太傅公既迁弘文院，世祖临朝叹为盛事。然以父子不可同列，擢公吏部右侍郎兼学士，寻转左，遂拜礼部尚书，明年加太子太保。……康熙三年病良已，遂以老乞致仕。春秋才六十三，自是徜徉林下者凡十有五年。……

其论文曰为文必本于道，道不出寻常行习之间，自世有学道之名，此道之所以日弊也。又曰学莫要于自得知之，非艰行之，维艰知而能行，此圣贤之所以几于得也。平生嗜学不倦，年十七欲依古人，以每岁尽读五经为夏课，其为文虽卮言烂语无非仁义道德。……

公元配梁夫人，抚治郧阳右副都御史赠兵部右侍郎讳应泽第二女，以淑慎佐公成名，孝廉，常口授《论语》、《孝敬》教其子女。公年二十即请置侧室广嗣续，其卒时年三十八。公哀思之，终身不再娶。公薨于康熙十七年十一月某日。上闻震悼，敕给葬祭如故事，谥曰文贞。(《光禄大夫太子太保礼部尚书诰赠太子太傅保和殿大学士谥文贞王公合葬墓表》，《憺园文集》卷三十二)

王崇简（1602—1678），字敬哉、一作敬斋，谥文贞，宛平人，王熙父。明崇祯十六年（1643）进士。入清官至礼部尚书。有《青箱堂集》等。

2. 魏象枢

蔚州魏氏，其先世系凤阳人，明永乐初从军有功，以明威将军随代王之国大同，世袭大同卫指挥使。其后支子迁蔚州，累代隐居行义，有讳宦者为儒官，尤为乡里所推。公之祖考讳九经，考讳卿为新城主簿，皆赠如公官。祖妣刘氏，妣蒋氏、李氏皆赠夫人。公李出也。

公讳象枢，字环溪，又号庸斋。少读书日诵数千言，严重无弟子之过。壬午举于乡，偕计吏入都。……世祖章皇帝龙兴辽水，入关定鼎，丙戌开科，公中进士，选庶吉士。……明年改授刑科给事中，寻转工科右给事中，刑科左给事中。时世祖皇帝初亲政，公所条奏弹劾凡二十余上，最后请圣躬慎起居一疏，词逼辅臣。……己丑分校礼闱，升吏部科都给事中。……会溧阳得罪坐言官不先，事发，六科之长皆斥，公随例降补詹事府主簿，累升光禄寺丞。己亥得请终养家居。……丁李夫人忧，丧葬悉准古礼。壬子服除，益都冯公方入阁，特疏荐公清能矫俗，才堪办事。……有旨以御史用，八月授贵州道监察御史，满岁内升京卿，仍管御史事。……冬十二月擢都察院左佥都御史，明年二月拜顺天府府尹，四月除大理寺卿，七月升户部右侍郎，十一月转左侍郎，一岁五迁。……戊午升都察院左都御史。……九月与侍郎孙公光祀、学士陈公廷敬磨勘顺天试卷。……己未春二月内殿奏对毕，上命翰林张英、高士奇捧御书唐诗一卷、"清慎勤格物"大字各一副赐公。……加刑部尚书，留任总宪。……庚申复补刑部尚书。……辛酉扈从谒孝陵，一恸几绝，赋诗至哀。明年奉命同少宰科公尔坤巡察畿辅。……甲子春奏事乾前门晕踣于地，扶归，即日疏乞骸骨。……赐以御厨珍馔，令内臣视公食多少再入，赐茶，再入赐御笔"寒松堂"匾额、古北口诗。公归，因自号寒松老人云。……归后四年，乃卒于家，丁卯七月晦日也，寿七十有一。天子览遗疏为之震悼，典礼有加，亲定谥曰敏果。

生平所著书甚多，晚皆删去，存十之三，合以奏议若干卷，名曰《寒松堂全集》。元配李氏，诰封夫人，侧室刘氏、樊氏。子四人，学诚，康熙二十一年进士，内阁办事，中书舍人，学谦、学谧，邑诸生，学讷尚幼。女三人。(《资政大夫刑部尚书谥敏果魏公神道碑》，《憺园文集》卷三十一)

魏象枢（1617—1687），字环溪，号庸斋、寒松老人，谥敏果，蔚州人。顺治三年（1646）进士，选翰林院庶吉士，官至刑部尚书。有《寒松堂集》等。

3. 张九征

公姓张氏，讳九征，字公选，号曰湘晓。其先为中州人，元末有字善甫者始迁居镇江府丹徒县，为其县人。子德明仕明建文，时为户科源士，辎师东昌，遇燕兵被执，不屈断臂死。数传至浃，浃子柏以出粟赈饥，授布政司经历，三子，公考季也，以公贵封。既又以公子侍郎贵得两世赠典。

公年二十九举顺治乙酉乡试第一。……丁亥成进士，逾年为行人司行人，颁诏福建，又二年世祖章皇帝亲政视学，奉命之阙里宣衍圣公。又二年考选为吏部文选司主事。……旋升员外郎，明年升验封司郎中，冬调考功。……乙未以封公年高请养，未抵家闻讣，再期哭泣卜葬，未食墨犹殡祚阶，以是久不赴补。亡何海寇作乱犯镇江，提师兵少战溃，公与笪御史重光婴城守御。……康熙二年补稽勋司郎中，秋调文选。益都孙文定公、柏乡魏公先后为冢宰，咸加敬礼令申。初更吏部郎，与他曹一例以方面推补。明年公以河南按察司佥事出视学政。……公设立条格奖拔孤寒，倡明礼教，两河人士叹为百年未有。……事竣考核，为天下第一，当擢京堂，有尼之者乃止。会抚臣疏举卓异，诏赐蟒衣，俞部议需次超迁。公已誓墓不欲出矣。康熙十七年诏举博学鸿儒，冢宰郝恭定公、少宰通州张公列公名上，比疏下，督抚促赴召。公引疾控辞。……

公邃于史学，凡所指陈，历代治乱得失之故，及故明人物如指诸掌，听者终日忘疲。……居平教子具有规范，故侍郎兄弟均以文行显明。侍郎被眷优渥，每得宠赉必进之公，公荣君赐，辄贻书以主恩难报，勤职尽瘁为训。每曰择交最难，张德远能亲君子不能远小人，当以为终身之戒。癸卯秋闱，编修以不错题字卷误被贴，主司坐吏议严谴，诏许覆试。公愀然曰：罪及主司，而自干进可乎？既不入式，公意始怗然。……公好急人难，三鄘婚丧以佐匮请者日踵门，必尽力周恤。择师教其子弟之贫者，岁饥捐赈其里人，收育弃婴，造舟济涉，

183

冻者予衣，馁者予食，莩死者予椟，里人赖之。尝有盗谋劫其室，同谋者先期以告，诘之则尝冻受衣者也。郡中数起大狱，公每阴为救解。己亥年沙洲失业，山田之人计亩以更济之，沙洲既复业。山田连岁大旱，公言于有司，令洲民如数还偿，全活甚众。

所撰有《闽游草》、《艾衲亭存稿》、《文陆堂文稿》各如干卷。文陆者，有慕文待诏、陆平泉之意。……

公生于明万历四十六年戊申，卒于皇清康熙二十三年甲寅，享年六十有八。配何氏，累封淑人。子男子六，玉裁，丁未进士，内国史院编修加一级，前卒。……玉书，辛丑进士，经筵讲官礼部左侍郎兼翰林院学士加一级支二品俸。……玉禾，贡生，候补行人司司副。……仕可，丙辰进士，候补中行评博。……恕可，戊午举人。……与可，例监生。……子女子四，皆适名族。孙九人，孙女五人。康熙二十三年岁次甲子冬十二月昆山年侄徐乾学顿首谨状。(《河南提学佥事封通议大夫内阁学士兼礼部侍郎张公行状》，《憺园文集》卷三十三)

张九征（1618—1684），字公选，号湘晓，丹徒人，张玉书父。顺治四年（1647）进士，官至内阁学士兼礼部侍郎。

4. 朱之弼

公讳之弼，字右君，幼庵其号。本徽国文公裔，世为闽延平人，至四世祖凤梧公来学京师，因家焉。曾祖云庵公讳英，祖忠斋公讳国相，考裕我公讳世奇。忠斋公生三子，其次曰济环公讳世才，公之本生父也。生子二人，长即公，次侍读学士肯斋公讳之佐。裕我公无子以公为后，其后以公贵赠其三世及本生父皆光禄大夫刑部尚书。曾祖妣张氏，妣左氏，本生母武氏，皆赠一品夫人。

公生而端凝颖敏绝伦，顺治二年登贤书，选授礼科给事中，历迁工科都给事中。己丑分校礼闱，得人最盛。逾一年丁外艰，服阕，补户科都给事中，未几除太常少卿，历右通政宗人府丞，擢户部右侍郎。其明年以公事贬官。十五年补光禄少卿，转通政司右参议，明年以左参议擢都察院左副都御史。今上即位为户部右侍郎，居二年转左，甲辰充殿试读卷官，明年转吏部左侍郎，又明年七月拜都察院左都御史，十月调工部尚书，又二年为刑部尚书，癸丑充殿试读卷官，疏请为本生母终丧。久之丁内艰，服阕补工部尚书，壬戌会试总裁，九月充读卷官，明年冬解职，家居四年。康熙丁卯（二十六，1687）十月以疾卒，距生天启辛酉（元年，1621）六月，享年六十有七。

公事亲以色养，居丧尽礼，与弟肯斋公友爱。自延师受室，及诸居处服御，皆为办治。自少至老每食未尝不共，又能推恩以及其九族姻党执友，待以举火者众。其有窀穸之不举者，嫁娶之不备者，公皆为之佽助无所吝倦。尝买妾，询知其为士人女也，弗御而嫁之。年十六读书塾中，闻邻有哭声，以贫甚将鬻其子，公为之醵金代赎。若此者在于他人虽得其一节犹足以传，而公之盛德，固琐屑不能以悉书也。公尝撰述薛文清、胡文定论政之语用以自警。居尝好手辑先儒遗书，刻之家塾。……娶刘氏，先公卒，诰赠一品夫人，子三人……女六人……孙男三人……孙女三人。（《光禄大夫工部尚书幼庵朱公墓志铭》，《憺园文集》卷二十九）

朱之弼（1621—1687），字右君，号幼庵，大兴人。顺治三年（1646）进士，官至刑部尚书。

5. 石绰里幔

公讳绰里幔，字曰关紫。其先本苏万人，姓瓜尔佳氏，高祖卜哈明成化间入觐，授建州左卫都指挥佥事。曾祖阿尔松噶嘉靖朝入贡，袭父官，至万历间公之祖石翰避仇广宁，家焉，因姓石氏。有子三人曰国柱、曰天柱、曰廷柱。我太祖高皇帝之兵临广宁也，天柱首先出迎，国柱、廷柱以城献。太祖高皇帝嘉焉，赐廷柱所御名马，自是所至征讨皆从，累立战功，官至少保兼太子太保镇海大将军都统一等伯。实生公兄弟七人，而公为之长。

公以功臣子年十四即以佐领，随太宗文皇帝经略中原。及王师入关，西定秦晋，南平吴楚，公皆有勋藏于册府。已而充侍卫，事世祖章皇帝，以慎密敬勤承宠最笃，晋秩参预事。事今上训讨军，实以备戎伍，不敢暇逸，盖先后十四年间历事三朝，靡有缺失，以此人望归焉。

太保公初娶何夫人，生公，其后文皇帝复以赵夫人赐之。……太保公以佐命勋赐田宅，世职累官，禄入甚厚，童仆数百，悉推以与诸弟，论者难之。其自比于汉之丁鸿、薛包。盖公本以武达，而醇谨质行以禔，其躬以教其后人，必依于古之史传所称，其素所向慕然也。

娶李氏，诰赠淑人，父讳某，官西安将军。李氏辽左世家，淑人生有女德……先公三年卒。公卒以康熙戊辰，距生之年天命癸亥六十有六。……李淑人衬子四人，曰文晟，广东潮州府知府，曰文桂，丙辰进士，官内阁学士，擢总督仓场户部侍郎，请余文者也，曰文彬，广西桂林府同知，曰文楸，内廷供事官。女五人，孙男七人，孙女三人。（《诰封通奉大夫前侍卫兼管参领事石公神道碑》，《憺园文集》卷三十一）

石绰里幔（1623—1688），字关紫，广宁人。官至侍卫。

6. 宋德宜

公讳德宜，字右之，别字蓼天，江南苏州府长洲县人。母王太夫人有娠，梦狻猊入室，生公有异表，面如白玉，高颧丰下，目炯炯射人。幼出嗣伯父母。伯父母早世，仍鞠育于本父母。八岁能为文，十三入籍崇明，为学官弟子。岁在己卯，公父以监察御史巡按山东济南，城破及于难。

公年十七重趼至京师，伏阙请卹，久之得赠大理寺卿。顺治五年

第六章　《儋园文集》所存传记资料

中江南乡试，凡三试，礼部乃中式，赐进士出身第三人，改庶吉士。以本生母丧归，持齐衰期年，服心丧三年。毕乃至京师。馆中故事庶吉士假满，当补教习，世祖章皇帝特授公翰林院编修，仍在馆读书，十八年始散馆。时江南大吏覆逋赋，罗姓名以闻于朝，里胥误纂公名籍中，遂挂吏议，公具陈其诬。久之得白，补原官。康熙三年迁国子监司业，六年转翰林院侍读，八年升国子监祭酒，严立条教，除积弊。……未几迁翰林院侍读学士。十年……充日讲起居注官，公与焉。寻充经筵讲官，明年迁内阁学士兼礼部侍郎。……十三年户部侍郎员缺，上以命公，仍兼翰林院学士。词臣佐户部，得兼学士衔自公始。……居一年调吏部右侍郎，明年转左，又明年迁都察院左都御史。……二十一年调吏部尚书，杜绝请托，清釐铨法，老吏敛手，不敢为奸。岁在甲子七月以文华殿大学士入阁办事。丙寅晋太子太傅，丁卯六月以疾卒于官，享年六十有二。……

祖妣朱氏、妣丁氏、本生妣王氏，皆累赠夫人。娶王氏，封恭人，累赠夫人。子男四人，骏业，翰林院待诏，敬业，国子监生，早卒，大业，翰林院庶吉士，建业，国子监生。女十人。……公至性孝友，母在自食粗粝，以甘毳为养。亲殁后忌日，辄素服避宾客涕泣。在都下闻弟丧，兼程还经理身后事，抚育孤女逾己出。惇于宗族，贫者辄赈以粟。与兄德宸、弟德宏早著闻誉，一时有三宋之目。择交必慎，海内名士见者倾心，写意敦槃之会吴申，至今传为盛事焉。及贵，寒畯有文采者虽不相识，汲引不倦。甲辰充会试同考官，丙辰、己未两主会试，五充文武殿试读卷官。诏举博学鸿词，以汪琬、陈维崧荐，俱授翰林。故人孙旸、吴兆骞徙辽左，捐金赎之还。兆骞客死，为经营其归榇。生平寡言笑，未尝见喜愠之色。有非意相干者不校，遇宾客甚恭。穷交造谒者必见缟紵遗赠，久而不衰。宽以御下，无疾言遽色，而门以内肃然，家人不敢以亵服见也。

与修《通鉴全书》，充《世祖章皇帝实录》纂修官，《太祖高皇帝实录》总裁官，兼充《三朝圣训》、《平定三逆方略》、《政治典训》、《大清会典》、《大清一统志》等书总裁，官《明史》监修官，又奉命评骘《古文渊鉴》，始终以文字受主知。公刚毅木讷，造次不能达其词，至于国家大事，论议侃侃。同列意见有异，辄为之剖晰是非，反复开导，或至累日，往往感悟，其或势不可挽，则自为一议。(《光禄大夫太子太傅吏部尚书文华殿大学士加一级宋文恪公行状》，《憺园文集》卷三十三)

宋德宜（1626—1687），字右之，号蓼天，谥文恪，长洲人。顺治十二年（1655）进士，官至文华殿大学士。

7. 项景襄

公才高而学富，博通今古，用以经世，务不为词章之学，尤明本朝典故及一切文武铨除条格，典礼钱谷军政刑法有兴革，辄手自细书，卷帙盈尺，悉能默识。……公躯干条伟，生若洪钟，居恒抵掌谈笑，激昂慷慨，四座动容。生平善饮酒，以千钟百觚自豪。……

公讳景襄，字去浮，眉山其别号，杭州钱塘人。其先自汴徙，不知其初徙世数。曾祖考讳科，祖考讳士升，皆不仕。考讳大章，封翰林侍读学士，母王氏赠宜人，生五子，公其仲也。

顺治辛卯举于乡，壬辰会试中式，又三年殿试赐同进士出身，选庶吉士，授内弘文院检讨，充日讲官，服除还职，转侍读，复为日讲官，升侍讲侍读学士，册立东宫，覃恩加一级设东宫官，由少詹进詹事，擢内阁学士兼礼部侍郎，除兵部右侍郎，为经筵讲官，卒历三十年，侍从两朝，秉笔纂修，进讲经筵，前后称旨，拜赐优渥，副武会试总裁。有诏举博学鸿儒，公举处士应撝谦、李因笃等应诏，撝谦征不起，因笃卒以母老辞官，人以公为知人。

公治事精明果毅，片言立断。凡朝廷有大议以为不可，必力争之。康熙十八年夏刑部欲改五流之条，应遣者无论远近一概戍乌喇，公时在内阁，争之不得。其年冬，星变陈言，已副夏官与司寇魏公象枢、宫詹沈公荃及御史蒋伊等又特言乌喇事，不可行，竟乃从之。……

公卒于康熙二十年某月某日，年五十有四，以二十八年某月某日葬。娶董氏，某官之女，封宜人。子四人……孙男三人……孙女二人。(《通奉大夫经筵讲官兵部右侍郎加一级眉山项公墓志铭》，《儋园文集》卷二十八)

项景襄（1628—1681），字去浮，号眉山，钱塘人。顺治十二年（1655）进士，官至兵部右侍郎。

8. 克尔德卜书库

公姓克尔德氏，讳卜书库，父曰莽古代，先世科尔沁人，后徙乌剌。太祖高皇帝龙兴，莽公率先慕义来归，帝嘉其诚，赐田给复，遂家于盛京。生子即公也。公贵，赠祖若父如其官，祖母索察喇氏，母张佳氏，皆赠夫人。

公生八岁失怙，无期功强近之亲可授托。公能朝夕诣塾师，读书不倦。及世祖章皇帝定鼎燕京，时年十五，充官学诸生，试辄高等。顺治三年春授刑部笔帖式哈番，明年进他赤哈哈番，谙条例，明听断，人罕能及。十一年擢通政使司副理事官。……十五年世祖章皇帝特计群吏，以公为最，给予诰命，盖异数也。十六年改副理事，官为左参议，仍以公居之。……康熙五年上念公前在刑部能平反疑狱，仍命为郎中，掌广西司印。……岁余，调兵部，屡掌武库武选职方印。……十四年榷税天津，力革诸弊。……十七年公以夸兰大赴行间。……二十二年夏班师，以积劳行至南昌卒。……

公事母三十余年，曲尽色养，虽午夜自公归必躬侯寒燠，定省不懈，丧葬一准于礼教。子有家法，命读书以承先志。生平谦谨笃实，秉心恪慎，遇事当机立断，应大疑大难仓促若素定者。方以大用期公，而公逝矣。

公生于天聪四年，卒于康熙二十二年，享年五十有四。配牛祜禄氏，封夫人。子四，长福保，文林郎云贵总督衙门八品笔帖式加一级，次傅尔齐，文林郎太常寺赞礼部，次布尔彩，次朱兰布俱监。生女三，长适二等阿达哈哈番穆尔嘉，次适工部右侍郎金世鉴，次适内阁侍读赵瑛。孙三。（《资政大夫兵部郎中加二级卜公神道碑铭》，《憺园文集》卷三十一）

克尔德卜书库（1630—1683），盛京人。官至兵部郎中。

9. 耿昭忠

耿公以异姓诸王子之贵加之额驸之亲，自顺治十一年入侍阙庭，洊应世祖章皇帝宠遇之厚，赏赉频数。而公奉职尤勤慎威仪，进止皆有常度，即一等公侯大臣亦相与则而效之，以是恩泽子弟，中声籍甚。

不幸家门构逆，闽方燔乱，公自分当死，日与弟侄辈泥首阙下，伏地请辜，谓乱臣贼子出臣同产，徒坐之律，所不敢辞。上素知公忠谨无他，仅令颂系于家以需后命。既而蒙恩宽宥，尽复其官。比王师屡捷构逆者，惧而思戢廷议，急遣一人入收藩下车。上念逆臣背叛，久失军心，而两王恩泽在，人非亲子弟莫可将者。爰命公为镇平将军兼恭赞大将军机务，廷赐貂蟒诸御史服而遣之。……公设法招徕，谕以朝廷威德，不数月望风送款，邻境悉平。……

公讳昭忠，字信公，号在良，由哆啰额驸加太子少保和硕额驸品级，进太子少师，再进太子太保，授光禄大夫。世籍山东，后徙辽东盖州。祖讳仲明，自癸酉归朝，封怀顺王，入关改封靖南王。考讳继茂，有文武才，嗣封靖南，平西粤功最，薨谥忠敏。妣周氏，封靖南王妃，王氏赠靖南王夫人。公生于崇德庚辰二月，卒于康熙丙寅正月，得年四十有七。……原配哆啰县主，世祖章皇帝所赐婚也，秉性淑慎，先公二十三年卒。继配喻氏，封一品夫人。子嘉祚，候补某官。（《额驸将军勤僖耿公墓志铭》，《憺园文集》卷二十七）

耿昭忠（1640—1686），字信公，号在良，谥勤僖，正黄旗汉军人，耿继茂子，耿精忠弟。由多罗额驸晋太子太保。

10. 姚缔虞

公讳缔虞，字历升，别号岱麓。其先世自江西徙楚黄陂之聂源里。曾祖大谅，祖定世，有隐德。至考怀眉公，始以学行显，累赠中宪大夫，妣詹氏，累封恭人，皆以公贵故。

公中顺治十一年乡试，越五年成进士，授成都府推官。蜀经明季乱后，省会丘墟，残民保聚为寇盗，群相告讦，牵染成大狱，历岁不决。公用平恕谳鞠，辄得其情，辨冤囚数百家出之死，督抚以为能。康熙六年举卓异，加赐蟒服。会裁缺，改授陕西安化令。行取御试第一，授科员。丁内艰归，服阕补礼科给事中，所上封事多见施行。十七年典试江西，还奏江西被贼残破，州县其在，丁阙田荒，案内者请敕督抚臣酌量轻重，或限三年或五年劝垦以渐升科……又疏请停选择才能之例，以绝内外夤缘之弊。十八年转工科掌印直鼓厅事，次年上亲试言官，乃首擢公，且谕吏部以条奏详明称言职也。寻内升鸿胪少卿，历光禄少卿通政司左右参议督捕理事官。二十四年超擢都察院左佥都御史，疏请录宋先贤周敦颐后为五经博士，如二程氏，又请复优免廪粮，培士气，诏皆从之。会四川巡抚阙，上以命公。……

公以二十七年四月日卒。配戴宜人。子六人，谐、让、征、诚、谟、咨，谐吏部司务。女四人。（《巡抚四川等处地方兼理粮饷都察院右佥都御史岱麓姚公墓志铭》，《憺园文集》卷二十八）

姚缔虞（？—1688），字历升，号岱麓，黄陂人。顺治十五年（1658）进士，官至四川巡抚。

八　妇女

1. 徐氏

　　太夫人姓徐氏，华亭人，有明相国文贞公女孙，锦衣卫指挥某之女，太仆寺卿王公某之冢妇，赠某官某之配。今户部尚书曰藻之母也。……

　　赠公既贵，游负才名，与夏考功、陈黄门诸君交好。数战艺失利，郁郁不得志，寝瘵逾年而卒。太仆公方官于朝，负郭田不满三顷，才给衣食。太夫人从父母家假贷以为丧具。既敛，将殉焉，水浆不入口，所亲劝以身为冢妇，从死何如字孤？乃强进溢米勺水。时尚书八岁，沂七岁，弟湄三岁，一女甫晬也。……篝火纺织，拮据其家事，而太仆公又捐宾客。会明季丧乱，携诸孤往来避兵。遇盗，囊箧尽倾，益窘甚。母子茕茕相依，然励其子读诵益严，居恒戚戚，未尝见齿。……他时或训诫子妇、婢媵，自述辛苦，辄悲哀不自胜。……值岁凶，太夫人振廪为糜，以食里之饿者。里有下贫百余家，常月给斗米。……

　　太夫人生于明万历癸丑五月，卒于康熙癸丑八月，享年七十有一。初封太宜人，累赠一品太夫人。子三人，长曰藻，乙未进士，累官工户两部尚书，今予假在籍。次沂，太学生，先太夫人二年卒。次湄，由太学生考授知县，未仕卒。女一人……孙三人，于桓，曰藻出，由贡生候补主事，余女夫也。桢，湄出，丁卯举人，候补中书。廷机，湄出，嗣沂后，由贡生初任内阁中书，再任兵部职方司主事，补任车驾司主事。（《皇清诰赠一品夫人王母徐氏墓志铭》，《憺园文集》卷三十）

　　徐氏，王曰藻母。王曰藻子为徐乾学女婿。

第六章　《儋园文集》所存传记资料

2. 钱氏

夫人姓钱氏，吴越武肃王二十五世孙邑诸生谦亨之长女，其母即铁庵从祖姑。铁庵少孤，夫人逮事其姑赵夫人。始铁庵以家破不能自存，为赘婿于钱。其兄株与赵夫人寄居郊外，其弟楷亦依止他所。夫人既婚，欲修庙见之礼，乃假邻舍扫地以谒其姑，归而尽脱其簪珥以献。会株以负课被系，赵夫人遂鬻以输官，株乃得释。铁庵日一往城东省母，夫人为作果饵纳怀中，俾问其姑，或治饮食使女婢随以往。铁庵夜读书，鸡不三号不止，又恐惊其外舅姑，常默记，虽甚疲困不敢抗声大欠。夫人相对饮泣，无一怨言。

既铁庵补博士弟子员，岁积馆谷，买屋城南以迎居母兄，夫人典衣饬佐之，始得盥漱寝膳，成子妇礼。亡何赵夫人病遂不起，夫人侍疾更丧，咸应制度。……其兄竟以贫死，负课甚多，追呼及铁庵。铁庵亦自以负课罣误，吏索甚急。……逮铁庵不获，腰絙若将缚夫人者。夫人愤欲投水死，二女及邻媪劝，救得不死，乃鬻所居值二十金，尽以输官。跳至穷乡其地名沙堰者，有顾氏傍水茅舍三间，倒坏无人居，夫人欣然居之，爨烟累日不兴也。……

丙辰铁庵进士及第，乃迎夫人于京邸。夫人念铁庵未有子，为之买一妾与偕来。……丁卯二月呕血数升，遂绝饮食，至六月卒，享年五十有六。铁庵迄今尚未有子。夫人初抱楷之子甫生一月者以为子，既娶而夭，有子名福生，夫人所命也。复取株之孙甫一岁者名之曰寿孙，以告于庙，而以为孙焉。（《翁铁庵元配钱夫人墓志铭》，《儋园文集》卷三十）

钱氏，翁叔元妻。

3. 孙氏

孺人姓孙氏，家钱塘，明嘉靖间有名都谏讳枝者，其高祖也。父文学公讳系康，负才名，与同郡吉水令陆公游甚善。文学早没无嗣，吉水长子名圻字丽京，即隐君也，以旧好故因求婚于孙氏，孺人遂归焉。……隐君尤好人伦，鉴海内望之以为君宗，孺人力支中馈，客之登堂修敬者流连信宿不计有亡，盘飧必洁。而是时王姑沈太孺人与姑袤孺人皆在堂，两母宽严异姓，孺人事之尽得其欢心，于是人皆谓陆氏有妇。

辛巳吉水公没，未几中原板荡，吴越间群盗肆起。隐君弟行人殉节死，隐君愈郁郁不聊生，求为僧不得，则窜身闽越间。孺人奉姑携弱子女转徙山村野聚。盗掠所过无虚日，亡匿荆榛，蓬头垢面，然犹修妇职甚谨。岁时伏腊馈食无废也已。隐君思母归，资医给养，孺人亦安之。无何庄氏大狱起，株连被逮祸不测，谳者拘系其家籍产待报，自督抚两司下咸有质问。孺人每对讯，则涕泣哀诉，誓不令夫独冤死，情辞慷慨，感动左右。狱当竟，指庭前石曰：脱事急，吾必死此。……隐君……瓢笠长往去不返，顾孺人泣留之不得。因遣仆入庐山、溯大江、上武当，遍访诸名山古刹，至辄后之。会湖南乱起，仆遽返，而孺人亦病矣。孺人虽为名家妇，陆氏仕宦素贫，遭国家之难，奔迸流离，殆无宁日。……

卒于康熙十八年二月，年六十有七。子四，繁祉，邑诸生，前没。次寅，戊辰进士。次超，夭。皆孺人出。次繁葛，出后伯氏侧室徐。出女四人，三适士族，一殇。孙一，望孙，孙女一。（《孙孺人墓志铭》，《憺园文集》卷三十）

孙氏，陆圻妻，陆寅母。

第六章 《憺园文集》所存传记资料

4. 李氏

吾妻盖亦幼而失母，外舅邺园公怜之。始至余家，事先公、夫人甚谨，躬亲劳作，以祗妇职。先公谓夫人曰：妇贤又无母也，宜女视之。及先公殁于京邸，无子姓之助，比载丧还里，启先夫人兆，合葬于西郊，凡附身附棺之物，疏数有节，丰约有程，皆李佐吾，以勿之有悔。糗醪脯腊不匮于藏，箴管线纩不去于身，而滋味淡泊，衣裳瀚漱，怡怡然能使余忘其贫且病也。姑息之爱不以施于其子，严声厉色不以及于其使令，而嘉宾贤士之不鄙而相过从者，曾未阙欢燕赠问之仪也。自年十六归于余，今十八改岁矣。于家未得享一日之逸，于夫未得待一命之荣，于子未得受一日之养。……

孺人李氏，武定州人，今总督浙江兵部尚书都察院右副都御史邺园公之女，嫁海丰王氏，故吏部左侍郎兼翰林院学士冰壶公之冢妇，正三品荫生候补七品京职王尔梅之妻。子和者，尔梅字也。孺人以康熙十九年闰八月己酉卒，距其生之岁三十有四年。生男子子四人，重光、重熙、重辉，殇者一人。女子子三人，殇者一人。（《王子和元配李氏墓志铭》，《憺园文集》卷三十）

李氏，王尔梅妻。

5. 邵氏

母姚江著姓，考云桥公有三女，而皆贤，母其季也。逮事舅姑以孝闻，事夫子以顺闻，夫病侍姑疾如子，夫死丧其舅如姑。姑有爱女早寡，迎养于家，抚孤甥如子，抚庶子如己出，于妇德盖已备也。……卒戊辰之腊十一日，距生壬戌八月廿六十七年。（《王母邵氏墓志铭》，《憺园文集》卷三十）

邵氏，王丹林母。

6. 冯氏

夫人姓冯氏，父处士讳某，某县人。年十六归陈氏，奉养舅姑尽妇道，夫妇相勖以为善，至老不倦。生男子四人，景方，上虞县生员；季方，吏部候选从六品职；幼方，国子监生；彦方，候选州同知。女子子一人，孙六人，女孙三人。其婚嫁皆名族。

初澹人学士为其长子择配，欲得有名德者之家，莫如陈者，而两家又皆自越徙杭也。故季方之女今适高氏。先是景方、幼方皆早世，仲雯不胜其哀以殁。既而少子彦方亦不禄。丙寅秋夫人使季方送女于京师，明年春礼成未还，而夫人以夏六月卒于家。距仲雯之卒八年矣，享年七十有二。（《陈母冯安人墓志铭》，《憺园文集》卷三十）

冯氏，陈仲雯妻，陈季方母。陈季方女嫁高士奇长子。

7. 李氏

孺人姓李氏，柘城人，嫁同县窦氏，封翰林庶吉士太任之妻，庶吉士克勤之母。生四男四女。克勤之弟曰振起，甲子武科举人，曰克恭、曰克让。有孙六人，曰容端、容恂、容肃、容庄、容邃、容顺。女孙五人。孺人五十有四，康熙二十八年十一月己酉卒于京师。

始孺人在家有女德，既嫔于窦氏，逮事王姑李夫人、君姑姚夫人。王姑年已老，孺人佐其姑，奉侍能得欢心。既殁，而佐治丧，具尽礼，哭泣尽哀。姑甚贤之，曰：吾所以无悔于事先姑者，以有此妇也。既而寝疾病，医言不可治。孺人夜半焚香，告天吁增其姑寿一纪，愿割股以和药剂，倦而假寐，若有神撼之曰起起，是其时已。孺人惊起，即引刀割股下肉一脔投汤液中，刀无缕血濡，创亦自合。其姑不知也，饮之病良已，其后果十二年乃卒。县令上其事，中丞为旌其门。

孺人知书，通《孝经》，内则教其子，皆自为之授章句。长而具资粮使游学四方，故克勤数过睢阳汤先生、嵩阳耿先生。同居讲论，得执友之益。克勤既官翰林，迎其父母养京师，孺人以素有疾弗果行。今年秋始夫妇偕来就养邸舍，未几疾复作，逾三月遂不起。(《窦太孺人墓志铭》，《憺园文集》卷三十)

李氏，窦太任妻，窦克勤母。

九　其他

1. 姜应麟

姜太常应麟，字泰符，慈溪人。父国华嘉靖三十八年进士，历陕西参议，有廉名。应麟万历十一年进士，改庶吉士，授户科给事中。……居广昌四年，移余干令。丁外艰，服阕至京。……初应麟被谪，有旨不许朦胧升用，特疏其名于屏风一贯。既衔应麟，因嗾吏部无得随例补除。每用启事，特奏之。待命七年辄不报。二十九年十月，有诏立皇长子为皇太子，应麟遂归，家居二十余年。光宗立，起太仆少卿。御史潘汝桢者，旧为慈溪令，与应麟有隙，阴令给事中薛凤翔劾应麟老病失仪，宜致仕。应麟引疾去。……应麟为谪官时有善政，广昌白狼为害，伤人积千余。檄于邑神，捕之立得，遂歼焉。余干宋丞相赵汝愚墓道，为守冢方氏所侵，方宗强，应麟亲勘，还之为文祭汝愚。……性刚直，遇意不可，若飚发矢激，人无得挠者，以故恒与人龃龉。当万历季年，税使四出，慈溪令韩国璠尽括邑中契券，搜索盈万金，犹不已，人情惊怖。应麟谒国璠，强出其契，事得止。邑人为立尊德祠于北湖，壖尸祝之。应麟自再诣至京师，目击时事，遂无意于用世。……家居又十余年，崇祯三年卒。(《姜太常传》，《憺园文集》卷三十四)

姜应麟（？—1630），字泰符，慈溪人。明万历十一年（1583）进士，授户科给事中，谪广昌典史，移余干令。卒赠太常卿。传中记姜应麟逆神宗意力主以长幼为序立太子各疏甚详。

2. 张我佩

张氏江南望族，其谱系枝派繁衍而失纪。其家丹徒者，自小乙公为始迁之祖，历数传至东之公，讳某，生怀泉公，讳某。怀泉公生五子，其第四子即公。

公生而慧异，弱冠补博士弟子员。通经史，明当世之务。于时有明末季，天下多故，居恒太息感慨，思欲一试其所得，屡踬于举场。每使者按部司牧下车，有所体访，所论列皆中缓急，几宜当事者重之，期以大器晚成，卒不遇。著《周易四子书纂义》一编，以训学者。孝友质行，为乡里坊表，其于道人之善周急解纷，未尝私其财力。其殁已三十年，邑人思之犹不置云。

公讳某，字我佩，生于前明万历壬申，距卒之年顺治甲午，寿八十有三。……元配王氏，继配潘氏。……子曰士梅，侍郎之考也；曰士桂，皆先其卒。孙男三人，曰鹏，官吏部左侍郎；曰鲲，歙县教谕；曰鹭，考授州判。曾孙男三人，曰乃文，宁波府通判；曰乃馨，候补行人司司正；曰乃沃，尚幼。曾孙女六人。[《待赠都察院左副都御史张公墓志铭》（康熙二十七年撰），《憺园文集》卷二十八]

张我佩（1572—1654），名不详，字我佩，丹徒人，张鹏祖。有《周易四子书纂义》等。

3. 赵士春

公讳士春，景之其字，号苍霖。其先宋简国公仲谈有子曰士鹏，

第六章 《憺园文集》所存传记资料

守江阴军，因家焉。子姓繁衍，散处石桥、章乡二乡。十四世实自意乡徙常熟，遂为常熟人。实孙承谦广东布政司参议赠祭酒，生子用贤，吏部左侍郎兼翰林院侍读学士赠太子太保礼部尚书，即文毅公也。文毅公生三子，其季曰隆美，叙州知府，配何氏，封太恭人，公考妣也。生子六人，而公居次。

公为人清癯鹤立，退然弱不胜衣，至论天下事，名节所系，侃侃然义形于色，虽壮夫不过也。其为诸生时已知名当世，登天启丁卯贤书，崇祯丁丑成进士，廷对第三人。……及在翰林键户修业，不谒权要，前辈唯黄石斋道周尤爱重之，与同年刘孝则同升最善，时时过从。……无何，而杨嗣昌夺情入阁之事起。时上召诸臣于平台，道周面斥嗣昌，辞甚峻。……道周由是得罪。明日，公即与同升各疏救，且劾嗣昌忘亲害理。……疏入，谪福建布政司简较。……后三年而嗣昌事败，为荒谷之缢。于是台臣交章荐公。壬午诏令自陈复公原职。是时公方居叙州，公忧哀毁逾礼。及服阕北上，内外讧溃，国祸孔棘，公益自奋励思，得毕孝效，以纾君父忧。然未至京师，而明遂以亡矣。自后公隐居不出，筑室三楹，颜曰保闲。左右唯图书数卷，独坐其中，虽子弟非朔望不得见也。

所著有《保闲堂集》二十六卷，藏于家。公于书无所不读，而颇好老庄家言，若有所自得者。闻人言神仙事辄钦慕之，晚自号烟霞道人。思名山五岳之游，尝陟泰山日观峰，作《登岱歌》，追拟太白、石斋，倚而和之。在闽览武夷，游雁荡山。晚年就养东莱，登崂山。……历官左春坊左中允兼翰林院编修奉直大夫，本朝晋封中宪大夫。于康熙十四年卒于家，距生万历二十六年七十有七。配黄氏，继室以吴氏，赠封皆太恭人。子三人，延先，顺治戊子副榜，陕西河西兵备道按察司副使；瑞南，顺治丁酉副榜；万林，例监生。女二人……孙八人……孙女八人，曾孙男六人，女二人。(《奉直大夫左春坊左中允兼翰林院编修晋封中宪大夫景之赵公墓志铭》，《憺园文集》卷二十八)

赵士春（1598—1675），字景之，号苍霖，晚号烟霞道人，常熟人，孙廷珪祖。明崇祯十年（1637）进士，官至奉直大夫。明亡不出。

4. 李清

先生讳清，字心水，别号映碧。先世句容人，有讳秀者始渡江徙居兴化。秀生旭，旭生镗，镗生大学士文定公春芳。文定仲子曰茂材，以荫仕至太常寺少卿。茂材生思诚，累官礼部尚书。思诚生长祺，长祺生子二，次先生也。

天启辛酉举于乡，崇祯辛未成进士。筮仕司理宁波，以考最擢刑科给事中。先生同日上两疏，一言御外敌当战守兼治，不当轻言款御内寇，当剿抚并用，不当专言招；一言治狱不宜置失入，而独罪失出，因论尚书刘之凤不职状。寻以天旱复疏言此用刑锻炼刻深所致，语侵尚书甄淑，淑遂劾先生把持，诏镌级调浙江布政司照磨，无何，淑败，即家起吏科给事中。……先生忠义盖出天性，悯帝之变，适在扬州，闻之号痛几绝，自是每遇三月十九日必设位以哭，尝曰吾家世受国恩，吾以外吏蒙先帝简擢，涓埃未报。国亡后守其硁硁，有死无二，盖以此也。初师事倪文正公元璐，后闻文正殉难，又号恸者累日。

晚年著述自娱，尤潜心史学，为《史论》若干卷，又删注南北二史，编次《南渡录》、《诸忠纪略》等书藏于家。……

先生元配陈氏，侧室吴氏、薛氏。子三人，曰积，曰兰，并太学生；曰柟，康熙癸丑进士，今官左春坊左中允。孙男女若干人。（《李映碧先生墓表》，《憺园文集》卷三十二）

李清，字心水，号映碧，兴化人。明崇祯四年（1631）进士。

5. 颜知天

　　君名知天，颜子六十六代孙。其先名澄者始居亳，传至九十翁沧州君，为君之考。君好学强记，博极群书，为诸生，饩学宫。江西章大力见其文，曰此我大士也。究心理学，题所居曰瓢庵，啸咏其中。天性至孝，甲申时宇内鼎沸，奉父母避乱村堡，遇盗以为孝子释之。居丧三年，笑不见齿。与人交坦如也，轻财好施。

　　余自庚子岁赴京兆试，道由于亳，知州孙君款余于官廨。君在座，计时年六十矣，鬓发未苍，若四十许人。余数过瓢庵，旁有小楼，书史甚富。花栏植牡丹数本，栏前畜二锦鸡。余至辄置酒赋诗，而去又尝并骑出北门，渡涡水，寻桐宫、桑林、秋风台诸古迹。因指邑志之讹，思一订正上下辩论，其言犹昨日也。……君晚年刻意作诗，亳之邻壤商丘有贾静子、徐恭士、宋牧仲，夏邑有陈简庵，并与君往还。君诗稍不逮数子，能奋力与之相抗，捻须苦吟，往往达曙。……

　　君考沧州翁讳某，母某氏。娶冯氏，子三人，长伯陛，庠生，早卒，冯夫人出，次伯恩，次伯宪，俱侧室出。女三人。生于万历庚子十二月，卒于康熙己酉正月。（《颜参原墓志铭》，《憺园文集》卷二十九）

颜知天（1600—1669），字参原，亳县人。

6. 顾枢

　　先生讳枢，字所止，自号庸庵，姓顾氏，无锡人。故光禄少卿赠吏部右侍郎端文公之孙也。……端文公二子，仲孝廉菲斋讳与沐，娶武进唐氏，历户部郎，终夔州府知府，是为先生之父。

　　先生年二十辛酉举于乡，时为天启改元之年，朝廷方召用老成诸正人，并列于位。……甲戌会试，乌程相主考，先生五策直攻执政，不少隐讳。分校者以首卷荐，乌程视之面颈发赤，亟黜落之时文。文肃公亦为同考，出谓夔州公曰：郎君对策名奏议也。先生八试不第，三中副榜，而名益重。……

先生学本程朱，以无欲主敬为宗，尝曰：圣门之学必先求仁，求仁莫如敬。又曰：周子之无欲，程朱之居敬、穷理，三者皆学之要也，而无欲二字足以括之。居敬是遏绝其欲心之萌，穷理是抉其欲心之伏，内外交养之功四贤一辙。至张子以礼为学，乃居敬穷理确有凭据处。……尝仿《近思录》集端文所著十书为《语要》，又集《中宪语录》，抄朱子以下及薛敬轩、曹月川、胡敬斋、罗整庵、蔡虚斋、魏庄渠诸先生语，名《悦心录》。尝夜读，头上巾为灯烬其一角，久之不知也。所著述有《隐君录》、《蒙言隋笔》、《东林列传》、《明盛编》、《十二代诗删》、《八家诗删》、《史荟》、《文荟》，多散佚不存，今所刻者《易蒙西畴》、《日抄》诸书。

先生生于万历壬寅，卒于康熙戊申。以子贞观贵，封征仕郎内秘书院中书舍人加一级。元配王氏，韶州知府俭斋公女，俭斋即端文婿也。孺人贤淑，早逝。……继配王氏，光禄卿翼庵公孙女，太学振翼公女。……子三人，长景文，邑庠生；次廷文，太学生，为仲氏后；次即贞观，丙午举人，内国史院典籍加一级。女二……孙男九人，孙女五人，曾孙男一，曾孙女三人……（《顾庸庵先生墓表》，《憺园文集》卷三十二）

顾枢（1602—1668），字所止，号庸庵，无锡人，顾宪成孙，顾贞观父。

7. 王体健

先生讳体健，字广生，号清有。世为曲周人，高祖邑诸生实，曾祖希贤，祖邑诸生之藩，而戊子孝廉历官东平州守讳介者，则先生父也。

先生生而端悫沉静，年十五游于庠试，辄高等食饩，有干济才。明季兵荒，畿南时苦抄掠，先生言于李令堰水绕城以备寇，或以为难，先生慷慨力任，卒成之。又请以保伍法部勒市中儿，寇至随方逐击，皆解散不敢逼城。入国朝时平安居，益肆力诗古文辞，更留意性命之学，开门授徒，弟子日益进。与永平申凫盟、赵秋水，鸡泽殷伯岩，同邑杨昆岩、刘津逮、李方曼常为文酒之会。孙征君钟元讲学于容城之夏峰，先生赢粮往从，请执弟子礼，时先生年已六十有三矣。征君谓先生耆德硕望，当以齿序，先生逊谢不敢居，卒就北面之列受教。惟谨由是，所得益精，作《苏门游草》以记其事。是年征君卒，先生往会葬，往返数百里不敢以衰倦辞，其勇于进修如此。

先生居家勤俭，二子既贵，苦言切戒。以为志得原奢则费广，而取不以道，人怨天谴胥由此起。丁巳伯子除太平令，将行，跪请受训，先生曰：为令无他道，但当时时办归计，俾可以朝罢而夕行，斯善矣。比考最竟，为循良第一。辛酉荡平，覃庆敕封征仕郎内阁中书舍人。乙丑十月年七十有三卒于家。配陈氏，封太孺人，先一年卒。子男三，长即邻，今邠州知州；次即郧，次郅，邑庠生也。女一……孙男六……孙女四。(《敕封内阁中书舍人王清有先生墓志铭》，《憺园文集》卷二十八)

王体健（1613—1685），字广生，号清有，曲周人，王邻、王郧父。

8. 金堡（释澹归）

澹归禅师曰今释者，前进士金道隐也。国亡为僧，事岭南天然和尚，受衣钵，创建丹霞别传寺已。……

今释字澹归，杭州仁和人，姓金氏，原名金堡，字道隐，举明崇祯庚辰进士，授山东临清知州，未一年坐催科不及格，罢归。大兵入杭州，金堡奔闽上疏，陈恢复大计，语侵郑氏，特授礼科给事中，以

203

服未阕不拜。……戊子，江楚两粤兵起，复迎桂王驻肇庆府。道隐入见，补授兵科，论事益切直。……桂林破，遂薙发为僧。壬寅，下广州，参雷锋天然昰和尚，受具戒。……壬寅创兴丹霞寺，充监院。……

师生于万历甲寅，世寿命六十有七，僧腊二十有九所。著有《遍行堂前后集》行世，其未脱白时有《领海焚余集》。（《丹霞澹归释禅师塔铭》，《憺园文集》卷三十二）

金堡（1614—1680），字卫公，又字道隐，仁和人。明崇祯十三年（1640）进士，明亡为僧，法名澹归。工书画，有《遍行堂集》、《颂斋书画录》等。

9. 顾天朗

先生讳天朗，字开一，号雪嵋。世为吴人，明初有以军功官锦衣千户者，居北平。先生祖应奎生三子，季曰纯明，犹袭锦衣职，入国朝，封昭毅将军，为顺天人，是为北宗。仲曰諟，明太学生，仍居吴，是为南宗，天朗考也。太学娶某氏，即先生母春夫人也。生二子，先生为伯。……

顺治丙戌试棘院，长洲令田君得卷，首荐以为当元，与某推官争，不得遂，忿然作色曰宁已之，乃落副榜。……庚子至京师，选入官学，教习勋旧子弟。己酉复试北闱，侪流皆先后掇第，视同试皆邈然少年，先生益不自得。会长子侍郎领荐，忾然曰，吾乃今可以休矣。……

先生自幼绩学，工文辞，务自刻削立节。概一时名人魁士皆诣门请交。揭德振华，为流辈慕尚。余兄弟与吴中名士少日为文酒之会，先生皆与焉。然天朗器局凝重，不妄交游，独与余辈三数人尤相结。先生尤笃于内行，群从子姓，劬饬指诲，竭尽诚款。家门雍穆，虽仆隶下人居恒不加呵斥。迨侍郎累践华要，臻卿贰，杜门甘澹素，不异旧常。不涉非分纤芥，宦吴者辄叹先生家范之谨，三举乡饮大宾。所编集有《易》、《春秋》、《三礼》诸说，所有诗文集各如干卷，藏于家。

初封翰林院编修，晋封奉直大夫右春坊右谕德兼翰林院修撰，晋封翰林院侍读学士。生以天启四年甲子，殁于康熙二十九年庚午。以某年月日葬于某乡之某阡。配陶氏，初封安人，晋封宜人。子五，沜，癸丑进士，礼部右侍郎兼翰林院学士；沆，例监生；溥，戊午副榜，贡生，官学教习；浤，庠生；沣，幼。（《诰封奉直大夫翰林院侍读学士侍赠礼部右侍郎顾先生神道碑铭》，《憺园文集》卷三十一）

顾天朗（1624—1690），字开一，号雪嵋，吴县人，顾汧父。

10. 陈基命

绋有兄纶，为代州学正。先是，绋成进士，馆选，其尊人来从代州，留纶官舍，谓曰：绋也椎鲁少文，何以事君？吾将与俱归。至遇覃恩受封，幡然曰：吾父子荷国恩，其何敢复言归也？乃谓绋曰：经言夫孝始于事亲，中于事君，终于立身。汝但思所以立身，而君亲皆无负矣。还过代州，谓纶曰：汝为人师，当以身为表率，吾教绋也终于立身，汝已先绋而食君禄，其庸吾谆谆乎？……

君讳基命，字乐天，猗氏人，高祖某、曾祖某皆儒官，父某平远卫训导，三世以孝友闻。君居其祖、曾祖母、祖母之丧，历九年不饮酒食肉。《诗·既醉之篇》其五章言君子有孝子，孝子不匮，永锡尔类。陈氏有孝德，此诗人之所谓不匮、锡类者也。君生于天启丙寅，卒于康熙己巳，年六十有四。两举乡饮大宾，敕封征仕郎翰林院庶吉士。配尚氏，先君卒，赠孺人。子五人，纶，壬子举人，代州学正；绋，丁卯解元，戊辰进士，改庶吉士；编、绍、绎皆庠生。女三人，孙四人。（《封征仕郎翰林院庶吉士陈君墓志铭》，《憺园文集》卷二十八）

陈基命（1626—1689），字乐天，猗氏人，陈绗父。

11. 李日燡

李葆甫名日燡，福建安溪县人，以诸生高等贡入太学。能文章，有干略。安溪在万山中，与永春、德化二县接壤，岩谷深险，箐篁丛蔽，人迹所不至。以故盗贼之窟其间者，官司咸莫能诘。顺治乙未丙申间，海郡辑宁未久，所在贼依险以居，率掠人藏其巢穴索厚赂。葆甫有弟携妻孥居山堡，一日贼至，弟及弟妇与其从子女十二人为贼所获。葆甫徒步入贼营，以情告愬，更慷慨陈祸福。贼感动，将尽反其家人子弟，有阻之者乃止。会得间，葆甫弟妇及一从子得出，十人者终无还理。

葆甫练乡兵，谋劫得之。贼所居地名磨顶峰，高起插天，三面皆可攀援而升，置逻卒戍守。惟山后绝壁峭立，非猿猱不能至，贼不为备。葆甫募得樵采二十人出山后，蚁附而上。令人截一大竹箫吹之，如箮篥震林木，葆甫则身率乡兵，自山下鼓噪。……贼出不意，大惊，相奔触逃走。葆甫遂挈其弟及一从子以归。然尚有八人在贼中。贼既失利，心恚恨，必欲取葆甫，纠合余党及三县之胁从者万人，日夜挑战。葆甫冒矢石攻杀五月余，所被砦以数十计。葆甫兵尝不满百，一日立营栅方定，军中无粮。先遣五十人运粮城中，仅留四十人守栅。贼闻知率其众人百人奄至，咸相顾失色，葆甫不为动。……以二十人守栅，二十人迎贼，隔溪水而阵，相去五步许。贼见其人少，轻之。……二十人反举炮击之，中其渠帅，再发仆其纛，贼惊窜。葆甫益麾兵，合守栅二十人前进格杀，数百人相枕藉，死者无数，获旗帜器械千计。贼移营宵遁，自此不敢复战矣。……尽夺子弟八人者以归。

贼之魁某某走至漳州请降，于是三县山寇悉平。有司上其功，将不次擢用。而贼某降于大帅者为仇所杀，贼党恨葆甫刺骨，诬以同谋杀人，欲深文入葆甫罪。事虽得白，其功亦竟未叙录云。

葆甫读书甚富，所著古文词多奇气，自谓绝类司马子长。在太学，期满就选，人当除府，倅弃弗就，今年六十余矣。

从子李编修晋卿，予同年进士，童时偕其母弟陷贼中者。(《李葆甫传》,《憺园文集》卷三十四)

李日熺，字葆甫，号渔仲，安溪人，李光地伯父。

12. 叶树莲

叶石君者，隐君子也。性嗜书，世居洞庭山中，尝游虞山，乐其山水，因家焉。所至必多聚书，尝损衣食之需以购书，多至数千卷。会鼎革兵燹，尽亡其赀财。独身走还洞庭，其乡人相与劳苦，石君颦蹙曰：赀财无足言，独惜我书耳。乡人皆笑之已。复居虞山，益购书倍多于前。石君所好书与世异，每遇宋元抄本，收藏古帙，虽零缺单卷，必重购之。世所常行者勿贵也。其所得书条别部居，精辨真赝，手识其所由来，识者皆以为当。有三子。时诫之曰：若等无务进取，但能守我书读之足矣。年六十七卒于家。

石君既没，而乡人益思之，以为王君公仲长子光流亚也。其友黄仪、子鸿尝为予言，因为之传。石君名树莲，尝为邑诸生，已而弃去。石君其字也。子鸿精方舆之学，亦奇士。

赞曰：江南藏书家，有金陵焦氏、虞山钱氏、四明范氏。钱氏绛云半野之藏甚富，惜厄于火，漪园先生之后所藏亦多散轶，惟范氏天一阁尚存。予亦有聚书之癖，半生所得，庋之一楼，曰传是楼。然较之诸家所藏，多有目无书，殊足憾也。向亦闻叶君名，惜未遇，今为之传，不禁嘅然。洞庭有林屋洞，相传禹于此得异书，如古所云宛委石仓者。石君得之，其亦不偶然也夫。(《叶石君传》、《憺园文集》卷三十四)

叶树莲，字石君，吴县人。清初藏书家。

13. 席启图

君讳启图，字文舆，世居吴县洞庭之东山。父讳本桢，当明崇祯之季，海内荒乱，出家财赈饥助饷，朝廷嘉之，授文华殿中书知衔至太仆寺少卿。子四人，君其仲也。用例为岁贡生，需次内阁中书舍人。生平惟以读书好善为事。性尤至孝，惟恐太仆泽人之志不竟于身后。初山中人善贾，而女子不知纺织，太仆欲教之，未遂而卒。君乃多造纺车织具，给远近贫户，募习者，令散处教授。又大设肆，鬻木棉收布。欲民得赢利，乐为之鬻，则抑之直，收故昂之。于是竞劝于布，未数年机杼声彻闾巷。月朔望俵米贫户，其家行之已再世。

康熙初年岁荐饥，君发廪口给，凡用米一千三百余石。后数十年旱，给如前之数，而赎归其已鬻之妻子至数十人。冬絮夏帱，病药死椟，无论丰祲岁给以为常，贫民取之如其家焉。甍道莩不行者，自俞家居抵薛家桥凡数里，扩太仆所置义冢至三十余亩。尝自言财帛岂可长守？吾幸承先绪，子孙衣食无缺足矣。于族谊尤笃。自太仆时已置义田，君益周之，无不得所者。又设义塾，延师训族人之子弟。亲旧穷乏毕赒恤。四方名士造门，必倒屣款接，于是义声益著，然亦以是数减赀，不惜也。居常得闲，即低首治书，所购经史子集以万卷。初太仆辑先正格言未就，君本其意，著《畜德录》，至病革犹排纂床簣间，竟卒。而其嗣子续成之，行于世。君素善病，未三十叠经大丧，哀毁过当。生母谭早世，嫡母吴淑人抚养至长成。于吴淑人之疾夜叩北斗，焚疏至四十九章，愿以身代。哭泣苫块，病益深。所居辄设帷避风，虽白昼常读书灯烛下。然于凡临遣宾客，指授仆隶户租市籍人事之往来，无不经其算化，以故足不履户限而内外斠然。病七年，至庚申七月感寒疾，谓医者曰吾以戊寅生，寅遇申必克命，其止此乎？比殁，岁日月时果皆甲申（当作庚申）也，享年四十有三。（《内阁中书席君传》，《憺园文集》卷三十四）

席启图（1638—1680），字文舆，吴县人。官内阁中书，辑有《畜德录》二十卷。

14. 黄礽绪

君讳礽绪，字继武，吾郡崇明人，余与之交十有八年矣。方顺治甲午岁，诏天下学臣，选生员入太学。今侍郎滦州石公以侍讲督江南学政，所录五十人，君与吴县缪修撰某、丹徒张编修某及金（当作余）皆预。余与三君相善也。茌苒十余年，君试礼部，衷然举首。缪与张并及第，君以第二甲进士授内阁中书舍人。越三年余在词馆，君来就职。……君向居崇明，鼎革初迁府城之西偏。父某以赀入官，至太仆寺卿。家素丰裕，自海疆多事，始终落。君事父母至孝，居丧毁瘠骨立，禔躬廉静，粹然儒者。所居阛门内数椽，仅可容膝。食不重肉，然召客辄盛作供具。遇穷交故戚，施予不倦。读书自诸经、二十一史，详稽博讨，旁及百家文章、六壬遁甲之术，无所不通晓。然见人辄简然，似不能言者。

素知兵，有干略，然未尝以语人。当甲午冬，诸生谒滦州公于江阴，问曰：若即黄某耶？尔守城有功，向者大帅以告。盖君在其邑，亲冒矢石扞御大寇，当事欲疏其功，君弗原乃已。……君性澹泊，无所干于人。在官俸给不多，量入为用。每三日一入直，儳肩舆以往，余日扃门谢客，敝裘蔬食。人初见之，不知其已宦达也。中书舍人于唐宋为两制要官，今则如汉丞相掾吏、唐尚书省都事主事之属，又但供录写，无有职事。自前明多以赀入，至今始用清流。君成进士，例当除县令，以需次迟滞，请试得授。（《内阁中书舍人黄君哀辞》，《憺园文集》卷三十三）

黄礽绪（？—1672），字绳伯，号雪筠，崇明人。康熙六年（1667）进士，授内阁中书舍人。

15. 翁天浩

  具区东包山东二十余里有山焉，隔水相望，世称为东山，而因目包山曰西山。东山有数大姓，最著者翁氏。君翁姓，讳天浩，字元直，别号养斋。国学生，考授县丞。性孝友，无他嗜好，惟僻志泉石。乃择地于橘社之西，其先人欲筑圃未果者，营别墅焉。……岁庚午余请告归里，特恩以书局自随，避城市喧嚣，就君假馆焉。君亦惟恐余之不往也。于是晨夕数见，率其子文模执经问业。辛未春，余方与其兄季霖有西山探梅之约，而二月一日君以旧疾奄作终矣，时年四十八。余棲然心不怡者累月也。君之先讳参者，明嘉靖中以御倭功旌其庐。参之子讳筵有奇智，善居积，家益以饶，是为君曾祖。祖讳启阳，父讳彦博，豁达有才干。及君兄弟种学树行士林，咸归重焉。

  元配席孺人，同里太仆少卿本桢女也，先君卒，年二十七。君痛孺人之贤而早世，不再娶。子男八人，长曰文权，监生；次曰文模，岁贡生；文楠，监生。皆席出。君母弟云汭夫妇早亡，以文模为其后。次曰文榜、文楫、文枢、文枞、文栩。女一，幼未字。孙男女各五人。（《翁元直暨配席孺人合葬墓志铭》，《憺园文集》卷二十九）

翁天浩（1644—1691），字元直，号养斋，太湖人。国学生，考授县丞。

第七章　《憺园文集》的目录学价值

《憺园文集》卷十九至二十二共四卷所录为徐乾学所撰序文，计六十篇。这些序文既可见徐乾学交游，又保存了清初及前人的著作资料。现据各篇序文，梳理出著作六十三种，多为徐氏同时人即清初人的著述，也有少数前人著作。这些著作大多传世，亦有少数未见，只以徐序以存其梗概。兹将这部分著作类分四部，条列如下：

一　经部图籍

1.《田间易学》

清钱澄之撰。

徐乾学康熙二十九年（1690）所撰《田间全集序》称，康熙二十六年（1687）春，"得饮光先生北来……分两月，光禄馈金寄枞阳，为治装。惟虑其老，不堪远涉耳，乃健甚慨然。脂车既至，尽出所著书，所谓《田间易学》、《田间诗学》、《庄屈合诂》及诸诗文。读之，真定（梁清标）、宛平（王熙）两相国及余弟立斋皆笃好之。因谋为授梓以传"。又称："今夫《易》，圣人所谓忧患之书也，泰、否、剥、复诸卦为君子小人消息倚伏之机。而《诗》之作也，则又多出于贞臣志士感慨激扬之怀，好贤如《缁衣》，恶恶如《巷伯》，皆有不容息已者。先生既穷而著书，乃尤致意于二经。又有取于蒙庄之旷达，悲正则之幽忧，手辑其书为之诂释，其志足悯矣。其他游览纪载投赠之作，无非原本此志，未尝苟作也。"（卷二十，《田间全集序》）

是书《四库全书》收录，作十二卷首二卷，未录徐乾学序。

2.《易经纂义》

清王鲁得撰。

王鲁得，高密人。

徐乾学序称："其书大抵《四书》主《章句》、《集注》、《或问》，《易》主《本义》而参以朱子之门人及朱子以后诸儒之说，及《蒙引》、《存疑》、《浅说》诸书。间有发明，亦必衷于至当，而非臆断也。"（卷二十一，《四书易经纂义序》）

是书《山东省图书馆馆藏易学书目》著录抄本，不分卷。

3.《田间诗学》

清钱澄之撰。参钱氏《田间易学》条。

是书《四库全书》收录，作十二卷首一卷，未录徐乾学序。

4.《春秋地名考略》

十四卷，清高士奇撰。

康熙二十四年（1685），高士奇奉敕总裁《春秋讲义》，并以是书奏进。徐乾学序云："宫詹钱塘高澹人作《春秋地名考略》十四卷，既成而示予，属为之序。"（卷二十一，《春秋地名考略序》）据《四库全书总目》所引阎若璩《潜邱剳记》言，是书实秀水徐胜代作。

是书《四库全书》收录，卷首录徐乾学、朱彝尊、高士奇三序，徐序署康熙二十六年（1687），高自序署康熙二十七年（1688）。

5.《中庸切己录》

一卷，清谢文洊撰。

徐乾学序云："程山集宋元以来诸先儒之义疏，间以己言，参会而成是书。其自序名书之意，以为学术不明世道人心之陷溺，皆由于本原之不正，本原不正则工夫不切，工夫不切则功用成就适足为祸害。"（卷二十

一,《中庸切己录序》)

《四库全书》著录谢氏《学庸切己录》二卷(存目),则另有《大学切己录》一卷。

6.《四书纂义》

清王鲁得撰。

参《易经纂义》条。

是书《山东文献书目》著录清刻本十六卷。

7.《通志堂经解》

一千八百六十卷,清徐乾学编。

《通志堂经解》收经解一百四十种,以宋元两代为主,兼及唐明,是经学史上具有重要地位的一部丛书。该丛书为徐乾学所编刻,而徐氏出于政治等方面的考虑,将其刻在大学士明珠之子纳兰成德名下。《憺园文集》卷二十一《新刊经解序》叙《通志堂经解》编刻缘起及经过甚详,前文已引,此从略。

8.《古今通韵》

十二卷,清毛奇龄撰。

是书毛氏于康熙二十三年(1684)撰成,上圣祖皇帝御览,获嘉奖,令史馆雕版印行。

是书《四库全书》收录,未录徐乾学序,提要云:"是书为排斥顾炎武《音学五书》而作,创为五部、三声、两界、两合之说。"[①] 徐乾学序亦云:"(先舅亭林顾先生)所著《五书》大要以四声一贯,与三声两合之说尤相龃龉。……惟是二书各有归趣,与皆积数十年精力为之,其必传于后无疑者。先舅藏书名山,以俟后人,而此书遂达御前,宣付史馆刊行于世。"(卷二十一,《古今通韵序》)《四库全书总目》则直指其弊:"其

[①]《四库全书总目》卷四十二。

213

病在不以古音求古音，而执今韵部分以求古音。又不知古人之音亦随世变，而一概比而合之。故徵引愈博，异同愈出，不得不多设条例以该之。迨至条例弥多，矛盾弥甚，遂不得不遁辞自解，而叶之一说生矣。皆逞博好胜之念，牵率以至於是也。"[①]

9.《古今定韵》

清毛奇龄撰。

徐乾学序云："萧山毛大可博极群书，作《古今定韵》一书。广引典籍以定正字声，又于李登至刘渊其间唐宋韵书沿革源流，与夫同用、通用、转用之故世所不审者，无不详备。诚古今韵学之大观也。"（卷二十一，《毛大可古今定韵序》）

二　史部图籍

1.《江左兴革事宜略》

四卷，清盛符升辑。

《江左兴革事宜略》记载慕天颜抚吴政绩。慕氏在吴前后十余年，"苏困息劳，去害柅蠹，善政必举"，盛符升"因民之请，裒辑所兴革事宜汇为一编"（卷十九，《江左兴革事宜略序》），并为刊刻。徐乾学为之作序，时间在康熙二十一年（1682）。

国家图书馆藏是书康熙刻本。

2.《扶风忠节录》

清马世济辑。

是书乃马世济所辑其先父马雄镇"赐葬祭御制碑文，及志传诸篇"。马雄镇（1633—1677），字锡蕃，汉军镶红旗人。以荫补工部副理事官，康熙八年（1669）任广西巡抚。康熙十六年（1678），在平剿广西叛乱中

[①]《四库全书总目》卷四十二。

被杀,赠兵部尚书,谥文毅。

徐乾学序云:"方孙逆之戕都统王公也,粤人或疑为报怨,又或疑为擅兵,悠悠之口未敢遽以叛逆加之。自公合户自经,矢死力拒,揭大义以示粤人,而延龄专杀应,贼之罪始无所容于天地间。既而不死待救,密疏告凶,始遣其长子,继遣其孙与次子归阙,时尚可生,公亦何取于必死?所谓从容以俟命者也。及乎拘囚既久,再经吴逆迫协,转加始戮其二子,既戮其群仆,以至妻妾女妇并命于一日。时既当死,公绝不濡忍须臾。所谓慷慨以赴义者也。"(卷二十,《扶风忠节录序》)

3.《汉史亿》

二卷,清孙廷铨撰。

孙廷铨(1613—1674),字伯度、枚先,号沚亭,益都人。明崇祯十二年(1639)举人,翌年成进士。入清历官兵部尚书、户部尚书、吏部尚书,官至大学士。

徐乾学序云:"致政之暇日,读三史,随其所得笔之,一字一句旁见侧出。不特以资谈助广闻见,当其批却导窾,摩挲五百年故纸而神接于三史之间,又旁及于蔡邕、荀悦、袁宏、谢承、华侨、袁山松数十家者,而与之挥斥其意见,折衷其是非,则实足以为治天下国家之龟鉴,此古今未有之书也。"[卷十九,《大学士孙公史亿序》(代)]

是书《四库全书总目》著录(存目)。

4.《冯溥年谱》

一卷,清冯溥撰。

康熙二十二年(1683)冯溥休致还乡,次年"手次年谱一编",徐乾学为之作序。(卷十九,《太子太傅益都冯公年谱序》)

今所见冯溥年谱多为毛奇龄所撰《文华殿大学士太子太傅兼刑部尚书易斋冯公年谱》,未见徐序所称冯氏自订者。

5.《扈从东巡日记》

清高士奇撰。

康熙二十年（1681），高士奇扈从圣祖皇帝东巡，整理日记而成《扈从东巡日录》："凡上之上膳长信宫、祗谒陵寝，及驻跸、赋诗、校射、班赏来朝诸部落，次第必书。至所过关塞亭障，为金元以来用兵处，尤必揽其形胜。详其废置年月，根究得失，了若指掌，以及方言名物之类，广搜旁罗，纤微毕举，足以备昭代之典故，而资儒林之考证。"（卷十九，《高侍讲扈从东巡日记序》）

国家图书馆藏是书康熙刻本，又有《辽海丛书》本，均作二卷附录一卷，卷首录陈廷敬、张玉书、汪懋林、朱彝尊及高氏自序，未录徐乾学序。

6.《谏垣存稿》

清姚缔虞撰。

此为姚缔虞谏疏集："裒辑其自入谏垣及陟宪府所上疏草若干篇，示予曰：昔韩稚圭初欲焚其谏草，又以为前代谏臣嘉言谠论，布在方策，使览之者知人主从善之美，若削而燔之，后世何法？因辑其前后奏牍，曰《谏垣存稿》，录而藏之。"（卷二十一，《姚黄陂疏草序》）徐乾学序在康熙二十四年（1685）。

7.《三抚封事》

清慕天颜撰。

慕天颜"先后所上章奏不啻数千，已有成书，兹复手自删定，取其尤切于当世之务者若干篇，名之曰《三抚封事》，总漕奏疏附焉"。（卷二十一，《三抚封事序》）

国家图书馆有《抚吴封事》八卷《抚楚封事》一卷《抚黔封事》一卷，与《督漕封事》一卷等合刻，康熙刻本，当即此书。

8.《日下旧闻》

四十二卷,清朱彝尊撰。

《日下旧闻》是当时北京最大的地方志,乾隆年间官方以朱氏是书为原本编纂《钦定日下旧闻考》。徐乾学对朱氏《日下旧闻》的创作有启发之功,康熙二十六年(1687)书成后又为之撰序并为捐资刊刻。

9.《金鳌退食笔记》

清高士奇撰。

《金鳌退食笔记》乃高士奇入侍内廷时所作。徐乾学序云:"是书体制略近于《三辅黄图》、《东京梦华》诸书,而采缀特为宏博。其地自金、元、明以来所严阒,外庭罕知其详,知之亦不敢明著。或中涓从事,识谢通儒,虽有简毕,无能考证。故自陶南村《辍耕录》,以至《上林汇考》、《帝中景物略》、《酌中志》,及前朝大臣游西苑诗及记,皆不如澹人之得之见闻之真,跬步之近,叙述之详且核也。"(卷二十一,《金鳌退食笔记序》)

是书《四库全书》收录,作二卷,未录徐乾学序。

10.《虎丘山志》

十卷首一卷,清顾湄撰。

康熙十五年(1676),顾湄重修《虎丘山志》。"其书分本志、泉石、寺宇、古迹、祠墓、人物、高僧、仙鬼、题咏、杂志,为十卷。……惟此山有志,昉于明初王仲光宾,宾盖据曾王父孜《云峤类要》旧本,然已断烂不复全。其后有雁门文肇祉本,最后则松陵周氏本。周本繁芿失次,且未及流传,世所传雁门本也。伊人折衷三家,芟芜剔秽,发凡起例,其功为巨。"(卷二十一,《虎丘山志序》)

国家图书馆藏是书康熙张氏怀嵩堂刻本。

三 子部图籍

1.《庄屈合诂》

清钱秉镫撰。

参经部图籍《田间易学》条。

是书《四库全书全书》著录（存目），作无卷数。

2.《古今释疑》

十八卷，清方中履撰。

徐乾学序云："桐城方子素伯著《古今释疑》十八卷，上自六经诸史，下逮稗乘文字，笺疏之分合得失，郊天祀庙、禘祫类祃、雩望蜡腊之祭配先后，辟雍明堂、君后储藩、谥号章服、礼乐律历之制度，学校像位、边豆乐舞之等差，天地旋转、日星经纬、畿甸州都、江河山岳之形气，经隧阴阳、运气方药、六书反切、九章勾股之艺术，罔不搜讨类列，考究折衷，之乎极博而反乎至约。"（卷十九，《古今释疑序》）

是书《四库全书总目》著录（存目）。

3.《伤寒意珠篇》

二卷，清韩籍琬撰。

徐乾学序云："《伤寒意珠篇》者，吴县韩来鹤所以阐发张长沙仲景之书也。"（卷二十，《伤寒意珠篇序》）

是书未见，论者多据徐乾学序。

4.《编珠》、《续编珠》

四卷续二卷，隋杜公瞻撰，清高士奇补并续。

徐乾学序叙其始末云："《编珠》四卷，隋大业七年著作郎杜公瞻奉敕撰也。凡十四门，门各有其类。惟取其事之切于用者，故卷袠不多。考《隋经籍》、《唐艺文》二志，并无此书，他书录亦皆不著，盖凋零磨灭久

218

矣。詹事江村高公偕余奉命校勘阁中书籍，得之，已佚其后二卷。詹事喜而录之。既南归，则又加之是正，而博采故实以补其阙，仍为四卷。又广其门类之未备者，外为两卷，而《编珠》乃灿然成书矣。"（卷十九，《补刻编珠序》）

《四库全书》收录是书，作《编珠》二卷《补遗》二卷《续编珠》二卷。

四　集部图籍

1.《汪环谷先生集》

元汪克宽撰。

汪克宽（1301—1369），字德辅、仲裕，号环谷，祁门人。致力于经学，世称环谷先生。洪武初，征修《元史》。有《春秋纂疏》、《经礼补逸》等。

徐乾学《汪环谷先生集序》云："新安汪环谷先生……有集若干卷，刻于某年，今已三百年矣。其裔孙宗豫恐其书之中佚也，复汇辑而重梓之，思以传之无穷。属吾友蛟门征序于予。"（卷二十一，《汪环谷先生集序》）

《四库全书》收录《环谷集》八卷，提要云："此集为国朝康熙初其裔孙宗豫所辑，前列行状、墓表、年谱，末附以汪泽民等序文，为《胡传纂疏》诸书而作者。前有三原孙枝蔚序，称《祁门三汪先生集》。今以时代不同，析之各著录焉。"[1]

2.《震川先生集》

三十卷别集十卷，明归有光撰。

归有光（1506—1571），字熙甫、开甫，号震川、项脊生，昆山人。

康熙十二年（1673），归庄刻其曾祖归有光文集，未就而卒。值徐乾学归昆山视母疾，遂与归庄从子归玠"续成之"，并作序以记。徐序云：

---

[1]《四库全书总目》卷一百六十八。

"归子元恭刻其曾大父太仆公文集,未就若干卷而卒。予偕诸君子及其从子安蜀续成之。计四十卷。初,太仆集一刻于吾昆山,一刻于常熟。二本不无异同,亦多纰缪。元恭惧久而失传也,乃取家藏抄本与钱牧斋宗伯较雠编定次第之。然后讹者以订,缺者以完,好古者得以取正焉。……太仆少得传于魏庄渠先生之门,授经安亭之上。其言深以时之讲道标榜者为非。至所论文,则独推太史公为不可及。尝自谓得其神于二千余年之上,而与世之摹拟形似者异趋。故予谓文至太仆,始称复古。其与太仆相先后而言,文者大都病于剽窃者也。由明初以溯之宋元以前之文,其不为剽窃而犹未尽乎文之极致者,时代厌之,风格苶萎者是也。欲知太仆之文,必合前后作者而观之,则文章之变尽此矣。太仆久困公车,屏居绝迹,淹综百代,始成一家之言。"(卷十九,《重刻归太仆文集序》)

徐乾学续刻本收入《四部丛刊》,徐序署康熙十四年(1675)三月。

3.《梁葵石先生诗集》

清梁清远撰。

此集为梁清远卒后其子所刻。徐乾学为撰序云:"银台梁葵石先生诗集凡若干卷。先生自少宰左迁银台,移疾家居若干年以没。没后其子泗水令某刻之,以序属予,而重之以尚书棠邨公之命,乃不辞而为之序……其在京师作者仅什之三,皆冲和粹穆,卷舒自如。罢官后作什之七,往往多闲适郊园,凭吊古迹,自托于山农田父、酒人墨客之徒。时或寄意于药炉丹灶,逍遥物外,绝少言及世事。"(卷十九,《梁葵石先生诗集序》)

《四库全书总目》著录梁清远《袯园集》九卷(存目),提要云:"是集清远所自编,凡诗四卷,文四卷,词一卷。"①

4.《心远堂文集》

八卷,清李霨撰。

徐乾学序云:"少傅高阳公《心远堂文集》初刻二卷,今增奏疏、论、

---

① 《四库全书总目》卷一百八十一。

记、志、铭、杂著凡若干篇，共八卷，皆公所手自编次者也。"（卷十九，《少傅高阳公心远堂文集序》）

《四库全书总目》卷一百八十一著录其《心远堂诗集》十二卷（存目），未及文集事。

5.《孚若诗集》

清徐履忱撰。

徐乾学序云："大约兄之少作才气奔腾，追风掣电。古歌乐府凌厉无前，秾丽间似骆丞，奇险或如李贺，既乃咀味襄阳右丞东川左司诸作，久之而归宿于少陵昌黎。"（卷十九，《家兄孚若诗集序》）

日本内阁文库藏徐履忱撰《耕读草堂诗钞》十五卷，日本清水茂称："自序以及《合志》徐履忱传中所提到的叶方蔼和徐乾学的序并未收入。"① 不知与本条是否为一书。

6.《桐城张杰诗集》

清张杰撰。

徐乾学序云："龙眠张西渠先生，大司空敦复公之贤兄也。十年前秉铎吾吴，当事者以循卓奏闻。当历簿领，而先生遽拂衣归。予向者家居时，尝捧袂雩坛之下，深仰止焉。先生归日，与其友陈滁岑、潘蜀藻、姚羹湖相唱酬。龙眠诗格清高刻露，大江以北推为翘楚。滁岑、蜀藻予久闻其名，未得相见。羹湖为予总角交。诸公年皆七十余，独羹湖六十三。先生有别业在宅西曰勺园，与诸公为真率会，花时则举行，亦谓之曰花会。各赋诗以记之。相见李公麟宅下花颠数老，扶筇载酒，居然图画，令人神往。"（卷十九，《桐城张西渠诗集序》）

世存张杰资料甚少，借徐序可略知其著作及生平始末。

---

① 《徐履忱的传记和诗》，见［日］清水茂著：《清水茂汉学论集》，蔡毅译，中华书局 2003 年版，186 页。

7.《蕉林二集》

清梁清标撰。

徐乾学序云:"恒州尚书梁公《蕉林二刻》成,予受而读之。其风调高古,不落凡近。是已而于其所谓妍练精切稳顺声势者,亦能敛抑其才气,而与夫沈宋之作者相合于毫厘之间。人徒见其体格之浑成,而不知其忧深而虑远。非灼见风雅升降之机而得圣人删诗之心者,不能尔也。"(卷十九,《蕉林二集序》)

《四库全书总目》著录其《蕉林诗集》无卷数(存目),提要云:"所著诗稿,各以古近体为分,不列卷次,其诗作於明季者,多感慨讽刺之言,及入本朝以后,则汎汎乎春容之音矣。"①

8.《南芝堂诗集》

清盛符升撰。

徐乾学序云:"其为诗,本之以忠孝,经之以风谣,触境缘情,剀挚条达。……今其集中诗,体势风格无所不善,特其感物造端最得诗之元本。"(卷二十,《南芝堂诗集序》)

9.《吴市吟》

清梅庚撰。

徐乾学序云:"别去匝月,耦长寄余《吴市吟》一编,读之翩翩俊迈,令人想见其青帘白舫,上下枫江笠泽间也。……耦长之诗朴健有老气,此编顾以风调见长。"(卷二十,《梅耦长诗序》)

10.《七颂斋诗集》

清刘体仁撰。

徐乾学序撰于刘体仁殁后,乃应其子元叹之请而作,序中评其诗云:

---

① 《四库全书总目》卷一百八十一。

"幽思奇语多在笔墨畦径之外,若秋高木脱而白云孤飞也。若濯足清冷,踞石弹琴,令人忘返也。若闻晋人清言,味之竟日而弥永也。……诗虽不多,要为能自言其情,其必传何疑也"。(卷二十,《七颂斋诗集序》)

《四库全书总目》著录其《七颂堂集》十四卷(存目)。提要云:"是集凡诗八卷,文四卷,又《空中语》一卷,《尺牍》一卷。"[①]

11.《北墅绪言》

五卷,清陆次云撰。

徐乾学序云:"《北墅绪言》者,其所著杂文也。"(卷二十,《陆云士北墅绪言序》)

是集《四库全书总目》著录(存目),提要云:"是集皆所作杂文,而俳谐游戏之篇,居其大半。盖尤侗《西堂杂俎》之流,世所谓才子之文也。"[②]

12.《黄庭表文集》

清黄与坚撰。

据徐乾学序,黄与坚"集其生平所为文得三百余篇"而成此集。(卷二十,《黄庭表文集序》)

13.《随辇集》

清高士奇撰。

徐乾学序云:"《随辇集》者,少詹事钱唐高君侍直扈从之所作也。……感恩纪遇,形诸篇章,积成卷帙,因御制诗有随辇之言,敬以名其集,属乾学序之。……其诗之昌明浑厚,粹然大雅,有《卷阿》、《鱼藻》之遗音,而非寻常应制之词所可及宜也。"(卷二十,《随辇集序》)

---

① 《四库全书总目》卷一百八十二。
② 《四库全书总目》卷一百八十二。

14.《田间诗文集》

清钱澄之撰。

徐乾学序云：康熙二十六年（1687）春，"得饮光先生北来……分两月，光禄馔金寄枞阳，为治装。惟虑其老，不堪远涉耳，乃健甚慨然。脂车既至，尽出所著书，所谓《田间易学》、《田间诗学》、《庄屈合诂》及诸诗文。读之，真定（梁清标）、宛平（王熙）两相国及余弟立斋皆笃好之。因谋为授梓以传。"又称："今夫《易》，圣人所谓忧患之书也，泰、否、剥、复诸卦为君子小人消息倚伏之机。而《诗》之作也，则又多出于贞臣志士感慨激扬之怀，好贤如《缁衣》，恶恶如《巷伯》，皆有不容息已者。先生既穷而著书，乃尤致意于二经。又有取于蒙庄之旷达，悲正则之幽忧，手辑其书为之诂释，其志足悯矣。其他游览纪载投赠之作，无非原本此志，未尝苟作也。"（卷二十，《田间全集序》）

钱氏《田间易学》、《田间诗学》、《庄屈合诂》前已著录，"其他游览纪载投赠之作"，今姑且定名为《田间诗文集》。

15.《计甫草文集》

清计东撰。

徐乾学《计甫草文集序》云："其文浩汗闳博，不为无本之言，而意所欲吐，无不曲折以赴。"（（卷二十一，《计甫草文集序》）

《四库全书总目》著录计东《改亭诗集》六卷《文集》十六卷（存目），提要云："东少负奇气，中年出游四方，遍览山川之胜，诗文日富。康熙癸酉，宋荦巡抚苏州，为刻其文集，其诗集则刻於戊子，王廷扬所助成也。"[①]

16.《山姜续集》

清田雯撰。

徐乾学《田漪亭诗集序》云："我友田漪亭先生，山左之诗人也，性

[①] 《四库全书总目》卷一百八十二。

情和厚,学问沈博浸灌。予得其《山姜续集》读之,则居然东坡、放翁之诗也。予因以示坐客曰:'如漪亭先生,吾直不能禁其为东坡、放翁矣。'此固能追东坡、放翁之所自出者也。"(卷二十一,《田漪亭诗集序》)

17.《渔洋山人续集》

清王士禛撰。

徐乾学《渔洋山人续集序》云:"先生之于诗,择一字焉必精,出一辞焉必洁。虽持论广大,兼取南北宋、元、明诸家之诗,而选练秒慎,仍墨守唐人之声格。或乃因先生持论,遂疑先生续集降心下师宋人,此犹未知先生之诗者也。"(卷二十一,《渔洋山人续集序》)

《四库全书总目》著录王士禛《渔洋诗集》二十二卷《续集》十六卷(存目),提要云:"士禛初刻《落笺堂诗》,又刻顺治丙申至辛丑所作为《阮亭诗》,复有《过江》、《入吴》、《白门前后》诸集,后乃删并诸作,定为《渔洋前集》,始於丙申,终於康熙己酉,凡十四年之诗。是集出而少作诸集悉微,故今不甚传。康熙甲子,又裒其辛亥至癸亥之诗十六卷,为《渔洋续集》,盖其为詹事时也,其时菁华方盛,与天下作者,驰逐秒名,故平生刻意之作,见於二集者为多焉。"[①]

18.《香草居诗集》

清李符撰。

《香草居诗集》乃李符游历西南时所作,"涉洱海,泛昆明,箫鼓楼船,临风作赋。……分虎所为诗,沉雄感激,多仁人孝子之言。歌有思而哭有哀,吾知其源于性情者深矣。今香草居诸什是也。"(卷二十一,《香草居诗集小序》)

《四库全书总目》著录李符《香草居集》七卷(存目),提要云:"是集后有其从孙菊房《跋》,称所作诗词刻於滇南者曰《香草居诗》,刻於金陵者曰《耒边词》,未刻诗词曰《花南老屋集》,排偶之文曰《补袍

[①]《四库全书总目》卷一百八十二。

集》、《后补袍集》，寄於容城胡具庆家，遂亡其本。《花南老屋集》，亦仅存诗一册。此集即菊房以《香草》、《花南》二集，合为一编，凡古今体五卷。第六卷以下为词，即所谓《耒边词》也。符早受知於曹溶，得读其藏书，又与朱彝尊等结诗社，故其学颇有渊源；诗则词意清婉，似源出於范成大，与彝尊等格又异焉。"①

19.《曹峨嵋文集》

清曹禾撰。

徐乾学《曹峨嵋文集序》云："曹子之志，所欲疏通发明，而见之文字者。由六经而下，及于西京以后之书，无所不读。既粹然一出于正，而其迈往恣肆之气仍寓于规行矩步之中。故视近世之所谓株守绳尺者，岸然不屑也。闲以其余力为诗，则骎骎乎轶大历贞元而上之。"（卷二十一，《曹峨嵋文集序》）

20.《苍霞山房诗》

清叶映榴撰。

徐乾学《叶苍岩诗序》云："云间叶苍岩先生辑其诗，号《苍霞山房诗》，意自戊午秋七月以前者多在虔州诗，以后者多在秦中诗，杂以过家及入都诸作，总若干卷。"（卷二十一，《叶苍岩诗序》）

《四库全书总目》著录叶映榴《叶忠节遗稿》十三卷（存目），提要云："映榴死难以后，其子勇等又哀其遗文与诗，合为此集重刻之。凡文八卷，诗赋四卷，诗馀一卷。彝尊又为之序，称映榴之节，不待此区区之文以传，其论当矣。"②

21.《湖海楼诗》

清陈维崧撰。

---

① 《四库全书总目》卷一百八十三。
② 《四库全书总目》卷一百八十二。

徐乾学序云："其年生长江南，无事之日，方其少时，家世鼎盛，鲜裘怒马，出与豪贵相驰逐，狂呼将军之筵，醉卧胡姬之肆，其意气之盛可谓无前。故其诗亦雄立宕逸可喜，称其神明。及长，遇四方多故，夹江南北，残烽败羽，惊心动魄之变，日接于耳目。回视向时笙歌促席之地，或不免践为荆棘，以栖冷风。故其诗亦一变而激昂唏嘘，有所怆然以思，愀然以悲，亦其遭时之变以然也。其年裒次自十七八岁始更今，几三十余年，得诗凡若干首，其年之情性具见乎此矣。"（卷二十一，《陈其年湖海楼诗序》）

22.《颜光敏书义》

清颜光敏撰。

徐乾学序云："阙里颜修来先生亦官吏部，自公之暇著近稿若干篇以示予。……先生之著近稿也，体大而思深，岂徒贤于无实狡杂之说？予有以知其必能长育人材，陶铸万类也。"（卷二十二，《颜光敏书义序》）

23.《韩元少制义》

清韩菼撰。

徐乾学序云："韩子元少独确然其不可拔，当其为文，其心无所不入，又浸淫乎百氏而发为要眇之音，朱弦疏越，一唱三叹，极其致，宜可以感鬼神而致风雨，然莫不适合乎圣贤之道，而止癸丑南宫之役。"［卷二十二，《韩元少制义序》（代）］

24.《宋嵩南制义》

清宋衡撰。

徐乾学序云："谒余于长干僧舍，抠衣肃拜，执行弟子礼甚谨。已而出其行卷，属予序其首。……其为文理醇词雅，法古调高，玉立霞举，含章秀发，直将关众俊之口而夺之气，吸先正之脉而得其神。于世之骪骳熟烂、卑苶剽袭之习邈乎不相及也。"（卷二十二，《宋嵩南制义序》）

25.《王令诒制义》

清王原撰。

康熙二十七年（1688）徐乾学于礼部会试取王原，同年序其制义并为刊刻，序云："其文宏深淹雅，根于性理，不名一家，要其大指以震川为归。"（卷二十二，《王令诒制义序》）

26.《叶元礼制义》

清叶舒崇撰。

徐乾学序云："其文原本经术，根据理要，不屑为一切干禄之文，而自足以致当世之誉。然后知叶子之以少年隽南宫也，其才名足以自致其家声，足以无忝诵其文而知之矣。"（卷二十二，《叶元礼制义序》）

27.《翁宝林稿》

清翁叔元撰。

徐乾学序称："理与气相辅，而文之道尽矣，则翁子宝林之文是也。"（卷二十二，《翁宝林稿序》）

28.《陆予载翁林一合稿》

清陆予载　翁林一撰。

徐乾学序云："吴门陆子予载为予兄弟总角交，虞山翁子林一则山愚先生令嗣，执经于予者也。……兹以予载、林一合刻其稿问世，请序于予，为述之如此。"（卷二十二，《陆予载翁林一合稿序》）

29.《张君判武定送行诗》

清张某撰。

徐乾学序云："州从事其禄盖微矣。士有怀才负志而屈于此，可惜也。而张子之为武定州判官，乃得送行诗若干首之多，其以是行为张子光宠哉？"（卷二十一，《张君判武定送行诗序》）

30.《御选古文渊鉴》

六十四卷，清圣祖玄烨选，徐乾学等编注。

徐乾学序云："皇上万机余暇，稽古右文，选定《古文渊鉴》，既成，命臣编注，别为三集上之。御制序文冠诸篇首，范围群籍，弥纶道要，焕乎之章，蔑以加矣。今年春，臣乾学以蒙恩赐假，奉辞便殿，皇上面谕臣撰为后序以进。"（卷十九，《御选古文渊鉴后序》）

31.《宋金元诗选》

清吴绮编。

徐乾学《宋金元诗选序》云："前吴兴守广陵吴薗次先生，当今最为工诗。其称诗实宗三唐，而自唐以下，无所不钩贯。以宋元人专集既汗漫，《文鉴》、《文类》所录又不能精，诸家选本互有得失，于是删次宋元并金人之诗，都为一集。其所收者纵横变化，各尽其才之所至，而粹然归于大雅。其疏野凡俗，稍落窠臼者，概从刊削。"（卷十九，《宋金元诗选序》）

后世书目多著录《宋金元诗选》为吴翌凤编选，如《清史稿》卷一百四十八即称"《宋金元诗选》八卷，吴翌凤编"。徐氏序中则明言《宋金元诗选》系"前吴兴守广陵吴薗次先生"编选。考吴翌凤生于乾隆七年（1742），卒于嘉庆二十四年（1819），吴县人，与吴绮非一人。则二《诗选》是一是二，还是有所承袭，不得而知。

32.《传经堂集》

十卷，清卓天寅编。

徐乾学叙是集始末云："卓氏自侍郎忠贞公而后，数传至入斋、左车、珂月三先生，以经术文辞知名于时。今火传及其子胤域，并能世其家学。火传于是即其塘西里居，建三先生之祠，又为堂以藏遗书，本入斋之意，名其堂曰传经。而四方之士先后交于卓氏者，火传必乞其诗歌古文辞，以表章其遗烈。至于盈筐累牍，而犹求之不已。胤域之来京师，挟册而驰，

凡士大夫之能文章者，未尝不有得焉，所谓《传经堂集》者也。"（卷二十，《卓氏传经堂集序》）

33.《诚求堂赠言》

清徐开锡编。

徐乾学序云："定山，瀫江才士，既受事于杞，而以诚求名其堂。一日，衷其出都时及在杞诸大人先生之赠言问序于予。"（卷二十一，《诚求堂赠言序》）

《四库全书总目》著录《诚求堂汇编》六卷（存目），提要云："是编第一卷曰赠言，为出都时赠行之作。第二卷曰杞言，官杞县知县时邑人相赠之作。第三卷曰介言，为绅士介寿之作；曰杂著，为颂扬政绩之作。第四卷曰诗草。第五卷曰文稿。第六卷曰实政，则皆诗文及案牍也。"①《诚求堂赠言》当为《汇编》之一部分。

34.《山东行卷》

清翁叔元编。

徐乾学序云："翁编修宝林偕高户部紫虹校文山东，所得人甚盛。宝林选定行卷百余篇，寓书示予。喜其识鉴之精，而冀望他时之主文者于此取则也，为刻而序之。"（卷二十二，《山东行卷序》）

35.《顺天乡试录》

徐乾学序云："康熙十有一年秋八月，伏蒙皇上命臣某（徐乾学）副修撰臣某（蔡启傅）典试顺天乡试。……既竣事，得士凡百二十有六人，录文二十首，上呈睿览。臣例当飏言简末。"（卷十九，《顺天乡试录后序》）

36.《陕西甲子乡试录》

《陕西乡试录序》（徐乾学代）云："皇上御极二十有三年，而当甲子

---

① 《四库全书总目》卷一百九十四。

一元之始,是岁大比天下士,仪曹案故事,列典试名,上请上重其事。……援进提学佥事臣某所取士若干人,锁院试之。得文之中程式者若干卷,拔其尤者刻之,为《陕西甲子乡试录》。而臣例得有言以引其端。"[卷二十,《陕西乡试录序》(徐乾学代)]

37.《戊辰会墨录真》

清徐乾学编。

康熙二十七年(1688)戊辰二月,徐乾学以左都御史充会试总裁,与王熙、成其范、郑重同主礼部会试。事竣,编刻《戊辰会墨录真》等,并序以志之。

徐乾学序云:"戊辰春试士南宫,宫傅宛平公、司马成公、副宪郑公与予同奉总裁之命。……榜定,即于闱中刻元魁十卷,其余今复订定之,以公海内。"(卷二十二,《戊辰会墨录序》)

38.《戊辰会试元魁》十卷

参上条。

39.《戊辰会试录》

徐乾学序云:"康熙二十七年戊辰会试,蒙皇上简臣熙臣乾学臣其范臣重为考官。"(卷二十,《戊辰会试录序》)

40.《礼部颁行房书》

清徐乾学选评。

徐乾学序云:"会予堕马,抱疴闭门五十日。方取新进士之文而评次其高下,先生遂取以颁示,寓内使镂板印行。"(卷二十二,《礼部颁行房书序》)

第八章 《憺园文集》所体现的文学理念

徐乾学不以诗文创作名家，也没有专门的文学理论著作，所以关于他的文学理念几乎无人关注。实际上徐乾学是有着明确的文学主张的，这些主张散见于他所撰写的大量的诗文集序文之中，也贯彻在他个人的诗文创作之中。此外，徐乾学还辑有《传是楼宋人小集》，此集未见传本，盖已散佚，据《四库全书总目》（存目）提要云："所录凡二十二家，一廉村薛嵎仲止《云泉诗》，一剡溪姚镛希声《雪蓬稿》，一长沙刘翰武子《小山集》，一大梁张良臣武子《雪窗小集》，一笠泽叶茵景文顺《适堂吟稿》前集及续集，一沧州高九万《菊磵小集》及续编，一钱塘俞桂晞郤《渔溪诗稿》及《渔溪乙稿》，一壶山许棐忱父《梅屋诗稿》及《融春小缀》、《梅屋杂著》、《梅屋》第三稿、第四稿，一山阴葛天民《无怀小集》，一邠州张蕴仁溥《斗野稿支卷》，一南丰石门黄大受德容《露香拾稿》，一阳谷周文璞晋仙《方泉先生诗集》，一钱塘陈起宗之《芸居乙稿》，一龙泉沈说惟肖《庸斋小集》，一金华王同祖与之《学诗初稿》，一钱塘何应龙子翔《橘潭诗稿》，一浮玉施枢芸隐《倦游稿》及《芸隐横舟稿》，一临川危稹逢吉《巽斋小集》，一螺川罗与之与甫《雪坡小稿》，一雪川吴仲孚《菊潭诗集》，一建州张至龙季灵《雪林删余集》，一唐栖释永颐山老《云泉诗集》。"① 亦可略见徐乾学选诗的标准。

徐乾学为同乡计东文集所撰《计甫草文集序》中云："夫文章之道，非浸淫于六经、诸史、百家，不足以大其源流。非养其气，使内足於己，

---

① 《四库全书总目》卷一百九十四。

而后载其言以出，则病。学醇而气足，犹必广之以名山大川，览古人之陈迹，又益以交游议论之助，使尽天下之变，而后求之前人所以裁制陶熔之法，以归于简洁，乃始为文之成。"① 这段话可以视为徐氏文学理念的大体概括，即为文作诗，须根植六经诸史，文体雅正，气格高古，又以广泛的经历交游为基础，师以前人的创作技法，方能成优秀诗文。

今就《憺园文集》中徐氏所撰各序文中的讨论，并结合文集中徐氏本人的诗文创作，对徐氏之文学理念大略作如下归纳总结：

一 以经史为根柢

徐乾学认为文章之道，应有根柢，这个根柢就是六经诸史，这样的文章才能够"大其源流"，行之久远。这一观念，徐乾学曾多次强调。

其序黄与坚《黄庭表文集》云："其言曰，文章皆本六经。六经者，百家之权舆，前古圣人制作备焉。……庭表之文，所尚者经术，词赋，其余事也。"②

序计东《计甫草文集》云："夫文章之道，非浸淫于六经、诸史、百家，不足以大其源流。"③

序曹禾《曹峨嵋文集》云："及元和之际，韩退之、柳子厚与其徒创为古文，根柢六经，驰骤班马，于是齐梁绮丽之习无一存者，天下至今宗之。……曹子之志，所欲疏通发明，而见之文字者。由六经而下，及于西京以后之书，无所不读。既粹然一出于正，而其迈往恣肆之气仍寓于规行矩步之中。故视近世之所谓株守绳尺者，岸然不屑也。"④

序韩菼《韩元少制义》云："若夫文章之道至广，要使学足以深其义理，而言足以达其性情，虽千汇万变皆正也。……韩子元少独确然其不可拔，当其为文，其心无所不入，又浸淫乎百氏而发为要眇之音，朱弦疏

---

① 《憺园文集》卷二十一《计甫草文集序》。
② 《憺园文集》卷二十《黄庭表文集序》。
③ 《憺园文集》卷二十一《计甫草文集序》。
④ 《憺园文集》卷二十一《曹峨嵋文集序》。

越,一唱三叹,极其致,宜可以感鬼神而致风雨,然莫不适合乎圣贤之道,而止癸丑南宫之役。"①

序叶舒崇《叶元礼制义》云:"其文原本经术,根据理要,不屑为一切干禄之文,而自足以致当世之誉。"②

又《礼部颁行房书序》云:"或有问予作科举之文宜何如者,予必告之以传注为根柢,以古文为依归,以先正为准的。"③

徐乾学为儒学名臣,学以经史见长,于经有《读礼通考》一百二十卷,编刻有《通志堂经解》一千八百六十卷,于史有《资治通鉴后编》一百八十四卷,并多次统领史局。而其《憺园文集》中如《古文尚书考》、《夏商周三祝说》、《周礼详于治内说》、《修史条议》、《大清一统志凡例》、《班马异同辨》等篇,论史谈经,皆颇有见地。韩菼《徐公乾学行状》云:"公常言学问须有根柢,浮辞勦说最足误人。故所为文章源本经史,旁通诸子百家。开辟变化,肖物命义,敛其海涵地负、出神入天之惊才,而融液于章妥句适间。"④俞樾《重刻憺园集序》云:"今读《憺园集》,原本经史,议论名通,可以配亭林之书,而无愧所谓酷似其舅氏欤。"⑤宣扬文章以经史为根砥,正是他正统学术观念的直接体现。

二　理正气足

理正气足主要指的是文体雅正,气格高古,与偏邪佻巧、疏野凡俗相对立。

徐乾学序吴绮编《宋金元诗选》云:"以宋元人专集既汗漫,《文鉴》、《文类》所录又不能精,诸家选本互有得失,于是删次宋元并金人之诗,都为一集。其所收者纵横变化,各尽其才之所至,而粹然归于大雅。

---

① 《憺园文集》卷二十二《韩元少制义序》(代)。
② 《憺园文集》卷二十二《叶元礼制义序》。
③ 《憺园文集》卷二十二《礼部颁行房书序》。
④ 韩菼:《资政大夫经筵讲官刑部尚书徐公乾学行状》。
⑤ 徐乾学:《憺园全集》卷首。

其疏野凡俗，稍落窠臼者，概从刊削。"①

序计东《计甫草文集》云："夫文章之道，非浸淫于六经、诸史、百家，不足以大其源流。非养其气，使内足於己，而后载其言以出，则病。"②

序翁叔元《翁宝林稿》云："文有理，实备其理者，不为形似而取之题之，左右逢源。文有气，真能养其气者，取于心而注于手，若江河之流而不可竭。理与气相辅，而文之道尽矣。"③

序宋衡《宋嵩南制义》云："文章天地之元气，得之者，其气直与天地同流，茂隆郁积，薰为太和。夫岂偶然哉？宋子以终贾英妙之年，禀机云藻丽之质，其为文理醇词雅，法古调高，玉立霞举，含章秀发，直将关众俊之口而夺之气，吸先正之脉而得其神。于世之骫骳熟烂、卑苶剿袭之习邈乎不相及也。"④

很明显，理正气足首先以学术醇正为基础，而又以高尚的人格修养为前提，所以这一理念是与之前根植经史的要求是相承的。而这种主张的提出，也是与徐乾学多次主持科场考试有关的。

三 注重游历

古语云：读万卷书，行万里路。既强调为文须根柢六经，徐乾学还特别注重四方游历对于诗文创作的重要作用。

其序梅庚《吴市吟》云："夫诗之为道，雄放高华，绮丽幽折，是不一体。劲疾沈绵，飘扬凄婉，是不一声。忧愁恬愉，感慨思慕，是不一境。作者必究其体、极其声、穷其境，乃可名家。譬之辨七弦之燥湿，而后雅琴可鼓；察六脉之变动，而后大药可和也。然使枯坐一室，呓墨含毫，极功力之所至，分寸已极，不能自进。一旦行游异国，览其风谣，观其变态，夺境移情，有莫知其所以然者。少陵之诗，客秦上陇，居夔人

---

① 《憺园文集》卷十九《宋金元诗选序》。
② 《憺园文集》卷二十一《计甫草文集序》。
③ 《憺园文集》卷二十二《翁宝林稿序》。
④ 《憺园文集》卷二十二《宋嵩南制义序》。

蜀，出峡渡湖，每易一地，则诗格变而益奇。张曲江晚年诗词清婉，人以为得江山之助。游之有功于诗如此。"①

序计东《计甫草文集》云："夫文章之道……学醇而气足，犹必广之以名山大川，览古人之陈迹，又益以交游议论之助，使尽天下之变，而后求之前人所以裁制陶熔之法，以归于简洁，乃始为文之成。"②

序高士奇《随辇集》云："夫不登崇台，不可以言高；不窥九渊，不可以言深。乡曲小生骤而颂甘泉、赋羽猎，虽工弗类。"③

徐乾学本人亦好远游，除反复往来家乡苏州至京师以外，南至福建、广东，西至山西，他均曾广泛游历，并且每到之处，必有诗文以记之。如康熙三年（1664）秋，徐乾学曾有一次自苏州至京师的经历，他的相关诗作详细记载了他的行程。《憺园文集》卷三《虞浦集中》有这样一组相连的诗：《周量中翰入都，重阳前一日遇于广陵》、《高邮九日》、《桃源》、《宿迁》、《郯城道中》、《沂州》、《青驼寺》、《新泰》、《垛庄晓起》、《羊流道中》、《望岱》、《泰安道中》、《齐河送许吴二同年南归至禹城二兄复来》、《平原》、《德州怀史晓瞻大参》、《景州》、《献县商家林哭同年黄爱九》、《河间府》、《雄县》。可见，他此行的行程是自苏州至扬州，经高邮、泗阳（即桃源）、宿迁、郯城、临沂、新泰、羊流店、泰安、齐河、禹城、平原、德州、景州、献县、河间、雄县，最后至京师。各诗所记行程甚为清楚。

四　强调教化功用

徐乾学在序盛符升《南芝堂诗集》中云："诗之为道，本人情，穷物化，通讽喻，发性灵，其用至巨。非夫魁奇俊伟之士，蕴涵于中而旁薄于外者，莫克以为。……学诗者终日研穷声病，而旨趣不过虫鱼月露之间。

---

① 《憺园文集》卷二十《梅耦长诗序》。
② 《憺园文集》卷二十一《计甫草文集序》。
③ 《憺园文集》卷二十《随辇集序》。

诚以风谣政治、民情物态为之本,则大矣。"①

序陆次云《北墅绪言》云:"盖才人志士,沈沦下僚,不得与于朝廷大著作,有时滑稽讽刺,亦大雅之所必取也。"②

序高士奇《随辇集》云:"夫诗始于赓歌,通于乐府,将以鸣国家之盛,宣忠孝之怀,此其本也。中古以还,风骚之体盛,而雅颂之义微,激昂感慨之词多,而和平窈眇之音寡,于是乎有穷人益工之谈,有不平则鸣之说,盖诗人之溺其职久矣。"③

徐乾学以为,诗文的创作不当以嘲风弄月甚至是抒志遣怀为旨趣,而尤当重其社会政治的教化功用。这一理念的强调,与徐氏朝廷重臣的身份相符。

五　尊崇唐诗,推重杜甫

徐乾学序诸诗集而论诗,往往能考镜源流,叙其演变。在诗歌发展的各个阶段中,同许多论诗者一样,徐乾学也是给唐诗以最高评价,而在唐代各诗家中,最为推重杜甫。这一思想在其各诗序中屡有表现,而最为集中于《渔洋山人续集序》、《田漪亭诗集序》、《南芝堂诗集序》等篇中。

徐乾学在为王士禛《渔洋山人续集》所撰序中云:"诗自三百篇以降汉魏六朝,辞则赡矣,而韵或未舒。至于唐,古风近体兼作,声文相宣,不差圭黍。而杜子美极风雅之正变,千汇万状,兼古今而有之。其后韩退之去陈言为硬语,时则有若孟郊、卢仝、李贺、刘义、马异为之辅;白乐天趋平易为奔放,时则有若元稹、杨巨源、刘梦得为之朋;李义山变新声为繁缛,时则有若温庭筠、段成式为之和。非不欲决子美之藩篱,别成一家言,然卒莫能出其范围,特具体焉而已。……近之说诗者,厌唐人之格律,每欲以宋为归。孰知宋以诗名者,不过学唐人而有得焉者也。宋之诗浑涵汪茫,莫若苏、陆。合杜与韩而畅其旨者,子瞻也;合杜与白而伸其

---

① 《憺园文集》卷二十《南芝堂诗集序》。
② 《憺园文集》卷二十《陆云士北墅绪言序》。
③ 《憺园文集》卷二十《随辇集序》。

辞者，务观也。初未尝离唐人而别有所师。然则言诗于唐，犹乐舞之有韶武，而絺绣之有黼黻也。今乃挟杨廷秀、郑德源俚俗之体，欲尽变唐音之正，毋亦变圆而不能成方者舆？"①

又在为田雯《山姜续集》所撰序中云："屈原、宋玉逞放乎风雅之准则，而苏、李又裁叙之；齐、梁、陈、隋流荡乎苏、李之蕴藉，而沈、宋复峻整之，若有相循之义焉。自是而后，无能出唐人范围。述而不作，亦已久矣。杜少陵集中无所不有，韩昌黎又独出横空硬语，白太傅能采摭里俗之言，此有宋诸家诗人之门户也。学苏、黄者必追苏、黄所自出，学放翁、石湖、诚斋诸公者，其有不知诸公所自出乎？宋诗之於唐诗，音节稍异耳。五、七言律、绝，乃唐人所创为也。彼宋人所谓夺胎换骨、推陈出新，岂能如雀蛤雉蜃、野鬼石首改状移形哉？予故尝以为唐诗、宋诗之强为分别，亦如初、盛、中、晚之强为分别云尔。"②

又序盛符升《南芝堂诗集》云："少陵之诗，雄压百代，岂特格律云尔哉？天宝以至大历，秦蜀以至衡湘，将吏之驯梗、边塞之安危，民物之登耗，山川之险易，一一籍记而图列之，是之谓诗才，是之谓诗学。后人不得其源，依仿而步趋之，其亦浅之乎言诗矣。"③而称赞盛符升"学诗而宗杜陵，此其标的矣"④。

徐乾学个人的诗歌创作，虽然世人评价不一，但他至少也是以唐诗为追求目标的。邓汉仪《诗观二集》论乾学诗云："予尝论健庵诗以汉、魏、四唐为主，不杂宋人一笔。是能主持风气，不为他说所移者。"⑤

六 提倡自然平易，反对崎岖雕琢

相对于根柢、气格的强调，对于诗文的创作技法，徐乾学不甚注重。

---

① 《憺园文集》卷二十一《渔洋山人续集序》。
② 《憺园文集》卷二十一《田漪亭诗集序》。
③ 《憺园文集》卷二十《南芝堂诗集序》。
④ 《憺园文集》卷二十《南芝堂诗集序》。
⑤ 转引自《清诗纪事》（五），第2572页。

第八章 《憺园文集》所体现的文学理念

相反，他提倡诗文的真实流露，自然平易，而反对怪巧雕饰。

其序刘体仁《七颂斋诗集》云："庄周称诗以道性情，元微之序少陵诗，以为自非有为而为，则文不妄作，昌黎言惟古于辞必己出，降而不能乃剽贼，盖昔人称诗之旨如是。近代之士逐伪而炫真，肖貌而遗情。是故摹仿蹈袭格之卑，应酬牵率体之靡，传会缘饰境之离，错杂纷糅辞之枝。其所以为诗者先亡，则其诗之存也几何矣。"①

序王士禛《渔洋山人续集》云："张子曰：诗之情性，温厚平易。今以崎岖求之，以艰难索之，则其心先陋隘矣。读先生之诗，有温厚平易之乐，而无崎岖艰难之苦。"②

又序叶映榴《苍霞山房诗》云："诗固不足以尽先生之蕴也，然其无所依傍，多发天然，以陶冶性灵，而未尝规规于拟之议之也，亦岂寻章摘句之士所能到也哉。"③

而对于诗歌格律，他也不提倡一味地研求。其序盛符升《南芝堂诗集》云："然所谓才，非特声调流便而已也。……声调少陵之诗，雄压百代，岂特格律云尔哉？……其他送远赠别之作，并指事述情，文不虚设，由其才学精深，横目之所击，冲口之所吐，造微极致，未尝与词人竞声采，而自非研穷声病之流所得窥拟。"④徐氏个人的诗作中也体现了这一主张，以致《四库全书总目》称他"赋颂用韵，尤多失考"⑤。

所以，徐乾学虽没有专门的文学理论著作，但通过对其众多诗文集序文的梳理，及对其个人诗文的分析，可以发现，他对各体文章、诗歌的发展演变与风格特征都极为明了，而对于诗文创作，从根柢到内容到格调到技法，也都有着自己明确的主张。

---

① 《憺园文集》卷二十《七颂斋诗集序》。
② 《憺园文集》卷二十一《渔洋山人续集序》。
③ 《憺园文集》卷二十一《叶苍岩诗序》。
④ 《憺园文集》卷二十《南芝堂诗集序》。
⑤ 《四库全书总目》卷一百八十三《憺园集》。

结　　语

　　《憺园文集》三十六卷，是徐乾学生平诗文总集。是集初刻于康熙三十三年（1694），今有康熙三十六年（1697）昆山徐氏冠山堂刻本、光绪九年（1883）嘉兴金吴澜锄月吟馆刻本传世。《憺园文集》的内容十分丰富，首为赋、颂、乐章一卷，次为诗八卷，诗以下二十七卷为疏、奏、表、议、辨、说、或问、论、考、序、记、墓志铭、神道碑、墓表、塔铭、祭文、哀辞、行状、传、书、杂著等各体杂文计二百八十篇。集中包含了徐氏相关的多方面的历史文献资料。

　　徐氏交游资料较集中地体现于该集中的诗歌部分，另书序、送序、寿序、碑传、游记等部分亦有所体现。通过对集中各诗文的全面梳理，共得与徐氏交游相关人物三百二十九人，可见其交游之广。由于集中诗歌基本以时间顺序编排，故可见徐氏不同时期交游对象的变化情况，如早年所交多为名士、同乡，中期多为同年、座师，后期则多为门生、同僚。而与明遗民广泛而密切的交往则是徐氏交游的一个重要特点，如与黄宗羲、陈瑚、高俨、何绛、陈恭尹、方文、陈祚明、吴殳、钱澄之、张弨、赵士春、金堡等相关诗文，数量很多。徐乾学作为清廷重臣，而与众多遗民、隐士有如此紧密的往来，实有进一步研究的必要。

　　徐乾学作为康熙朝儒学名臣，多次领局修书，曾总裁《明史》、《大清一统志》、《大清会典》各馆，并主持编纂《鉴古辑览》、《资治通鉴后编》、《御选古文渊鉴》等大著述，这些在《憺园文集》中都有所体现。如《修史条议序》、《修史条议》、《条陈〈明史〉事宜疏》、《备陈修书事宜疏》、《乞归第三疏》等，较清晰地呈现了徐氏总裁《明史》馆期间，

结　语

有关《明史》纂修的进展情况、体例的制订，体现了徐氏于《明史》纂修初期发凡起例的重要贡献。

徐乾学交游既广，位高名重，故有先人亲戚卒世，多有以碑传之文求之者。集中收录墓志铭、神道碑、行状等传记资料五十余篇，由于其中不少是因为人情关系辗转而作，故传主多有名不见经传的人物，因此其生平资料往往不见于别处。如集中收录女性传记八篇，对于考察明清易代之际不同家庭中女性的生活遭际具有一定的参考价值。

是集卷十九至二十二收录徐氏所撰书序六十篇。这些序文除提供徐氏交游线索之外，它们保存了清初及少量前人的著作目录，是考察清初学人著述情况的重要参考。

此外，徐乾学作为清初著名文献家，其传是楼藏书影响巨大。集中有关藏书的资料不多，但亦有少量诗文及奏疏反映了徐氏的藏书思想、藏书特色及藏书来源等信息，可作为徐氏《传是楼书目》的补充。大型经部丛书《通志堂经解》的编刻始末，历来存在争议。集中除保存了又见于《通志堂经解》卷首的《新刊经解序》之外，从众多序文及杂著中亦可窥见徐氏之学术思想，这可以从思想根源上帮助理解徐氏编刻经解丛书的动因。

总之，《憺园文集》各篇诗文包含了徐氏生平履历、交游往来、藏书刻书、编纂著述等大量个人史料，并涉及其他相关清人传记、著作目录等信息，具有重要的历史文献价值。对以上资料进行分析总结，是考察清初社会面貌、政治生活以及学风特点的一个重要途径。

附录一　徐乾学、纳兰成德与《通志堂经解》的关系新探

摘　要：清康熙年间辑刻的大型经部丛书《通志堂经解》一百四十种一千八百六十卷，荟萃宋元经学要籍，上承《十三经注疏》，下启《皇清经解》，在经学史上和出版史上都具有十分重要的地位。丛书以"通志堂"名编，各卷末题"后学成德校订"，故各书目多署为纳兰成德编刻；但实际上该丛书的真正辑刻者为昆山徐乾学。徐乾学、纳兰成德与《通志堂经解》之间的关系体现出一定的复杂性。

关键词：《通志堂经解》　徐乾学　纳兰成德

清康熙间辑刻的《通志堂经解》是一部在经学史与出版史上都具有重要地位的大型经部丛书。它上承《十三经注疏》，收录宋元两代为主的经学著作一百四十种，多为重要而稀见者，成为有清一代学者治经的重要依据，扩大了经学研究的范围，对清代经学的兴盛意义重大。之后嘉庆间张金吾纂辑《诒经堂续经解》、道光间钱仪吉编刻《经苑》、阮元辑刻《皇清经解》，皆踵继《通志堂经解》而作，其开启之功显而易见。版本学方面，《通志堂经解》各书多以宋元善本为底本，开清人刻书重视底本之风气；又精写付刻，为清代软体字写刻本的重要代表。故历来受到高度评价，成为后世钞、刻、影印古籍的重要底本来源。

通志堂乃清满洲纳兰成德之堂号，然而该丛书虽以"通志堂"名编，实则为昆山徐乾学所辑刻，乃徐氏出于政治等方面的原因而让名于成德

附录一 徐乾学、纳兰成德与《通志堂经解》的关系新探 ◆ ◆ ◆

者。此已为大多研究者所认同，但亦有持不同意见者，如《四库全书总目》卷一百八十三《通志堂集》条下云："国朝纳喇性德撰……《九经解》即其所刻，而徐乾学延顾湄校正之。以书成于性德殁后，版藏徐氏，世遂称《徐氏九经解》，并通志堂而移之徐氏，实相传之误也。"[1] 又如关文瑛《通志堂经解提要》卷首称："《通志堂经解》者，吾辽东纳兰容若成德侍卫之所辑刻者也。"[2] 且是书见于著录时，如《中国丛书综录》、《中国古籍善本书目》等权威书目，亦多题为成德（性德）辑编。故关于是书之辑刻，于今人而言，呈现出一定的复杂性。造成这种情况的原因，主要是对徐乾学、成德与《通志堂经解》的复杂关系、二人在编刻《通志堂经解》中所起的具体作用尚缺乏明晰的认识，另一个因素则涉及古书署名问题的复杂性。本文即在相关史料及前人论断的基础上，对徐乾学、纳兰成德与《通志堂经解》的关系作进一步的梳理，以消除由于相关论述及著录所引发的关于该书编刻方面的误解。

一　徐乾学与纳兰成德

徐乾学（1631—1694），字原一，号健庵，人又称东海、玉峰，江南昆山人。清康熙九年一甲第三名进士，累官至刑部尚书，与胞弟徐元文、徐秉义同为朝中重臣，深为康熙皇帝倚重。同时他也是一位著名学者和文献家，其撰述有《读礼通考》、《资治通鉴后编》、《憺园文集》等三十余种，家有传是楼，藏书称当时海内第一。徐乾学身居显要，交游广泛，著述丰富，又多藏书，是在清初有很大影响的重要人物。

纳兰成德（1654—1685），姓纳兰氏（或作纳喇氏、那拉氏等），曾改名性德，字容若，号楞伽山人，满洲正黄旗人，乃康熙朝权相武英殿大学士纳兰明珠之子。康熙十一年举于顺天乡试，康熙十五年成进士，授乾清

---

[1] （清）纪昀等：《四库全书总目》，影印清乾隆六十年浙江刻本，中华书局1965年版，卷一八三。

[2] 关文瑛：《通志堂经解提要》，《书目类编》影印关氏《嗣守斋丛书》本，成文出版社1978年版，卷首。

门侍卫。成德笃意经史，诗词具工，而尤擅填词，《清史稿》称他"善诗，尤长倚声"①，是清初杰出的词人。

徐乾学、纳兰成德二人关系密切。成德乡试即出徐乾学之门，故二人有师生之谊。因成德聪敏好学，又是明珠之子，故深得乾学厚爱，二人一直过从甚密。成德英年早逝，徐乾学将其诗词文赋合编为《通志堂集》二十卷，并为刊行。而《通志堂经解》一书，更是二人关系的一个纽结点。该丛书为徐乾学实际编刻，却以成德之堂号名编，并题成德校订，体现出二人非同一般的复杂关系。

二　徐乾学与《通志堂经解》

《通志堂经解》为徐乾学所编刻，可从徐氏《经解》总序、时人及后人的相关记载以及《经解》编刻所需条件等方面得到证明。

（一）徐乾学《通志堂经解》序

《通志堂经解》卷首有徐乾学总序一篇，署"康熙十有九年庚申日讲官起居注左春坊左赞善兼翰林院检讨昆山徐乾学谨序"。现摘录如下：

"秀水朱竹垞②谂余，书策莫繁夥于今日，而古籍渐替，若经解仅有存者，弥当珍惜矣……有宋兴起，洛闽大儒，弘阐圣学，下及元代，流风未泯，凡及门私淑之彦，各有著述，发明渊旨，当时经解最盛。而余观明时文渊阁及叶文庄、商文毅、朱灌甫所藏书目，宋元诸儒之书，存者亦复寥寥可数。即以万历中《东阁书目》较之《文渊阁书目》，百余年间，历世承平，而内府清秘之藏，已非其旧，欲其久传无失，讵可得哉？……明兴，勅天下学校皆宗程朱之学。永乐时诏辑《四书》、《五经》、《性理大全》，征海内名士，开馆东华门，御府给笔札，冀成巨典。是时胡广诸大臣，虚糜廪饩，叨冒迁赉，《四书大全》则本倪士毅《通义大成》，《诗》

---

① 赵尔巽等：《清史稿》，中华书局1977年版，卷四百八十四。
② 朱彝尊字锡鬯，号竹垞，清初秀水人。

则袭刘瑾《通释》,《春秋》则袭汪克宽《纂疏》,剿窃蓝本,苟以塞责而已。诏旨颁行,末学后生奉为宝书,并贞观义疏不复寓目,遑及其它,即更有名贤纂述流布人间,谁复搜访珍藏?益叹先儒经解,至可贵重,其得传于后,如是之难也……皇朝弘阐《六经》,表微扶绝,海内喁喁向风,皆有修学好古之思。余雅欲广搜经解,付诸剞劂,以为圣世右文之一助,而志焉未逮。今感竹垞之言,深惧所存十百之一又复沦斁,责在后死,其可他诿?因悉余兄弟家所藏本,覆加校勘,更假秀水曹秋岳、无锡秦对岩、常熟钱遵王、毛斧季、温陵黄俞邰及竹垞家藏旧版书若抄本,厘择是正,总若干种,谋雕版行世。门人纳兰容若尤恁恿是举,捐金倡始,同志群相助成,次第开雕。经始于康熙癸丑,踰二年讫工。藉以表章先哲,嘉惠来学。功在发余,其敢掠美。因叙其缘起,志之首简。"①

据徐氏总序,《通志堂经解》之刻,乃出于其对现存宋元等先儒经解文献不断沦亡的担忧,对明朝所修《四书大全》、《五经大全》的不满以及对朝廷稽古右文之号召的响应。从序中知,徐氏早已有辑刻经解的愿望,又受到朱彝尊进一步的触发,于是付诸行动。从搜罗底本,到校勘,到开雕,审其语意,皆亲自操办,并未让功于他人。至于成德,序中除称其"尤恁恿是举,捐金倡始"外,并未提及他于此事的其它贡献。若是为别人编刻的书作序,这样彰显自己而忽略主人,于情于理不符。

(二) 时人的相关记载

1. 清陆陇其《陆清献公日记》卷十,康熙二十九年庚午八月:"十二,朱锡鬯来……又言吴草庐《书纂言》、王次点《周礼订义》、刘贡父《春秋意林》、《权衡》、吕东莱《书说》,皆已刻于徐健庵家。"又康熙二十九年庚午九月:"廿三,在朱锡鬯所,见通志堂所刻敖继公《仪礼集说》、卫湜《礼记集说》、王次点《周礼订义》、杨复《仪礼图》……锡鬯言,通志堂诸书,初刊时皆有跋,刻在成德名下,后因交不终,刊去。然

---

① (清)徐乾学编:《通志堂经解》,刻本,昆山:徐乾学,清康熙间,卷首。

每页板心，通志堂之名犹在。"又康熙三十一年壬申七月："初七，到馆，见健庵所刻《经解》，此举差强人意。"①

2. 清王士禛《分甘余话》卷四："昆山徐氏所刻《经解》多秘本，仿佛宋椠本，卷帙亦多，闻其版亦收贮内府。"②

3. 清韩菼《资政大夫经筵讲官刑部尚书徐公乾学行状》："其于经学，凡唐宋以来先儒经解世不常见者，靡不搜揽参考，雕板行世。"③

4. 清张云章《朴村诗集》卷首自序："东海诸公搜缉《十三经注疏》以下群儒诸经付梓，余亦与雠校。"④

5. 清毛扆《汲古阁藏秘本书目》："《礼记集说》，四十二本。世无其书，止有此影抄宋本一部。今昆山所刻，借此写样。"

6. 清翁方纲《通志堂经解目录》之《春秋通说》条引何焯批："东海先有钞本，从黄俞邰处来，仍伪书也。后汲古得李中麓所藏影钞宋本，用以付刊。"又《春秋本义》条引何焯批："元刻最精，有句读圈点抹，因中有阙叶，不敢擅增。句读圈点，鄙见有无皆照元本，而东海必欲一例，竟未刻句读点抹，惜哉！"又《南轩先生孟子说》条引何焯批："东海从天乙阁钞来，即以付刊，后得最精宋本，余劝其校正修板，未从也。"⑤……

陆陇其、朱彝尊、王士禛、韩菼、毛扆、张云章、何焯诸人皆与徐乾学、纳兰成德同时，并大多与徐乾学关系密切，而如朱彝尊、韩菼等则同时亦与成德交善，他们于《通志堂经解》之刊刻，皆为知情者。而朱彝尊、毛扆、张云章、何焯又为《经解》刊刻的当事者，朱彝尊对于《经解》的刊刻有启发之功，还将自家藏书如《易纂言》提供出来作为《经解》底本，毛扆亦将所藏影宋钞本《礼记集说》等借与徐氏写样，张云章、何焯则尝客徐乾学之门，并参与了《经解》的校勘。故翁方纲《通志堂经解目录》所引何焯批中屡屡言及其向徐乾学建议选本、重校、修板、

---

① （清）陆陇其：《陆清献公日记》，刻本，吴江：柳湄生，清道光二十一年，卷十。
② （清）王士禛《分甘余话》，中华书局1989年版，卷四。
③ 钱仪吉编：《碑传集》，影印本，上海书店1988年版，卷二十。
④ （清）张云章：《朴村诗集》，《四库禁毁书丛刊》影印清康熙华希闵等刻本，北京大学出版社1997年版，卷首。
⑤ （清）翁方纲订：《通志堂经解目录》，影印《苏斋丛书》本，博古斋，民国十三年。

补刻之事，而陆陇其《日记》所记朱彝尊言不但明称《通志堂经解》之《书纂言》、《周礼订义》、《春秋意林》、《春秋权衡》、《书说》等刊刻于徐乾学家，又称"通志堂诸书，初刊时皆有跋，刻在成德名下，后因交不终，刊去"，道出了《通志堂经解》确属让名于成德的隐情。

（三）后人的相关论述

1. 《清实录》卷一千二百二十五载乾隆五十年二月二十九日高宗皇帝关于四库全书馆进呈补刊《通志堂经解》的御旨："古称皓首穷经，虽在通儒，非义理精熟，毕生讲贯者，尚不能覃心阐扬，发明先儒之精蕴；而成德以幼年薄植，即能广搜博采，集经学之大成，有是理乎？更可证为徐乾学所裒辑，令成德出名刊刻，藉此市名邀誉，为逢迎权要之具耳。"①

2. 清姚元之《竹叶亭杂记》卷四："《通志堂经解》，纳兰成德容若校刊，实则昆山徐健庵家刊本也。高庙有'成德借名，徐乾学逢迎权贵'之旨。成为明珠之子。徐以其家所藏经解之书荟而付梓，镌成名，携板赠之，《序》中绝不一语及徐氏也。"②

3. 叶德辉《书林清话》卷九："本为徐乾学所刻。何焯所校《通志堂经解目录》屡称东海，是当时并不属之纳兰成德也。"又《郋园读书志》卷一："本昆山徐乾学所刊，赠其门生纳兰性德。"③

4. 《续修四库全书总目提要》第十四册《通志堂经解》条："性德举壬午乡试，徐乾学为主考，乾学藉以诌附明珠。是书乃乾学所编刊，而让其名于性德者。"又第四册《通志堂经解目录》（沈氏刊本）条："《通志堂经解》，昆山徐乾学健庵得章丘李开先中麓家藏书，益以常熟毛氏汲古阁、宁波范氏天一阁二家藏本，编刻于康熙十五年。其时辽阳纳兰明珠当国，子容若成德爱才好客，乡试出乾学之门，遂受业焉。乾学以此板归之，为之作序，盛推其校勘之功。"又同册《通志堂经解目录》（《粤雅堂丛书》本）条："《通志堂经解》，刻于康熙十五年，凡白纸初印，板心无

---

① 《清实录》，影印清写本，中华书局1985年版，卷一千二百二十五。
② （清）姚元之：《竹叶亭杂记》，中华书局1982年版，卷四。
③ 叶德辉：《书林清话》，中华书局1957年版，卷九。

'通志堂'三字者,均昆山徐乾学刻成时所印。后以板归纳兰成德,始于板心下方,补刻'通志堂'三字。"①

此类材料颇多,不一一详列。后人在指出《通志堂经解》为徐乾学代为刊刻的同时,多进而分析徐氏让名于成德的原因,其要者为徐氏出于政治上的目的,借此以谄附明珠。

(四) 纳兰成德的相关资料

成德生于清顺治十一年,据徐乾学《通志堂经解序》,《经解》之刊刻始于康熙十二年,时成德年二十岁。虽其自幼即笃意经史,但依其年龄、学识,尚不足以成如此集宋元经学大成之书。故高宗称:"计其时,成德年方幼稚,何以即成淹通经术?"又称:"古称皓首穷经,虽在通儒,非义理精熟,毕生讲贯者,尚不能覃心阐扬,发明先儒之精蕴;而成德以幼年薄植,即能广搜博采,集经学之大成,有是理乎?"②所论是有道理的。

成德卒后,徐乾学撰有《通议大夫一等侍卫进士纳兰君墓志铭》,韩菼有《通议大夫一等侍卫进士纳兰君神道碑铭》,时人张玉书、严绳孙、徐倬等所作《哀词》甚多,叙其生平大事,彰其文才学识,而于《通志堂经解》则几乎未及。若《经解》果为其所编刻,如此辉煌成就,此等传记之文必将浓墨重书。

另,《通志堂经解》一般认为于清康熙十九年刻竣,但有材料证明,实直至康熙二十四年成德殁后,《经解》仍未竣事。朱彝尊《曝书亭集》卷三十四有《合订大易集义粹言序》,序中云:"吾友纳兰侍卫容若,读《易》渌水亭中,聚《易》义百家插架,于温陵曾氏穜《粹言》、隆山陈氏友文《集传精义》一十八家之说有取焉,合而订之,成八十卷。择焉精,语焉详,庶几哉有大醇而无小疵也乎。刑部尚书昆山徐公嘉其志,许镂板布诸通邑大都,用示学者,乍发雕而容若遽溘焉逝矣。"③朱氏所序之

---

① 《续修四库全书总目提要》,影印稿本,齐鲁书社1996年版。
② 均见《清实录》卷一千二百二十五:乾隆五十年二月二十九日高宗皇帝关于四库全书馆进呈补刊《通志堂经解》的御旨。
③ (清)朱彝尊:《曝书亭集》,《四部丛刊》影印清康熙五十三年刻本,商务印书馆民国,卷三十四。

附录一　徐乾学、纳兰成德与《通志堂经解》的关系新探 ◆ ◆ ◆

书,《通志堂经解》收之,作《合订删补大易集义粹言》八十卷,题纳兰成德撰①。朱序不但明言此书为乾学所刻,且知徐氏将此书刻入《经解》时,成德已殁。书成于成德殁后,此为《通志堂经解》非成德所刻又一佐证。

(五) 刻书地点及刻工资料

张云章,字汉瞻,号朴村,清初嘉定人,有《朴村文集》二十四卷《诗集》十三卷传世。张氏是《通志堂经解》的主要校勘者之一,其文集中的有关信札可以帮助确定《经解》刊刻的地点。如《朴村文集》卷二十三有《与陆翼王先生》书一通,云:"今岁仍坐馆玉峰,不过藉以读未见之书耳,不必有好况也。所校勘者乃已刻诸书。连月来了得《春秋》经几部,如程端学之《本义》、家铉翁之《详说》、孙泰山《尊王发微》、赵鹏飞《经筌》、赵汸《集传》。其原本惟《本义》为最佳,尽卷差不过四五字,而《详说》讹谬颇多,今皆考正,惟二十六卷有两段错简,其前后词意不相贯合,乃曹氏抄本强为联属者。此卷原来有四错简,曹抄皆正之,而两得两失。反复文意,愚已心识其故,未便遽尔改刊。京中有样本,求先生一为捡阅,祈即裁定教下,并以其暇质之两东海先生,以为当何如也。"此乃张云章校勘《经解》时遇有疑问,特致书京中求助陆元辅帮查检裁定,并祈其于方便时请示徐乾学、徐元文,以作定夺。可见,张云章从事校勘之地不在京师,而当在徐乾学的家乡昆山。

《经解》刊刻始于康熙十二年,而就在之前的康熙十一年,徐乾学以编修副德清蔡启僔主顺天乡试,因副榜遗取汉军卷,被降一级调用,乾学遂还乡,当在此时,即着手《经解》的刊刻。康熙十四年,乾学复原官,十五年,其母顾氏卒,又回家居丧三年。所以,在《经解》刊刻的主要时间里,徐乾学多在昆山老家,也因此得以亲自主持此事。

《通志堂经解》版心下方左侧镌有刻工名。由于《经解》之刊刻工程浩大,参与其事的刻工很多,据笔者统计,刻工总数近五百人。这些刻工

---

① 按,是书《通志堂经解》本并未刻朱彝尊序。

也多来自于江苏一带。

明末清初之际，苏州是刻书中心之一，其间多高水平刻工。王士禛《居易录》卷十四云："近则金陵、苏、杭书坊刻板盛行，建本不复过岭。蜀更兵燹，城郭邱墟，都无刊书之事，京师亦鲜佳手。数年以来，虞山毛氏、昆山徐氏，雕行古书，颇仿宋椠，坊刻皆所不逮。"故王氏《古欢录》八卷也在江苏付刻。

《通志堂经解》的刻工中有很多是当时江苏一带很活跃的工匠。如其中的齐卿、邓世维、金子重、邓启、邓生、邓顺、邓子珍、甘典、栢公臣、邓钦明、邓明、邓茂卿、金佩卿、甘世明、邓文、邓存等还参加了康熙三十五年昆山徐氏冠山堂付刊的《读礼通考》一百二十卷（徐乾学撰）的刊刻；张公化、邓明、际生、玉宣、芃生等还参加了康熙三十八年长洲顾嗣立秀野草堂付刊的《昌黎诗集注》十卷（唐韩愈撰，清顾嗣立删补）的刊刻；邓尔仁、邓玉、钦明、际生等还参加了康熙三十九年朱从延快宜堂付刊的《古欢录》八卷（王士禛撰）的刊刻。故从参与其事的刻工来看，《通志堂经解》亦是刻于徐乾学的家乡苏州，而非成德所在的京师。

综以上所述，徐乾学是《通志堂经解》事实上的编刻者，当无异议，故《通志堂经解》又有《昆山经解》、《徐氏九经解》之称。

三 纳兰成德与《通志堂经解》

《通志堂经解》虽题成德校订，但实不为纳兰成德所编刻，上文已论。但不可否认，成德与《经解》的确有着密切的关系，这也是在《经解》编刻问题上意见未能统一的原因。成德与《通志堂经解》的关系主要表现在以下几个方面，均体现出其复杂性。

（一）提供资金

《通志堂经解》卷首有纳兰氏总序一篇，署"康熙十二年夏五月赐进士出身纳兰成德谨序"，摘录如下：

"……至宋，二程、朱子出，始刊落群言，覃心阐发，皆圣人之微言奥旨。当时如临川、眉山、象山、龙川、东莱、永嘉、夹漈诸公，其说虽微有不同，然无有各名一家如汉氏者。逮宋末元初，学者知尊朱子。理义愈明，讲贯愈熟，其终身研求于是者，各随所得以立言。要其归趋，无非发明先儒之渊蕴，以羽卫圣经，斯固后世学者之所宜取衷也。惜乎其书流传日久，十不存一二。余向属友人秦对嚴、朱竹垞购诸藏书之家，间有所得，雕版既漫漶断阙，不可卒读，钞本讹谬尤多，其间完善无讹者，又十不得一二。间以启于座主徐先生，先生乃尽出其藏本示余小子，曰：'是吾三十年心力所择取而校定者。'余且喜且愕，求之先生，钞得一百四十种，自《子夏易传》外，唐人之书仅二三种，其余皆宋元诸儒所撰述，而明人所著，间存一二。请捐赀经始，与同志雕版行世，先生喜曰：是吾志也。遂略叙作者大意于各卷之首，而复述其雕刻之意如此。"

成德序中有云："请捐赀经始，与同志雕版行世。"徐乾学《通志堂经解》卷首总序中亦称："门人纳兰容若尤怂恿是举，捐金倡始。"可见成德为《经解》的刊刻提供了资金。清严元照《蕙榜杂记》称："《通志堂经解》，徐健庵尚书隶刻三月而成。侍卫畀尚书四十万金，故急溃于成。"① 侍卫即指成德，成德曾授乾清门侍卫。严氏称《经解》三个月即刊成，不知何据，与实情不合。其称成德捐金四十万之数亦不一定可靠。笔者以为刊刻之资当主要来自于徐氏，以徐氏当时的身份、家势背景也具备了如此财力，但成德提供了部分资金当是事实。

（二）作序跋

《通志堂经解》除卷首有纳兰氏总序外，其中各书冠以成德序者多至六十二篇，另又有书后二篇。又朱彝尊称："通志堂诸书，初刊时皆有跋，刻在成德名下，后因交不终，刊去。"② 此亦与成德总序中所称"略叙作者大意于各卷之首"合。则成德除有《经解》总序一篇、各经解序六十二篇、书后二篇外，又曾于《经解》诸书各有一跋。

---

① （清）严元照：《蕙榜杂记》，刻本，赵诒琛峭帆楼，清代。
② 见《陆清献公日记》卷十。

然关于名署纳兰氏各序是否果出自成德之手，则有持怀疑态度者。张云章《朴村文集》卷三有《与朱检讨书》，云："每见通志堂近刻《经解》弁首之文，词简而义赅，表彰先儒其出处为人之大概与著书之微旨，本末具举。每读之窃叹，以为非我朱先生不能，未知信否，恐海内亦必无此巨手也。间有似出他手者，某亦能辨之。"张云章以为各经解卷首署名为成德各序，实多出朱彝尊之手，亦间有出自他人者。《续修四库全书总目提要》第十四册《通志堂经解》条云："各书中，自《子夏易传》至《书张文潜〈诗说〉后》，凡六十篇，并总序，俱见成德所著《通志堂集》中，亦乾学所撰也。"则以为各序出徐乾学手。张云章尝客徐乾学家，并参与了《通志堂经解》的校勘工作，为当事人。且与朱彝尊相熟，朱卒后，尝为撰祭文，见其《朴村文集》卷十八。此信中所言虽持求证之语意，但当非空穴来风。

朱彝尊《曝书亭集》卷三十四、卷四十二，收其所作各书序跋。其中之书有收入《通志堂经解》并同时有成德序者，今以二人之序相比较，发现颇多雷同，举例如下：

1. 宋李衡《周易义海撮要》十二卷

朱彝尊《周易义海撮要序》："自汉以来，说经者惟《易》义最多，《隋经籍志》六十九部，《唐志》增至八十八部，《宋志》则二百一十三部，今之存者十之一二而已。唐资州李氏合三十五家《易》说，题曰《集解》，南北朝以前遗文坠简，藉以得见指归。宋熙宁间，蜀人房审权集郑康成以下至王介甫《易》说百家，择取专明人事者编成百卷，曰《周易义海》。至绍兴中，江都李衡彦平删其冗复，益以正叔、子瞻、子发三家，目为《义海撮要》，凡十卷，而附以杂论，补房氏之阙略焉。其择之也必精。《义海》失传，而是编传，后之学者所乐得而讲习也。彦平，宣和末入辟雍，乾道中官秘书修撰，寻除侍御史，改起居郎。以言事去国，退居昆山，聚书讲学，世目为乐庵先生者也。"

成德《周易义海撮要序》："宋熙宁间，蜀人房审权集汉郑康成以下至王介甫《易》说凡百家，择取专明人事者编成百卷，曰《周易义海》。至绍兴中，江都李衡删其重叠冗琐，又益以伊川、东坡、《汉上易传》，为

《撮要》十卷，而以群儒杂论附焉。自汉以来，说经者惟《易》义最多，《隋经籍志》凡六十九部，《唐志》增至八十八部，《宋志》则二百一十三部，然今之传者盖罕矣。唐李鼎祚合三十五家《易》说为《集解》，遗文坠简藉之得见指归。而《义海》一编，克能表章百家之说，惜乎全书之不可复睹也。彦平，宣和末入辟雍，乾道中官秘阁修撰，寻除侍御史，改起居郎。时张说以外戚为节度使，给事中莫济不书勅，翰林周必大不草制，衡与右正言王希吕相继论奏，同时去国，士子为《四贤诗》以纪之。其后徙昆山，聚书万卷，号所居曰'乐庵'。……"

2. 宋俞琰《俞氏易集说》十三卷
朱彝尊《周易集说序》："《周易集说》一十三卷，各冠以序，吴人俞琰玉吾叟所著也。叟于宝祐间以词赋称，宋亡，隐居不仕，自号石涧道人，又称林屋洞天真逸。其书草创于至元甲申，断手于至大辛亥，用力勤矣。世之言图书者，谓马毛之旋，龟文之坼，独叟之持论以《尚书·顾命》'弘璧、琬、琰，在西序；大玉、夷玉、天球、河图，在东序'，河图与天球并列，则河图亦玉也，玉之有文者尔。昆仑产玉，河源出昆仑，故河亦有玉。洛水至今有白石，洛书盖石而白有文者。此《易》家之异闻也。"

成德《石涧俞氏周易集说序》："《周易上下经说》二卷、《彖辞说》一卷、《象传说》二卷、《爻传说》二卷、《文言传说》一卷、《系辞传说》二卷、《说卦说》一卷、《序卦说》一卷、《杂卦说》一卷，合一十三卷，各冠以序，统名曰《周易集说》，而《易图纂要》一卷、《易外别传》一卷附焉，吴人俞琰玉吾叟所著也。叟于宝祐间以词赋称，宋亡，隐居不仕，自号石涧道人，又称林屋洞天真逸。其书草创于至元甲申，断手于至大辛亥，用力勤矣。世之言图书者，类以马毛之旋，龟文之坼，独叟之持论谓《尚书·顾命》'天球、河图，在东序'，河图与天球并列，则河图亦玉也，玉之有文者尔。昆仑产玉，河源出昆仑，故河亦有玉。洛水至今有白石，洛书盖石而白有文者。其立说颇异。……"

两两相较，二人序之雷同显而易见。如此类者又有朱彝尊《涪陵崔氏春秋本例序》与成德《涪陵崔氏春秋本例序》、朱彝尊《吕氏春秋集解跋》与成德《吕氏春秋集解序》、朱彝尊《雪山王氏质诗总闻序》与成德《雪山王氏诗总闻序》[①] 等。又宋刘敞《春秋权衡》一书，卷首则径冠朱彝尊序。盖《经解》中署名成德各序，并非全出成德之手，其中当有出自朱彝尊者，依张云章言，又有出自他人者。考成德序所署时间均为康熙十五、十六年，时成德二十五六岁，古称皓首穷经，而各序考镜源流，发明经义，数量之多，水平之高，以常情揆之，云称其出成德之手，确让人生疑。而朱氏为清初大儒，于经学造诣深厚，又纂有《经义考》，于各经学文献多能精熟。又其与乾学关系甚密，《经解》之刻，当多助之。乾学欲让《经解》于成德，彝尊或为拟序若干，而成德取之以为参照，略作变通而署己名下亦有可能。此事古时常有，亦不足为奇。

（三）冠名

《通志堂经解》以"通志堂"名编，各书版心下方刻"通志堂"三字，各卷末一般都刻有"后学成德校订"一行，有的书有书名页，上题"通志堂藏板"。此皆刊刻权之标志。加之成德总序有"钞得一百四十种"、"与同志雕版行世"之语，《经解》中各书又多冠成德序文等。故世人多将《经解》之编刻归于成德，《经解》见于著录时亦多题成德之名。然若以此为证据，便认定《经解》即为纳兰氏所实际编刻，此则大可不必。试想，既然徐乾学出于某些特殊动机决定将《经解》让名于成德，则必会做到实处，于是镌"通志堂"标志、刻"成德校订"一行、冠以署名成德各序，均是可以理解的配合之举。

又有论者以为，既然《通志堂经解》为纳兰成德捐金倡始，则成德便应拥有编刻权。此则牵涉著作权的问题。古人编书、刻书甚至写书，确实存在一个署名问题，以清人刻书为例，《常州先哲遗书》题为盛宣怀辑，实为缪荃孙代办；《粤雅堂丛书》题为伍崇曜编，实为谭莹代辑。一般的惯例是，出资者冠名。《通志堂经解》的情况与此相类，又有不同之处。

---

① 按，宋王质《诗总闻》一书《通志堂经解》并未刊入，此序见纳兰成德《通志堂集》。

附录一 徐乾学、纳兰成德与《通志堂经解》的关系新探 ◆ ◆ ◆

一则,从《经解》的刊刻过程看,成德并非唯一的出资人,其大端实为徐乾学。二则,成德与徐乾学不存在幕主与门客的雇佣关系,而实际的情况是徐氏辑刻了《经解》,出于政治目的而让名于成德。

当然,《通志堂经解》的刊刻,纳兰成德提供了部分资金,也撰写了部分序跋,从这个角度看,不可否认成德与《经解》的关系密切,不能抹煞其对于《经解》的贡献。另外,本文只欲辨明《经解》编刻的实际操作者及乾学、成德二人与《经解》的关系,其署名成德合适与否则在讨论范围之外。

四 结语

明清易代之后,学风一变,晚明空疏的学风受到猛烈批判,经学研究产生了新的要求。在这种时代风气的影响下,徐乾学感于经学文献日益散亡的严重性,同时也为响应朝廷倡导程朱之学的号召,编刻了《通志堂经解》这一经学巨帙。

徐氏因仕途等方面的原因,将所刊《通志堂经解》让名于权相纳兰明珠之子成德,于是将《经解》以"通志堂"命名,并于书版版心下镌"通志堂"字样,卷末镌"后学成德校订"一行,各书卷首亦多冠以署名成德的序。而成德于《通志堂经解》也并非全无作为,他曾捐金倡始,虽有部分序文为他人操刀,但当非全部。另外,他参与了部分《经解》的编校也是很有可能的。故《通志堂经解》由徐乾学主其成,成德也有一定的贡献。

(本文发表于《图书情报知识》2011 年第 1 期)

附录二 《通志堂经解》刊刻过程考

摘　要：辑刻于清康熙年间的大型经部丛书《通志堂经解》140种1860卷，上承《十三经注疏》，下启《皇清经解》，在经学史和出版史上都具有十分重要的地位。然关于其刊刻过程，后世各书志、书目多语焉不详或存在误解，故《通志堂经解》见于著录时，其版本一项多有不同。经过全面搜集分析各相关资料发现，《通志堂经解》始刻于康熙十二年，至康熙十九年主体部分刻完，但仍未竣事，之后仍有经解付刻，而较多的经解在校订、改版，至康熙二十九年至三十一之间，完整的《通志堂经解》刻印完毕。

关键词：《通志堂经解》　　徐乾学　刊刻

《通志堂经解》140种1860卷，是辑刻于清康熙年间的一部重要经部丛书。它上承《十三经注疏》，荟萃宋元两代为主的经学要籍，拓宽了清人经学研究的范围，对清经学的兴盛发挥了重要作用。之后，嘉庆间张金吾辑《诒经堂续经解》以续其后，道光间钱仪吉刻《经苑》以补其遗，而阮元《皇清经解》、王先谦《皇清经解续编》专收清人经学著作，《通志堂经解》无疑具有开启之功。同时，《通志堂经解》多据宋元善本付刻，开清人刻书重视底本之风气，又精写付刻，为清代软体字写刻本的重要代表，故《四库全书》、《四库全书荟要》及后世钞、刻、影印古籍多取之以为底本。所以《通志堂经解》不论是在经学史上还是在出版史上都具有十分重要的地位，至今在经学文献整理与研究中仍被广泛使用。

附录二 《通志堂经解》刊刻过程考

通志堂是当时朝廷权臣纳兰明珠之子纳兰成德①的堂号。然该丛书虽以"通志堂"名编、书中各卷末题"成德校订",实则为昆山徐乾学②所辑刻,乃徐氏出于政治等方面的意图而让名于成德者。此已为大多研究者所认同。但关于《通志堂经解》的具体刊刻过程,后人尚缺乏明晰的认识,以致于该丛书初刻本见于著录时其刊刻时间一项多有不同:如《北京大学图书馆藏古籍善本书目》作康熙十二至十四年刻本;《续修四库全书总目提要》第四册《通志堂经解目录》条称刻于康熙十五年;关文瑛《通志堂经解提要》称始事于康熙十二年,告竣于康熙十九年;《中国丛书综录》等作康熙十九年刻本;叶德辉《郋园读书志》作康熙癸巳(五十二年)刻本;莫伯骥《五十万卷楼群书跋文》、《中国古籍善本书目》等作康熙刻本;《日本见藏中国丛书目初编》则康熙十五年、康熙十九年刊本并存。可谓众说纷纭,莫衷一是。

考各家书目、书志著录之依据,实主要为《通志堂经解》卷首徐乾学序。徐序云:"……因悉余兄弟家所藏本,覆加校勘,更假秀水曹秋岳、无锡秦对岩、常熟钱遵王、毛斧季、温陵黄俞邰及竹垞家藏旧版书若抄本,厘择是正,总若干种,谋雕版行世。门人纳兰容若尤怂恿是举,捐金倡始,同志群相助成,次第开雕。经始于康熙癸丑,踰二年讫工。借以表章先哲,嘉惠来学。功在发余,其敢掠美。因叙其缘起,志之首简。康熙十有九年庚申日讲官起居注左春坊左赞善兼翰林院捡讨昆山徐乾学谨序。"③ 康熙癸丑即康熙十二年,序称"经始于康熙癸丑,踰二年讫工",故前文所列作康熙十二至十四年、康熙十五年者当来源于此;而徐氏序署康熙十九年,以此作为《经解》刊成时间者最多,特别是晚近各书目,多取康熙十九年;叶氏《郋园读书志》作康熙五十二年者,当为笔误;而其他笼统定为康熙间刻本者,当多是因为不能判定其准确时间而采取的一种

---

① 纳兰成德(1654—1685),姓纳兰(或作纳喇、那拉等)氏,又名性德,字容若,号楞伽山人,满洲正黄旗人,清初杰出词人。
② 徐乾学(1631—1694),字原一,号健庵,人又称东海、玉峰,江南昆山人,康熙朝重臣,官至刑部尚书,同时也是清初有重要影响的学者、文献家。
③ 徐乾学编:《通志堂经解》刻本,徐乾学,1662—1722(清康熙间):卷首。

保守方式。

关于《通志堂经解》的刊刻过程，笔者查阅了大量相关序跋、书目、传记以及之前很少为人所注意的诗文集等资料，作了细致梳理，获得了若干新的发现，特别是对长期以来被普遍采用的康熙十九年刻成一说进行了重新讨论与纠正。现不揣谫陋，将相关材料与分析呈列于下，或可供相关研究及著录参考。

一　始事于康熙十二年

《通志堂经解》之刻始于清康熙十二年，对此绝大多数论者并无异议。《经解》卷首徐乾学总序中即称"经始于康熙癸丑"，康熙癸丑即康熙十二年。卷首成德总序署"康熙十二年夏五月赐进士出身纳兰成德谨序"，虽然成德撰写此序的真正时间当非康熙十二年①，但所以署为十二年，当取序于刊刻伊始之意。康熙十一年，徐乾学以编修副德清蔡启僔主顺天乡试，结果因副榜遗取汉军卷获罪降一级调用，稍后徐氏遂还乡，当在此时，其即着手《经解》的刊刻。

二　康熙十五年已有部分印本

徐乾学在《通志堂经解》卷首总序中称："经始于康熙癸丑，踰二年讫工。"《经解》始刻于康熙十二年，并无疑问，然因徐序署康熙十九年，各经解卷首成德各序署康熙十五或十六年，故"踰二年讫工"一语让人颇感不解，向来论者或直称其有误，或认为"二"当是"七"字之讹，或称《经解》即刻成于康熙十五年，而大多则对此语视而不见。徐氏《憺园文集》卷二十一亦收有此序，题《新刊经解序》，与冠于《经解》卷首者偶有不同处，然同称"经始于康熙癸丑，踰二年讫工"，不当为同误。

---

① 据徐乾学《通议大夫一等侍卫进士纳兰君墓志铭》、韩菼《通议大夫一等侍卫进士纳兰君神道碑铭》、《明清进士题名碑录索引》，知成德中进士年为康熙十五年。

附录二 《通志堂经解》刊刻过程考

据《续修四库全书总目提要》第四册《通志堂经解目录》(《粤雅堂丛书》本)条称:"《通志堂经解》,刻于康熙十五年,凡白纸初印,板心无'通志堂'三字者,均昆山徐乾学刻成时所印。后以板归纳兰成德,始于板心下方补刻'通志堂'三字。"①叶德辉《郋园读书志》卷一记光绪二十年张冶秋、王懿荣参与查检天禄琳琅藏书一事,据二人讲,"(《天禄琳琅书目》)《前编》所载无一册之存,《续编》经部宋人书所谓宋版者,往往以白纸初印之通志堂本伪充。当时鉴定诸臣不知何以竟未辨出。"② 今湖南省图书馆即藏有宋王与之《东岩周礼订义》一书残卷,上钤有"乾隆御览之宝"等高宗玺印,《天禄琳琅书目后编》卷二宋版经部著录,而是书实为《通志堂经解》本,该馆亦定为康熙十五年通志堂刻本。既然得以冒充宋版,可见其版心无"通志堂"三字。又山东大学教授杜泽逊师2003年尝于蓬莱慕湘藏书楼观书,见通志堂刻宋王柏《书疑》九卷,版心亦无"通志堂"三字。

综合以上情况,合理的理解是徐乾学最初的《经解》刊刻计划与现今我们所见到的《经解》规模不同,当非140种之数,而是少的多。这一计划在康熙十五年或稍前即告完成,并有少量的刷印,故徐序有"踰二年讫工"之语。而此时徐氏还没有将《经解》让于成德的打算,故此时所印者版心尚无"通志堂"字样,各书各卷末亦无"后学成德校订"一行。以上所述版心无"通志堂"字样者,皆当为康熙十五年或稍前的印本。

三 康熙十九年主体部分刻完

康熙十四年,徐乾学官复编修原职,十五年,升右赞善,成德也于此年中进士。盖于此时,徐氏出于仕途等方面的考虑,决定将《通志堂经解》让于成德名下。于是在已刻成的各经解版心补刻"通志堂"三字,各

---

① 《续修四库全书总目提要》(第4册),齐鲁书社影印稿本1996年版。
② 叶德辉:《郋园读书志》刻本,澹园1928(民国十七年):卷1。

书卷末刻"后学成德校订"一行,并在各经解卷首补成德序,故成德序均署康熙十五、十六年。又,卷首成德总序署"康熙十二年夏五月赐进士出身纳兰成德谨序"①,其题"康熙十二年",又题"赐进士出身",而成德中进士是在康熙十五年,所以这个序也应当是在康熙十五年补刻的。又《陆清献公日记》卷十云:"锡鬯言,通志堂诸书,初刊时皆有跋,刻在成德名下,后因交不终,刊去。然每页板心,通志堂之名犹在。"② 可见,当时《经解》各书还刻了署名成德的跋。翁方纲《通志堂经解目录》中《童溪王先生易传》条引何焯批曰:"汲古宋本,俞石涧收藏,后阙二卷,非全书。屡考其始末,寄来京师,跋中竟未及此。"③ 然今检《经解》中《童溪王先生易传》一书,前后并无后人序跋,故何焯所称之跋,或即朱彝尊所言开始刻于成德名下后又刊去的各跋之一。

除补刻这些标志性的内容外,徐乾学应当还调整了《经解》的刊刻计划,基本增加为140种之数。之后陆续付刻,直到康熙十九年,《经解》的主体部分刻竣,徐氏总序即署此年。

四 康熙十九年后仍有未刻之书,而大量的经解在校订中

《通志堂经解》的主体部分于康熙十九年刻毕,徐乾学撰序以记之。后人大多将徐氏此序所署时间视为《经解》刊刻的完成时间,故《经解》见于各家书目著录时,其刊刻时间多被定为康熙十九年,如关文瑛《通志堂经解提要》、《中国丛书综录》、《东北地区古籍线装书联合目录》、《山东图书馆馆藏海源阁书目》、《山东大学图书馆古籍善本书目》、《中国人民大学图书馆古籍善本书目》等等。然搜集考察相关资料发现,至康熙十九年,《经解》并未完全竣工,十九年以后仍有部分书在付刻,而大量的书则在校订中。现列举相关资料并加分析如下:

---

① 徐乾学编:《通志堂经解》刻本,徐乾学,1662—1722(清康熙间):卷首。
② 陆陇其:《陆清献公日记》,刻本,柳湄生,1841(清道光二十一年):卷10。
③ 翁方纲:《通志堂经解目录》,影印《苏斋丛书》本,博古斋,1924(民国十三年)。

附录二　《通志堂经解》刊刻过程考

（一）朱彝尊《合订大易集义粹言序》。《通志堂经解》收有《合订删补大易集义粹言》八十卷，题成德编。朱彝尊有是书序，然《经解》本未刻，见朱氏《曝书亭集》，作《合订大易集义粹言序》。序中云："吾友纳兰侍卫容若，读《易》渌水亭中，聚《易》义百家插架，于温陵曾氏穜《粹言》、隆山陈氏友文《集传精义》一十八家之说有取焉，合而订之，成八十卷。择焉精，语焉详，庶几哉有大醇而无小疵也乎。刑部尚书昆山徐公嘉其志，许镂板布诸通邑大都，用示学者，乍发雕而容若溘焉逝矣。"① 考成德卒于康熙二十四年，"乍发雕而容若溘焉逝矣"，说明是书付刻时即在康熙二十四年，而刻成则又应在此之后。

（二）《四库全书总目》卷一百八十三《通志堂集》条。该条下云："国朝纳喇性德撰……《九经解》即其所刻，而徐乾学延顾湄校正之。以书成于性德殁后，版藏徐氏，世遂称《徐氏九经解》，并通志堂而移之徐氏，实相传之误也。"② 亦称《经解》书成于成德殁后。

（三）与张云章有关的线索。张云章字汉瞻，号朴村，清初嘉定人，《清史列传》入"儒林传"，有《朴村文集》二十四卷《诗集》十三卷传世。张氏尝客徐乾学之门，并参与了《通志堂经解》校勘工作，其《朴村文集》卷二十三有多通信札论及此事，如：

《与陆翼王先生》："……今岁仍坐馆玉峰③，不过借以读未见之书耳，不必有好况也。所校勘者乃已刻诸书，连月来了得《春秋》经几部，如程端学之《本义》、家铉翁之《详说》、孙泰山《尊王发微》、赵鹏飞《经筌》、赵汸《集传》……"④

《上徐总宪》："……且如《周礼订义》一书，此影宋本抄成者，其中文义有因一二字句相同遂传写致大段谬乖者，有两段中行墨相比因而纠缠不可辨者……如此之类，不可枚举，今略拈数条，详之别纸。邺架原本可

---

① 朱彝尊：《曝书亭集》，《四部丛刊》影印本，商务印书馆1919年版（民国八年）：卷34。
② 纪昀等：《四库全书总目》，影印本，中华书局1965年版：卷183。
③ 玉峰，徐乾学之别号。
④ 张云章：《朴村文集》，《四库禁毁书丛刊》影印本，北京大学出版社1997年版：卷23、卷23、卷23、卷21、卷23。

按而知。其稍有可疑者，宁听其阙如。如此反复稽考，又必经中允公亲自勘定，然后付之缮写……"①

《上徐大司寇》："……近来从事《礼记集说》，讹谬杂出，反复考订，期于详慎精核……又鄙意此书尚当删其繁冗与一二立说纰谬者，约归简当，缉成五六十卷，以便学者循习，未知于高明以为何如……"②

张氏信札中所及各书，皆《通志堂经解》中书，则其参与了《经解》的校刻已毫无疑问。其称所校多为已刻之书，然而又似有未刻者。如《上徐总宪》一札云："如此反复稽考，又必经中允公亲自勘定，然后付之缮写。"既称"然后付之缮写"，则当时或尚未付刻。又《上徐大司寇》一札，张氏以为《礼记集说》一百六十卷，过于浩繁，建议将其删减成五六十卷，也似为刻前之语。而大量的经解在校勘改订之中则毫无疑问。

张氏《朴村文集》卷二十一有《徐编修果亭先生五十寿序》，云："今年春浪迹京师，首登三先生之门……居三月余，而值先生五十悬弧之辰……"③果亭为徐乾学弟秉义号，据姜亮夫纂《历代人物年里碑传综表》，徐秉义生于明崇祯六年，则其五十岁在清康熙二十一年。据《寿序》知，张云章即于此年始客徐氏门。徐秉义于康熙二十一年迁右春坊右中允，寻乞假归里。张云章《诗集》卷一有《送徐中允果亭先生恩假南归》诗，知张氏康熙二十一年尚在京师，徐乾学委其南下校勘《经解》，则又在此之后矣。所以，前文云章各札所论校勘《经解》之事，皆在康熙二十一年之后。

《上徐大司寇》一札又云："总宪师赐环，实社稷生民厚幸，天下颙颙，以为旋乾转坤之一会。"④此所谓"总宪师赐环"，乃指康熙二十七年

---

① 张云章：《朴村文集》，《四库禁毁书丛刊》影印本，北京大学出版社1997年版：卷23、卷23、卷23、卷21、卷23。
② 张云章：《朴村文集》，《四库禁毁书丛刊》影印本，北京大学出版社1997年版：卷23、卷23、卷23、卷21、卷23。
③ 张云章：《朴村文集》，《四库禁毁书丛刊》影印本，北京大学出版社1997年版：卷23、卷23、卷23、卷21、卷23。
④ 张云章：《朴村文集》，《四库禁毁书丛刊》影印本，北京大学出版社1997年版：卷23、卷23、卷23、卷21、卷23。

附录二 《通志堂经解》刊刻过程考

徐乾学弟徐元文官复左都御史之事。元文于康熙十九年迁左都御史，二十二年因事降三级调用，二十七年复任原职，又此年，徐乾学升任刑部尚书，故称"上徐大司寇"。所以此札写于康熙二十七年。而之前，乾学于康熙二十六年迁左都御史，则前文《上徐总宪》一札即书于康熙二十六年。

由上可知，《通志堂经解》至康熙二十四年仍未刻竣，至少至康熙二十七年，仍有经解在校勘改订中。

五 康熙二十九年至三十一年间刻印完毕

据陆陇其《陆清献公日记》卷十："（康熙二十九年庚午九月）廿三，在朱锡鬯所见通志堂所刻敖继公《仪礼集说》、卫湜《礼记集说》、王次点《周礼订义》、杨复《仪礼图》。"① 又王士禛《居易录》卷十："顷得昆山新刻《经解》又数种，如逸斋《补传》、成伯玙《指说》、李樗黄櫄《集解》、朱倬《疑问》、朱善《解颐》，详略虽不同，要皆可互相发明。"② 按王士禛所记得书事，时间亦为康熙二十九年，审其语意，之前已有所得。王士禛与徐乾学同为朝中高官，徐氏《憺园文集》中多有与其酬答唱和之作，故私谊应当还好，而朱彝尊与徐乾学及《通志堂经解》的关系则更加密切，故《经解》刊出以后，王、朱二人都有理由先见到。《经解》边刻边印，故朱、王陆续有所得，康熙二十九年他们所得的《经解》都还不全，说明此时应当还没有全部印完。

《陆清献公日记》卷十又称："（康熙三十一年壬申七月）初七，到馆见健庵所刻《经解》，此举差强人意。"③ 按陆陇其是学宗程朱的理学家，当时已官至御史，亦有理由和条件能及时得到主收程朱一派的《通志堂经解》的信息。据上条，陆氏在朱彝尊处初次见到《经解》零种是在康熙二十九年，而今次所见，审其语意当是整套的《经解》，故最迟在康熙三十

---

① 陆陇其：《陆清献公日记》，刻本，柳湄生，1841（清道光二十一年）：卷10。
② 王士禛：《居易录》，《文渊阁四库全书》，影印本，商务印书馆1986年版：卷10。
③ 陆陇其：《陆清献公日记》，刻本，柳湄生，1841（清道光二十一年）：卷10。

263

一年，已有整套的《经解》印出。

六　结语

　　综合以上所述，可得出以下结论：《通志堂经解》始刻于康熙十二年，康熙十五年时已有少量印本，至康熙十九年《经解》的主体部分刻完。但康熙十九年以后，至少在康熙二十四年，仍有经解付刻，而较多的经解在校勘改订中。在此过程中校订完毕的经解同时在刷印，在康熙二十九至三十一年之间，《经解》全部校刻完毕，并有整套的《经解》印出。故关于此丛书的刊刻时间，笔者以为，卷首徐乾学序虽署康熙十九年，但序中又有"经始于康熙癸丑，踰二年讫工"之语，而成德总序则署康熙十二年，故徐序所署时间不能作为判定《经解》刊刻完成时间的唯一依据。如文中所考，既然《经解》至康熙二十四年仍有经解付刻，而又无史料显示其集中大量刷印是在康熙十九年，故仅据徐序时间著录其为康熙十九年刻本不妥，当作康熙间刻本为宜。同时，《经解》刊刻过程的明晰化，也澄清了对于此书实际编刻者的模糊认识。

（本文发表于《图书馆杂志》2011 年第 1 期）

附录三 《通志堂经解》底本考论

摘　要：清康熙年间昆山徐乾学辑刻的大型经部丛书《通志堂经解》140种1860卷，荟萃宋元经学要籍，上承《十三经注疏》，下启《皇清经解》，在经学史上具有重要地位。同时，经过系统考察发现，《通志堂经解》十分重视底本的选用，所收各书多以宋元善本或稀传旧钞为底本，具有很高的版本学价值和出版史地位。

关键词：《通志堂经解》　底本　徐乾学

清初之际，随着流传日久，除保存在《十三经注疏》等有限的几部丛书中的少数经典外，宋以前的经学著作大多沦亡；而宋元两代的经学著作，虽不乏有宋元刻本或钞本传世，但由于缺乏整理刊布，存世者亦多庋于少数藏书之家，一般学者难以得见。在这种背景下，康熙年间昆山徐乾学编刻了大型经部丛书《通志堂经解》。《通志堂经解》上承《十三经注疏》，荟萃宋元两代为主的经学著作140种共1860卷，且多为重要而稀传者，对于这些经解文献的保存流布及后世的经学研究意义重大。清人学术笔记中，利用《通志堂经解》研经治学的记载屡屡可见；张之洞《书目答问》所列为数不多的宋元人经说，其大部分为《通志堂经解》所收，且版本也多为《通志堂经解》本；而据《中国古籍善本书目》等著录，以《通志堂经解》本为底本的清人批校题跋本更是不在少数。故《通志堂经解》的辑刻，为清儒的经学研究提供了一个新的资料库，大大开阔了他们的视野，扩大了研究的范围，可以说清代经学的兴盛，《通志堂经解》发挥了重要作用。

在出版印刷史上，《通志堂经解》同样影响深远，成为后世钞、刻、影印书籍的重要底本来源。如《四库全书》、《四库全书荟要》所收经部书有《通志堂经解》本的，绝大多数据以缮录；今人严灵峰编《无求备斋易经集成》所收各书有《通志堂经解》本的亦多据以影印；《通志堂经解》所收书中有八种为《四库全书》存目，而上世纪末影印《四库全书存目丛书》取《通志堂经解》本付印者达六种。时至今日，随着宋元刻本、旧钞本的进一步亡佚，很多书的《通志堂经解》本成为存世最早或最全的本子，其价值更加突出，在经部文献整理及经学研究中继续被广泛使用。

《通志堂经解》被如此广泛的利用，其版本价值到底如何？底本情况究竟怎样？有必要对此进行专门考察，以便更深入地认识《通志堂经解》的版本学价值及其经学史地位。

一　《通志堂经解》底本考索举例

关于《通志堂经解》的底本情况，清初何焯多有论及。何焯尝为徐乾学门客，对《经解》的刊刻情况甚为了解。他编订有《通志堂经解目录》，并作了批注，其中涉及部分经解底本情况。可惜何氏《目录》今未得见，盖已久佚。所幸其后的翁方纲亦编订了《通志堂经解目录》，并大量引用何氏批语，使何氏对于经解底本的批注得以间接保存。但据翁氏所引的何批来看，其所论及的经解数量并不很多，且何氏言底本多只称宋本元本，太过笼统，且往往有讹误者。现充分利用翁氏《通志堂经解目录》所引何批信息，又广泛查考各相关书志、书目、文集及《经解》各书序跋，并辅以校勘手段，对《经解》所收各书之底本逐一考察。关于考察的方法与过程，兹举几例如下：

1. 宋傅寅《杏溪傅氏禹贡集解》二卷。是书《经解》本卷首有成德序云："是本为王止仲藏书，其后归于都少卿穆。其第一卷阙三十有七版，第二卷又阙其四版。验少卿前后私印，则知当日已非足本。亟刊行之，俟

附录三　《通志堂经解》底本考论

求其完者嗣补入焉。"① 检《经解》本原书，卷一缺第三十五至七十一页；卷二第一、二十三、二十四、八十一页为空版，与成德序合。

是书今国家图书馆藏有宋刻元修本，《中国古籍善本书目》著录，《中华再造善本》据以影印。是刻半页十一行，行十八字，书中钤有"王止仲"、"玄敬"、"刘体仁"、"乾学"、"徐健庵"、"铁琴铜剑楼"等印，知曾为徐乾学藏书。瞿镛《铁琴铜剑楼藏书目录》卷二著录是刻作宋刊本，并云："此本为王止仲所藏，后归都玄敬、刘公戬，入传是楼。今所传《经解》本，即据之以刻者。"② 以《经解》本与国图宋刻元修本对校，二者版式及卷内所缺所空页次相同，又如卷一第二十七页宋刻多有字迹模糊处，《经解》本则相应为墨块。则此宋刻元修本即为《经解》本所据底本。惟《经解》本改宋本卷首图后"尚书诸家说断"作"杏溪傅氏禹贡集解"。

2. 元朱倬《诗经疑问》七卷宋赵惪《附编》一卷。是书有元至正七年建安书林刘锦文刻本，今国家图书馆有藏，《中国古籍善本书目》著录，《中华再造善本》据以影印。是刻半页十一行，行二十字，小字双行，黑口，四周双边。书中钤"毛晋"、"海虞毛晋子晋图书记"、"汲古主人"、"汪士钟读书"、"铁琴铜剑楼"、"菰里瞿镛"、"瞿氏秉渊"等印记，知为毛氏汲古阁旧藏，后归长洲汪士钟，又归常熟瞿氏铁琴铜剑楼。《经解》本所据，翁方纲《通志堂经解目录》引何焯批语只称"汲古元板"③，而《铁琴铜剑楼藏书目录》卷三著录作建安书林刘锦文刻本，称"通志堂刻即出此本"④。又检国图此本，卷首刘锦文识语中多有缺佚，《经解》本亦几乎同为空缺，卷七首有漫漶不可识者，《经解》本则为墨丁，空版亦与《经解》本同，则《经解》本底本为此本无疑。

3. 宋卫湜《礼记集说》一百六十卷。据卫湜序及跋尾，知是书始作

---

① （清）纳兰成德：《杏溪傅氏禹贡集解序》，见《杏溪傅氏禹贡集解》卷首，《通志堂经解》本，徐乾学，清康熙间。
② （清）瞿镛：《铁琴铜剑楼藏书目录》卷二，《宋元明清书目题跋丛刊》影印清光绪二十四年常熟瞿氏刻本，中华书局2006年版。
③ （清）翁方纲：《通志堂经解目录》，影印《苏斋丛书》本，博古斋，民国十三年。
④ （清）瞿镛：《铁琴铜剑楼藏书目录》卷三，《宋元明清书目题跋丛刊》影印清光绪二十四年常熟瞿氏刻本，中华书局2006年版。

于宋开禧、嘉定间，宝庆二年表进于朝，绍定四年赵善湘为刊于江东漕院，之后卫湜复加核定，定为此本，于嘉熙四年别刊于新定郡斋。此宋嘉熙四年新定郡斋刻本今国家图书馆有藏，内卷三十四至四十、九十三至九十五、一百至一百六配清钞本，有黄丕烈跋，《中国古籍善本书目》卷二著录，《中华再造善本》据以影印。

翁方纲《通志堂经解目录》引何批云："《集说》从两钞本付刻，皆未尽善。伊人分校成部，大有乖误。后数年，有项氏宋本为骨董家所得，中阙十余卷，其版最精，且多魏鹤山序一首。屡劝东海借校并补刻魏序，未从也……"① 丁日昌《持静斋书目》卷一亦称"通志堂刻时仅见抄本"②。知是书刊入《经解》时，未得见其宋版，乃据钞本付刻。又毛扆《汲古阁藏秘本书目》著录《礼记集说》绵纸旧钞本，并云："世无其书，止有此影抄宋本一部。今昆山所刻，借此写样。"③ 则知《经解》本所据即毛氏汲古阁所藏影宋钞本。然其付刻时未遵底本次第，将赵善湘付刻后卫湜又增补的内容，移入各卷正文内（原本在各卷末），致失旧本面目，多获批评。而何批所云"有项氏宋本为骨董家所得"④者，据各书志著录可知，即今国图所藏宋嘉熙四年新定郡斋刻本。

诸如此类，经过系统考察，将《经解》各书能考出明确底本者汇为一表，详列于下。

二　《通志堂经解》各书底本一览表

编号	书名卷数	底本	参考资料及校本
1	《易数钩隐图》三卷《遗论九事》一卷	《道藏》本	何批⑤

---

① （清）翁方纲：《通志堂经解目录》，影印《苏斋丛书》本，博古斋，民国十三年。
② （清）丁日昌：《持静斋书目》卷一，丰顺：丁日昌，清同治九年刻民国印。
③ （清）毛扆：《汲古阁藏秘本书目》，吴县：黄氏士礼居，清嘉庆五年。
④ （清）翁方纲：《通志堂经解目录》，影印《苏斋丛书》本，博古斋，民国十三年。
⑤ 该列中"何批"指翁方纲《通志堂经解目录》中所引何焯批语。

附录三　《通志堂经解》底本考论

续表

编号	书名卷数	底本	参考资料及校本
2	《紫岩居士易传》十卷	明书帕本	何批
3	《汉上易传》十一卷《周易卦图》三卷《周易丛说》一卷	《汉上易传》影宋钞本，《卦图》、《丛说》西亭王孙钞本	何批、《藏园订补郘亭知见传本书目》
4	《易璇玑》三卷	元刻本	何批、《汲古阁珍藏秘本书目》
5	《周易义海撮要》十二卷	宋乾道六年李衡婺州刻本	何批、《四库全书总目》
6	《复斋易说》六卷	钞本	何批、《万卷精华楼藏书记》
7	《童溪王先生易传》三十卷	宋本	何批
8	《易学启蒙通释》二卷《图》一卷	元至元二十九年刘泾刻本	卷首成德序
9	《周易玩辞》十六卷	元大德十年淮西廉访佥事乌克章刻本	《中国善本书提要》
10	《东谷郑先生易翼传》二卷	元大德十一年庐陵学官刻本	卷首郑陶孙跋、何批、《铁琴铜剑楼藏书目录》、《中国古籍善本书目》
11	《晦庵先生朱文公易说》二十三卷	元刻本	《中华再造善本》影印元刻本、何批、《爱日精庐藏书续志》
12	《大易缉说》十卷	钞本	何批
13	《学易记》九卷《首》一卷	明钞本	何批、《善本书室藏书志》
14	《俞氏易集说》十三卷	元至正八至十年俞氏读易楼刻本	何批、《仪顾堂续跋》
15	《周易本义附录纂注》十五卷	元刻本	《善本书室藏书志》
16	《周易发明启蒙翼传》三卷《外篇》一卷	元本	何批
17	《周易本义通释》十二卷	明嘉靖元年潘旦邓杞刻本	卷首胡珙识语、《续修四库全书总目提要》
18	《易象图说内篇》三卷《外篇》三卷	《道藏》本	何批
19	《大易象数钩深图》三卷	《道藏》本	何批、《四库全书总目》
20	《书古文训》十六卷	宋本	何批

269

续表

编号	书名卷数	底本	参考资料及校本
21	《程尚书禹贡论》二卷《后论》一卷	钞本	何批
22	《尚书说》七卷	明吕光洵刻本	何批、《铁琴铜剑楼藏书目录》
23	《增修东莱书说》三十五卷《首》一卷	影钞宋本	何批
24	《书集传或问》二卷	元本	何批
25	《杏溪傅氏禹贡集解》二卷	宋刻元修本	《中华再造善本》影印宋刻元修本、卷首成德序、《铁琴铜剑楼藏书目录》
26	《尚书详解》十三卷	红丝栏钞本	何批、《天一阁书目》
27	《尚书表注》二卷	顾湄手钞宋末建安刻本	《爱日精庐藏书志》、《持静斋书目》
28	《尚书纂传》四十六卷	元至大元年王振刻本	卷首王振序、成德序、何批、《藏园订补郘亭知见传本书目》
29	《书蔡氏传辑录纂注》六卷首一卷	元至正十四年建安翠岩精舍刻本	台湾《国家图书馆善本书志初稿》、《四库提要补正》
30	《书纂言》四卷	明嘉靖二十八年顾应祥滇中刻本	《宋元旧本书经眼录》
31	《书蔡氏传旁通》六卷	元至正五年余氏勤有堂刻本	何批、台湾《国家图书馆善本书志初稿》
32	《书集传纂疏》六卷《首》一卷	元泰定四年梅溪书院刻本	何批、《爱日精庐藏书志》、《皕宋楼藏书志》、《仪顾堂续跋》
33	《尚书通考》十卷	元至正刻本	《中华再造善本》影印元刻本、何批
34	《定正洪范集说》一卷《首》一卷	元刻本	何批
35	《毛诗指说》一卷	钞本	何批
36	《诗本义》十五卷《郑氏诗谱补亡》一卷	宋宁宗江西刻本	何批、《述古堂宋版书目》、《张元济古籍书目序跋汇编》、《沈氏研易楼善本图录》
37	《诗集传名物钞》八卷	旧钞本	何批

附录三 《通志堂经解》底本考论

续表

编号	书名卷数	底本	参考资料及校本
38	《诗经疑问》七卷《附编》一卷	元至正七年建安书林刘锦文刻本	《中华再造善本》影印元刻本、何批、《铁琴铜剑楼藏书目录》
39	《春秋尊王发微》十二卷《附录》一卷	宋绍兴二十一年魏安行刻本	《仪顾堂续跋》
40	《春秋权衡》十七卷	宋四明史有之清江刻本	何批、《增订四库简明目录标注》、《郑堂读书记》
41	《春秋名号归一图》二卷	宋本	何批
42	《西畴居士春秋本例》二十卷	旧钞本	何批、《汲古阁藏秘本书目》
43	《石林先生春秋传》二十卷	宋开禧元年叶筠刻本	卷首成德序、《郑堂读书记》
44	《止斋先生春秋后传》十二卷	明清常道人钞本	卷首清常道人跋、翁方纲《通志堂经解目录》
45	《春秋左氏传事类始末》五卷《附录》一卷	钞本	何批
46	《春秋通说》十三卷	影宋钞本	何批、《增订四库简明目录标注》
47	《春秋集注》十一卷《纲领》一卷	影钞宋德祐元年卫宗武华亭义塾刻本	《中华再造善本》影印本、《汲古阁藏秘本书目》、何批、《郑堂读书记》
48	《春秋或问》二十卷	元刻明修本	台湾《国家图书馆善本书志初稿》
49	《则堂先生春秋集传详说》三十卷《纲领》一卷	钞本	何批、《朴村文集》
50	《春秋类对赋》一卷	钞本	何批
51	《春秋诸国统纪》六卷	元延祐刻本	何批、《藏园订补邵亭知见传本书目》、《藏园群书经眼录》
52	《春秋本义》三十卷《首》一卷	元刻本	何批
53	《春秋集传》十五卷	明嘉靖夏鍄刻本	卷首成德序
54	《春秋属辞》十五卷	元至正二十四年休宁商山义塾刻本	《中华再造善本》影印元刻本、《仪顾堂续跋》
55	《春秋师说》三卷《附录》二卷	元至正二十五年休宁商山义塾刻本	《中华再造善本》影印元刻本

续表

编号	书名卷数	底本	参考资料及校本
56	《春秋左氏传补注》十卷	元至正二十五年休宁商山义塾刻本	《中华再造善本》影印元刻本
57	《春秋诸传会通》二十四卷《首》一卷	元至正十一年虞氏明复斋刻本	《中华再造善本》影印元刻本、《钱琴铜剑楼藏书目录》
58	《清全斋读春秋编》十二卷	元刻本	卷首成德序
59	《新定三礼图》二十卷	宋本	何批
60	《东岩周礼订义》八十卷《首》一卷	影宋钞本	何批、《朴村文集》
61	《鬳斋考工记解》二卷	宋刻本	何批、台湾《国家图书馆善本书志初稿》
62	《礼记集说》一百六十卷	影宋钞本	何批、《汲古阁藏秘本书目》、《持静斋书目》
63	《夏小正戴氏传》四卷	宋钞本	何批
64	《仪礼集说》十七卷	元大德五年刻本	《中华再造善本》影印元刻本、《仪顾堂续跋》、《郎园读书志》
65	《论语集说》十卷	宋淳祐六年湖颍刻本	《中华再造善本》影印宋刻本
66	《南轩先生孟子说》七卷	棉纸蓝丝栏明钞本	何批、《天一阁书目》、《鄞范氏天一阁书目内编》
67	《孟子集疏》十四卷	宋本	何批
68	《四书纂疏》二十六卷	宋刻本	何批、《藏园群书经眼录》
69	《四书集编》二十六卷	钞本	何批
70	《四书通》二十六卷	元天历二年余志安勤有堂刻本	卷首张存中跋、《铁琴铜剑楼藏书目录》
71	《四书通证》六卷	影元钞本	《中华再造善本》影印元刻本、何批、《文禄堂访书记》、台湾《国家图书馆善本书志初稿》
72	《四书纂笺》二十八卷	元本	何批
73	《四书辨疑》十五卷	元刻本	翁方纲《通志堂经解目录》
74	《经典释文》三十卷	明崇祯间叶林宗影宋钞本	何批、黄焯《经典释文汇校》前言、上海古籍出版社影印宋刻本丁瑜跋等

续表

编号	书名卷数	底本	参考资料及校本
75	《六经正误》六卷	元刻本	何批、《铁琴铜剑楼藏书目录》、《藏园订补郘亭知见传本书目》、《中国古籍善本书目》、《北京图书馆古籍善本书目》
76	《十一经问对》五卷	元刻本	《中华再造善本》影印元刻本、翁方纲《通志堂经解目录》

三　《通志堂经解》底本分析

如上表所列，《通志堂经解》140种书，能考知底本者共76种。此表之外，尚有不少经解，根据各书目、书志的著录情况（特别是对《经解》本之前各版本的著录情况）、徐乾学钤印、《经解》本所录序跋情况等，能够推断其底本当是某本，但因缺乏具体实在的证据，又无条件一一对勘，故此类均未予列入。但通过对表中能够考知底本的经解进行统计分析，所得的结果亦可基本反映《通志堂经解》全部各书底本的整体情况。

表中所列能考知底本的76种经解之中，底本为宋刻本者14种[①]，为宋钞本者1种，为影宋钞本者7种，为元刻本者30种[②]，为影元钞本者1种，为明刻本者5种，为明钞本者3种，为《道藏》本者3种，为其它钞本者12种。其中底本为宋刻本者14种，占76种能知底本的经解总数的18.4%；为宋刻、宋钞、影宋钞本者共22种，占能知底本的经解总数的28.9%；为元刻本者30种，占39.5%；为元刻、影元钞本者共31种，占40.8%；为宋刻、宋钞、影宋钞、元刻、影元钞本者共53种，占69.7%；为钞本（包括影宋钞、影元钞）者24种，占31.6%。

从以上数据可以发现，在能确定底本的76种经解中，底本为宋元旧本（包括少量影宋钞、影元钞）的最多，占总数的七成，因此完全可以说，《通志堂经解》多据宋元本付刻。《通志堂经解》又名《宋元经解》，

[①] 因个别书目亦称"影宋钞本"为"宋本"，故此14种中或有个别影宋钞本。
[②] 因个别书目亦称"影元钞本"为"元本"，故此30种中或有个别影元钞本。

所收绝大多数为宋元学者著作，而这些著作的宋元版，刊刻时间或与作者同时，或稍后亦未远，减少了因辗转传钞翻刻而产生的讹误，最能反映原著本貌。加之宋元时刻书，多雕镂不苟，校勘审慎，故对于宋元经解来说，宋元版当然是最好的版本。

徐乾学家有传是楼，藏书宏富，民国四年王存善排印的《传是楼书目》，著录传是楼藏书约7500部，《四库全书总目》称"乾学传是楼藏书甲于当代"①。又多宋元善本，其《传是楼宋元版书目》著录宋元版书442部，数量之多，后世黄氏百宋一廛、陆氏丽宋楼皆不能及。收罗有如此丰富的宋元版书，并编有专门的书目，足见徐乾学对于宋元旧刻的重视，叶德辉《书林清话》即称："自钱牧斋、毛子晋先后提倡宋元旧刻，季沧苇、钱述古、徐传是继之。"②

传是楼藏书众多，并有大量的宋元版书，必定成为《通志堂经解》底本的重要来源。清姚元之《竹叶亭杂记》卷四即称："《通志堂经解》，纳兰成德容若校刊，实则昆山徐健庵家刊本也……徐以其家所藏经解之书荟而付梓，镌成名，携板赠之，《序》中绝不一语及徐氏也。"③徐乾学除充分利用家藏善本外，还广泛借用其兄弟、朋友等藏书，以求更充分地网罗经解要籍，甄选更为精善的底本。徐乾学为康熙朝名臣，累官至刑部尚书，致身高显，又喜交游，与当时许多大藏书家相善，故当时藏于各家之善本多能借用。《经解》卷首徐氏总序云："因悉余兄弟家所藏本，覆加校勘，更假秀水曹秋岳、无锡秦对岩、常熟钱遵王、毛斧季、温陵黄俞邰及竹垞家藏旧版书若钞本，厘择是正，总若干种，谋雕版行世。"④徐乾学二弟徐秉义藏书处名培林堂，有《培林堂书目》，著录藏书约3300种，元板数种。三弟徐元文藏书处名含经堂、得树园，有《含经堂书目》，著录藏书约5000种，宋元本200余种。此外，徐序中提到的曹秋岳（名溶）、秦

---

① （清）纪昀等：《四库全书总目》卷二十《读礼通考》条，影印清乾隆六十年浙江刻本，中华书局1965年版。
② 叶德辉：《书林清话》卷十《藏书偏好宋元刻之癖》条，中华书局1957年版。
③ （清）清姚元之：《竹叶亭杂记》卷四，中华书局1982年版。
④ （清徐乾学：《通志堂经解序》，见《通志堂经解》卷首，昆山：徐乾学，清康熙间。

274

附录三 《通志堂经解》底本考论

对岩（名松龄）、钱遵王（名曾）、毛斧季（名扆）、黄俞邰（名虞稷）、朱竹垞（名彝尊），都是当时著名藏书家。《纂修四库全书档案》称："（《通志堂经解》）原系采借秀水朱氏之曝书亭及常熟钱氏述古堂并各藏书家流传秘本，荟萃成编。"①《续修四库全书总目提要》第四册《通志堂经解目录》（沈氏刊本）条则称："《通志堂经解》，昆山徐乾学健庵得章丘李开先中麓家藏书，益以常熟毛氏汲古阁、宁波范氏天一阁二家藏本，编刻于康熙十五年。"②《藏书纪事诗》卷四"林佶吉人"条，引《东越文苑传》云："（林佶）家多藏书，徐乾学锓《通志堂经解》，朱彝尊选《明诗综》，皆就传钞。"③翁方纲《通志堂经解目录》中《定正洪范集说》条引何批曰："汲古元刻，李中麓藏本，中阙一叶，从黄黎洲处补全。"④可见乾学为刻《经解》，曾广泛借钞底本。

在徐氏之前的明末，私人刻书影响最巨者为常熟毛晋汲古阁，"凡《十七史》、《十三经》、唐宋人诗词集、《六十种曲》、《津逮秘书》等，皆风行天下"⑤。据周彦文《毛晋汲古阁刻书考》，毛晋一生刻书650余种近6000卷。然毛氏所刻虽数量众多，流传亦广，但在刊刻质量上却多受批评，其中一个重要方面即在底本选用上颇有不尽人意处。叶德辉于《书林清话》中即称"其刻书不据所藏宋元旧本"⑥。据《毛晋汲古阁刻书考》的考察，毛氏所刻书也不乏据宋元旧本付梓者，其家藏善本也多据以付刻。但总起来看，毛氏所据仍以明本为最多，所据善本也以家藏为主。可见，毛晋刻书对于底本尚不是特别重视，主要以存书、流通为主要目的。而徐乾学刻《通志堂经解》，除利用自家传是楼所藏善本外，更广泛借用兄弟、友朋多家所藏，以求择善而从。故《经解》之书大多依宋元旧本付梓，据明刻者仅寥寥数种。所以，徐乾学重视宋元旧刻的思想，明显地体

---

① 中国第一历史档案馆编：《纂修四库全书档案》，上海古籍出版社1997年版，第136页。
② 柯劭忞等：《续修四库全书总目提要》第四册《通志堂经解目录》（沈氏刊本）条，影印稿本，齐鲁书社1996年版。
③ （清）清叶昌炽：《藏书纪事诗》卷四《林佶吉人》条，上海古籍出版社1999年版。
④ （清）翁方纲：《通志堂经解目录》，影印《苏斋丛书》本，博古斋，民国十三年。
⑤ 杜泽逊：《文献学概要》，中华书局2001年版，第99页。
⑥ 叶德辉：《书林清话》卷七《明毛晋汲古阁刻书之一》条，中华书局1957年版。

现在了《经解》底本的选定之中。其后清人刻书大多讲究底本，徐乾学可称开风气之先者。

当然，《通志堂经解》虽然十分重视底本的选用，并且也做到了大多能据宋元本付梓，但也并非说其所用底本皆为传世之最善者，在所用底本中也存在缺憾。兹举几例如下：

1. 元王申子《大易缉说》十卷，《经解》本据钞本付刻。《通志堂经解目录》引何批曰："吴志伊有宋本，屡寄札东海，托其借校，竟未借来，仅从钞本付刊。"① 按，王申子此书成于元，何焯称有宋本，当误。此书有元延祐三年田泽刻本，何氏所称吴志伊藏本，当为元本。

2. 元李简《学易记》九卷，《经解》本据李开先家藏钞本付刻。是书有蒙古中统刻本，为初刻，刻印精良，今辽宁省图书馆、国家图书馆即共藏一中统刻本的前后两部分。

3. 宋程大昌《程尚书禹贡论》二卷《后论》一卷《山川地理图》二卷，《经解》本据天一阁藏钞本付刻，但《山川地理图》只刻叙说并无图，据卷首成德序知底本图即已缺。是书有宋淳熙八年泉州州学初刻本传世，今国家图书馆有藏，内三十图岿然并在。又明《永乐大典》所收是书尚存二十八图。

4. 宋黄度《尚书说》七卷，《经解》本据明吕光洵刻本付刻。《爱日精庐藏书志》、《铁琴铜剑楼藏书目录》著录明钞本，据后者称明钞本内有小注，吕光洵刻本尽删之，则《经解》本所据为删削之本。

然以上所列《通志堂经解》底本选用的不足，实非徐氏之过。当时存世图书或藏内府或藏私家，借用十分不便。徐乾学以私人之力，定有难以罗致者。如以上所列，虽有更善之本传世，但颇不易得：宋元旧刻、精善钞本多传本甚稀，而《永乐大典》当时尚深藏大内，秘不示人。故上述几种虽有更善之本，但均当为徐氏付刻时所未能得见，而非弃善而用劣。并且此类也在少数，不能因瑕掩瑜，因此而怀疑徐乾学重视宋元善本的思想，否定《通志堂经解》在底本选用上的成绩。

---

① （清）翁方纲：《通志堂经解目录》，影印《苏斋丛书》本，博古斋，民国十三年。

四 结语

《通志堂经解》140种1860卷,收罗宏富,卷帙浩繁,所收大多为宋元经学要籍,可见徐乾学于选书方面的用心。同时,《经解》也十分重视各书底本的选用。徐乾学除充分利用自家传是楼所藏善本外,更广泛借用徐秉义、徐元文、毛扆、钱曾、黄虞稷、朱彝尊、曹溶、秦松龄以及黄宗羲、林佶等各家藏书,以求底本的精善,做到了《经解》各书多据宋元旧刻,兼取稀传旧钞,可谓渊源有自。加之该编精写付刻,为清初写刻本的重要代表,故《通志堂经解》不仅具有很高的经学史地位,同时也具有很高的版本学价值,在出版印刷史上占有着不可忽视的重要地位。

参考文献

《清实录》，中华书局1985年版。
《清史列传》，中华书局1987年版。
陈惠美：《徐乾学及其藏书刻书》，花木兰文化出版社2007年版。
崔文翰：《官史编修：徐乾学的领导与贡献》，博士学位论文，香港大学，2008年。
邓之诚：《清诗纪事初编》，上海古籍出版社1984年版。
黄裳：《清代版刻一隅》，齐鲁书社1992年版。
纪昀等：《四库全书总目》，中华书局影印清乾隆六十年（1795）浙江刻本1965年版。
江庆柏编著：《清朝进士题名录》，中华书局2007年版。
江庆柏编著：《清代人物生卒年表》，人民文学出版社2005年版。
金吴澜等纂：《光绪昆新两县续修合志》，江苏古籍出版社影印清光绪七年（1881）刻本1991年版。
柯愈春：《清人诗文集总目提要》，北京古籍出版社2002年版。
李桓辑：《国朝贤媛类征初编》，清光绪十七年（1891）自刻本。
梁启超：《中国近三百年学术史》，东方出版社2004年版。
刘知几著，浦起龙释：《史通通释》，上海古籍出版社1978年版。
钱谦益：《绛云楼书目》，《丛书集成初编》本。
钱实甫编：《清代职官年表》，中华书局1980年版。
钱仲联主编：《清诗纪事》，江苏古籍出版社1987年版。
尚小明：《徐乾学幕府研究》，《史学月刊》1998年第3期。

参考文献

万斯同：《石园文集》，民国四明张寿镛辑刻《四明丛书》本。

王士禛：《池北偶谈》，中华书局1982年版。

王士禛：《分甘余话》，中华书局1989年版。

王逸明：《昆山徐乾学年谱稿》，《新编清人年谱稿三种》本，学苑出版社2000年版。

王重民：《中国目录学史论丛》，中华书局1984年版。

徐乾学：《传是楼书目》，民国四年（1915）仁和王存善排印《二徐书目》本。

徐乾学：《憺园全集》，清光绪九年嘉兴金吴澜鉏月唫馆刻本。

徐乾学：《憺园文集》，《四库全书存目丛书》影印清康熙三十六年（1697）昆山徐氏冠山堂刻本，齐鲁书社1994—1997年版。

徐乾学编：《通志堂经解》，清康熙间昆山徐氏刻本。

徐世昌：《大清畿辅先哲传》，北京古籍出版社1992年版。

徐学林：《传是楼主徐乾学的编书、藏书和刻书活动》，《出版科学》2007年第3期。

杨廷福、杨同甫编：《清人室名别称字号索引》，上海古籍出版社2001年版。

叶昌炽：《藏书纪事诗》，上海古籍出版社1999年版。

叶德辉：《书林清话》，中华书局1957年版。

叶德辉：《郋园读书志》，民国十七年（1928）上海澹园刻本。

袁行云：《清人诗集叙录》，文化艺术出版社1994年版，

张舜徽：《清人文集别录》，中华书局1963年版。

张云章：《朴村诗文集》，北京大学出版社《四库禁毁书丛刊》影印清康熙华希闵等刻本，1997年。

章学诚：《章学诚遗书》，文物出版社版1985年版。

赵尔巽等：《清史稿》，中华书局1977年版。

中国第一历史档案馆编：《纂修四库全书档案》，上海古籍出版1997年版。

周骏富辑：《清代传记丛刊》，明文书局1985年版。

周中孚：《郑堂读书记》，《国家图书馆藏古籍题跋丛刊》本，国家图书馆

出版社2002年版。

朱保炯、谢沛霖编：《明清进士题名碑录索引》，上海古籍出版社1979年版。

朱彝尊：《曝书亭集》，《四部丛刊》影印清康熙五十三年（1714）刻本。

［日］清水茂著，蔡毅译：《清水茂汉学论集》，中华书局2003年版。